용접공,

세상과 연결하다

용접공, 세상과 연결하다

저능아로 불렸던 남자의 인생 도전기

초 판 1쇄 2024년 07월 18일

지은이 함해식
펴낸이 류종렬

펴낸곳 미다스북스
본부장 임종익
편집장 이다경, 김가영
디자인 윤가희, 임인영
책임진행 이예나, 김요섭, 안채원

등록 2001년 3월 21일 제2001-000040호
주소 서울시 마포구 양화로 133 서교타워 711호
전화 02) 322-7802~3
팩스 02) 6007-1845
블로그 http://blog.naver.com/midasbooks
전자주소 midasbooks@hanmail.net
페이스북 https://www.facebook.com/midasbooks425
인스타그램 https://www.instagram.com/midasbooks

ISBN 979-11-6910-729-7 03810

값 18,000원

용접공, 세상과 연결하다

저능아로 불렸던 남자의 인생 도전기

함해식

미다스북스

프롤로그

대상포진 질병 덕분에 새 삶이 시작되다

"대상포진 확진입니다."

2019년 1월 15일 오후 2시 피부과 의사 선생님이 병명을 이야기합니다. 일주일 전 왼쪽 다리 종아리가 가려워서 끌다가 붉은 반점을 발견했습니다. 혹시나 해서 병원 가니 그 말을 합니다. 마음속으로 '풀독이 아닐까?' 생각했습니다. 의사 선생에게 말했습니다. 그럼, 앞으로 어떻게 하면 되나요? 평소 하시는 대로 일하고 약만 잘 챙겨 먹으면 빠른 치료가 가능하다고 말합니다. 그 말에 잠시 안심이 되었습니다. 집에 오면서 과거 직장 다니던 후배가 생각이 납니다. 30대 초반 대상포진 걸렸다고 회사에 출근하지 못했습니다. 그때 대상포진 질병을 처음 알게 되었습니다. 일주일 뒤 후배는 출근했습니다. 점심시간 같이 식사하면서 증상을 이야기 들었습니다. 갑자기 몸에 면역력이 떨어지며 몸에 붉은 반점이 생기고 가렵고 잠도 자지 못했다고 했습니다. 특히 근심, 걱정이 많은 사람일수록 병이 걸리기

쉽다고 말합니다. 과거에는 나이 드신 어른들이 자주 발생했습니다. 하지만 요즘은 젊은 사람들도 걱정과 스트레스 때문에 자주 발생한다고 합니다. 그 모습에 나는 그런 병에 걸리지 않는다고 생각을 했습니다. 몇 년이 지나 지금 내가 대상포진 걸렸다는 게 신기합니다. 집에 도착해 누워서 잠을 자려고 해도, 잠이 오지 않습니다. 그래서 근래 내 몸의 증상을 관찰해 봅니다. 6개월 전 공장을 구입했습니다. 그 후 매일 피곤함이 몰려오고 잠을 자지 못했습니다. 아무래도 공장 대출금을 매달 내야 한다는 압박감에 그런 것 같습니다. 너무 걱정 하다 보니 더 큰 병을 키운 것 같습니다. 낮에 등 쪽에 근육이 욱신거리면서 자주 통증이 오고했습니다. 그래서 일하는 중간에 자주 병원 가서 물리치료도 받았습니다.

대상포진 확진 3주 차 지나면서 본격적으로 신경통이 왔습니다. 마치 송곳이 찌르듯 기분 나쁘게 아픕니다. 이때부터 아무것도 못 하고 집에 누워만 있었습니다. 40년 동안 이렇게 오랫동안 아파서 누워 본 적이 처음이었습니다. 매일 밖에 나가서 움직이는 사람이 집에만 있으니, 나쁜 생각 더 힘들게 했습니다. 부정적 생각이 반복되다 보니 자기 원망을 하게 되었습니다. 나는 왜 이리 아픈 거야! 지금 매우 중요한 시간인 만큼 나가서 일해서 돈 벌어야 하는데 등 나쁜 감정이 내 몸을 더 아프게 했습니다. 그럴수록 스트레스 때문에 내 몸은 더 아프게 했습니다. 약을 먹고 잠을 많이 자는 날에는 컨디션이 좋은 날도 있었습니다. 그럼 집에 있기에 답답하다는 마음에 밖으로 나가도 봅니다. 걸으면서 친구와 통화도 해봅니다. 5분도 되지 않아 등에 다시 통증이 옵니다. 그럼 다시 집으로 가서 눕습니다. 그 때 느꼈습니다. 일상의 즐거움이 얼마나 소중하고 행복한지 알게 되었습니다.

3개월이 지나자 점점 아픈 자신을 받아들이기 시작합니다. 그때부터 노트를 꺼내 누워서 일기를 적습니다. 오늘의 감정을 쭉 적어봅니다. 일어난 상황, 내 감정을 적고 앞으로 좋은 날도 온다는 희망적 메시지로 적어도 봅니다. 그럼, 노트에 적는 동안 마음이 편안함을 느꼈습니다. 그 뒤 매일 아침과 저녁에 기분이 좋지 않으면 다시 적었습니다. 시간이 조금씩 지나자, 거실에 책장에 책이 보입니다. 그중에 브랜드 버처드의 『백만장자 메신저』를 보게 되었습니다. 자신의 경험한 모든 것은 의미와 가치가 있다는 내용이었습니다. 주인공은 20대 시절 교통사고 덕분에 새 삶을 살아가고 있습니다. 그것을 알리기 위해 강의도 하고 책도 집필했습니다. 나는 몇 페이지 짧게 읽는 동안 위로가 되었습니다. 그리고 다짐했습니다. 앞으로 나도 누군가에게 경험을 통해 알려주고 싶은 마음도 생겼습니다. 그 즉시 유튜브 영상 찍어봅니다. 현재 대상포진 때문에 겪는 상황을 찍었습니다. 예방과 치료 방법 함께 전해주었습니다. 아무래도 과거의 저처럼 혼자만 알고 있는 경험이 많았기 때문입니다. 몇 년이 지나고 보니 그 책 한 권 덕분에 내 인생이 바뀌는 시기가 되었습니다. 책 한 권이 친구의 말보다 더 위로된다는 것을 그때 알게 되었습니다.

5년이 지난 지금 2023년에는 매일 새벽 독서와 글쓰기로 하루 시작합니다. 30분씩 꾸준히 합니다. 그 덕분에 안 좋은 상황이 일어나도 자기 연민에 빠지지 않습니다. 금방 나쁜 감정을 털어버립니다. 그동안 읽었던 책과 적은 명언을 다시 보고 힘을 내어 다시 일어서기도 합니다. 매 순간 선택을 합니다. 웃음과 감사에 대해 좋은 생각, 상상합니다. 과거에 독서 알기 전에는 매일 나쁜 생각을 하고, 나쁜 감정도 가졌습니다. 예민한 성격이다 보니 상처도 많이 받고 자주 아프기도 했습니다. 남에게 거절과 싫은 소리도 못 했습니다. 일에 대한 참을성도 없었습니다. 매 순간 욱하는 감정에 살았습니다. 일하다 힘들면 빨리 포기했습니다. 고객에게 싫은 소리 들으면 욱하는 성격에 살았습니다. 내가 세상에서 가장 힘들고 피해자처럼 살았습니다. 돌아가신 어머니는 포도 농사에 대한 열정이 대단했습니다. 항상 아들 앞에서 10년만 더 젊으면 다시 포도 농사 배워 제대로 해보고 싶다고 말을 했습니다. 농사를 못 배우고 제대로 하지 못한 것에 후회하셨습니다. 하지만 매일 새벽에 일어나 포도밭에 가서 저녁 늦게까지 하시는 모습이 보기 좋았습니다. 그때 어머니 나이가 70대 초반이었습니다. 체력이 되지 않아도 깡다구로 하시는 모습이 배울 점이 많은 어머니였습니다. 밥 먹을 때도 포도 농사에 대한 이야기를 하거나 생각했습니다. 어떻게 하면 수확량 늘이고, 1등 상품 할 수 있을지 생각하면서 사셨습니다. 매일 새벽 일어나 아버지랑 같이 오늘 해야 할 일에 대한 이야기로 하루를 시작하였습니다. 중간중간 일 끝나면 혼자서 다음 무엇을 해야 한다고 중얼거렸습니다. 지켜보던 나는 우리 어머니가 대단하다 생각을 자주 하곤 했습니다.

그때 내 나이가 20대 후반이었습니다.

독서 통해 일에 적용도 해봅니다. 저자 이석수의 『마진은 적게 남기고 물량을 늘려라』 글 내용을 보고 용접 사업에도 적용을 해봅니다. 마음처럼 쉽게 되지 않고, 잊어버릴 때도 있습니다. 그때마다 다시 책을 읽고 합니다. 자기 최면도 걸어봅니다. 나는 지갑에 100억 수표가 있다, 언제든지 필요할 때 쓰면 된다고 상상합니다. 그럼 천천히 고객들은 단골로 이어져 갑니다. 주변 소문도 납니다. 순간적으로 돈 많이 벌고 싶고, 빨리 성공하고 싶지만 참아도 봅니다. 독서는 기분이 다운될 때도 읽어봅니다. 『감사의 힘』 책도 읽습니다. 독서의 좋은 점은 기분 전환되고 일을 하게 됩니다. 자기 연민에 빠진 자신을 구해주기도 합니다. 감사 일기로 하루 동안 있었던 좋은 내용을 찾아봅니다. 장점을 모아서 관점을 바꾸어도 봅니다. 만약 책을 보지 않았다면 몸이 아팠을 것입니다. 자주 병원 가고 잠도 자지 못했을 것입니다. 예민한 성격에 스스로 칭찬보다는 자책하는 경우도 많습니다. 독서를 통해 자신감을 많이 얻습니다. '간접 경험이지만, 그 사람도 하는데 왜 나는 안 되지?'라는 희망과 용기도 가집니다. 사업 시작하고 2년이 지나고 공장을 사고 싶었습니다. 살지 말지 고민하다 친형의 공장 사서 운영하는 모습에 저도 순간적 감정으로 저질렀습니다. 반대로 '손해 볼까?' 계산만 했다면 시작도 못했을 것입니다. 과거에는 생각만 하고 실천하지 못했습니다. 우선순위가 섞이는 경우가 많았습니다.

고통이나 질병이 심할수록 그만큼 변화가 필요합니다. 나쁜 습관을 고치고 새로운 좋은 습관들이기 위한 신호입니다. 건강해야 내가 있고, 오늘 하루가 있습니다.

목차

제2장

찬란하다고 하기에 내 청춘은 어두웠다

"어렵더라도 그 길로 가겠습니다."

제3장

무엇이 내 심장을 뛰게 하는가

"불꽃 튀는 직업을 좋아합니다."

제4장

인생의 봄날은 지금부터다

"나는 앞으로 하고 싶은 게 많습니다."

제5장

세상에 늦은 때란 없다

"아직 보지 못한 것을 믿는 것입니다."

제1장

결국 나는 굉장한 사람이라는 믿음

"오늘은 좀 더 다르게 해보자."

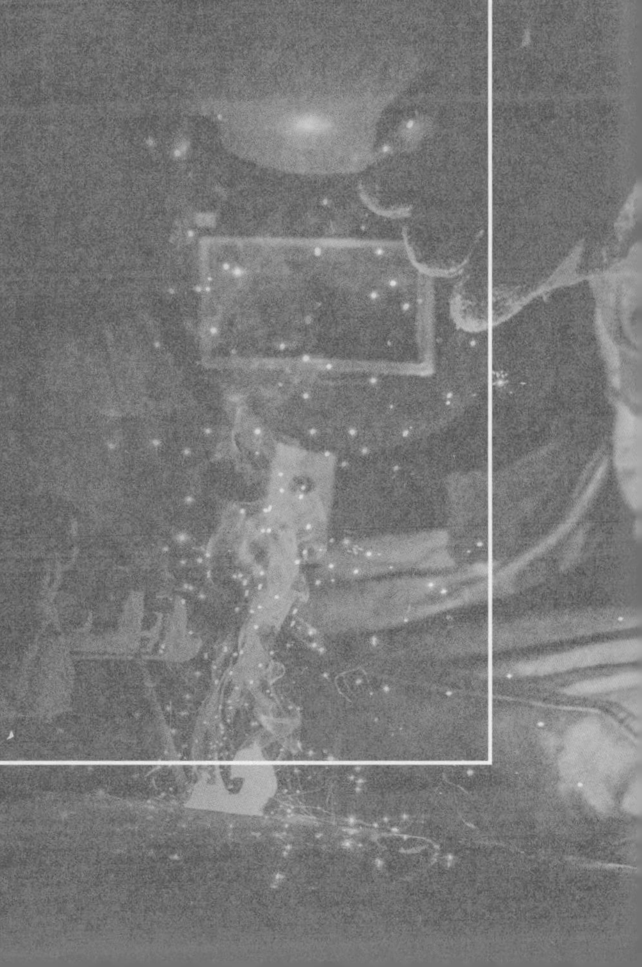

1.

특수한 아이,
해식이는 할 수 있다

초등학교 1학년 때부터 글자 외우기, 구구단, 받아쓰기 등 또래 친구들 비해 수업 진도가 따라가지 못했습니다. 그러다 보니 어느 순간 점점 친구들 눈치 보면서 학교생활을 하였습니다. 등하교 시 친구들은 나에게 수군수군대며 웃고 다녔던 기억이 납니다. 수업 시간에도 선생님은 나에게 항상 문제아라고 말했습니다. 학교에서 받아쓰기 시험 보는 날과 집에서 숙제하지 않는 날에는 교실에 남아서 오후 늦게까지 받아쓰기 연습을 했습니다. 계속 눈치 보다 보니 친구에게도 자신감이 없고 선생님에게도 주눅이 들어 학교 다니기가 정말 싫었습니다. 같은 친구들이랑 친하기 지내기도 어려웠습니다. '자신감이 없는 아이를 누가 좋아할까?'라는 생각도 했습니다.

지금 생각하면, '나'란 아이란 무언가 하고 싶은데, 공부 방법을 몰랐습니다. TV 속 나오는 위대한 사람들이 되고 싶었습니다. 초등학교부터 꿈은 대통령, 직업군인, 경찰관 되고 싶다는 희망이 있었습니다. 하지만 어떻게 해야 할지 몰랐고, 실행도 하지 않았습니다. 45년 지난 현재는 책을 통해 좋은 습관을 따라 합니다. 무조건 하나씩이라도 실행을 해봅니다. 김영식의 『10미터만 더 뛰어봐』에서 문자 메시지 위력을 본 적이 있습니다. 그래서 저도 따라 했습니다. 현재 한 달에 두 번씩 친구나 지인에게 좋은 글을 카톡으로 보냅니다. 의외로 반응이 좋습니다. 장점 3가지 있습니다. 첫째 세월이 지날수록 만나지 못한 경우가 많은데 책에서 좋은 글을 보내면 서로가 가까이 있는 것처럼 생각을 합니다. 둘째 힘내라고 보내면 저도 기분이 좋아집니다. 셋째 누군가를 위해 작고 사소하지만 도움 되는 글을 찾는 그 시간 동안 행복합니다. 앞으로도 계속하려고 합니다. 또 조성희의 『뜨겁게 나를 응원한다』에서 100일 동안 책을 보고 필사를 했습니다. 매일 꾸준히 하기 쉽지 않지만, 하고 나면 마음 근육이 탄탄한 것을 느꼈습니다. 그 예로 필사하기 전에는 매일 의도치 않은 상황에 며칠 동안 그 감정에 파묻혀 아무것도 못 하고 지냈습니다. 지금은 노트에 그 상황을 적고 그럼에도 불구하고 감사할 부분 찾습니다. 심호흡 크게 몇 번 합니다. 5년 뒤 나의 모습 하늘 보고 상상합니다. 그럼, 기분이 좋아집니다. 스스로에게 자기 체면을 걸어봅니다. '해식이는 할 수 있다.' 지금도 잘하고 있다고 말을 하면 두려운 감정이 없어지고 자신감도 생깁니다.

초등학교 입학하기 전까지 나는 할머니 할아버지가 사는 경북 보현이라는 시골에서 자랐습니다. 큰집에 막냇손자이다 보니 할머니의 귀여움을 많이 받았습니다. 영천 장날에는 시장에 나가면 맛있는 고등어, 소고기 사 와서 구워줬습니다. 여름에도 덥다고 이쁜 옷도 사 와서 입혀주곤 했습니다. 막내 손주라 엄청나게 귀여워해주고 용돈도 자주 줬습니다. 그래서 학교 입학하고도 주말에 되면 할머니 집에 매주 갔습니다. 부모님은 영천 시내 나와서 5남매 키웠습니다. 벼, 고추, 담배 등 농사짓다 보니 많이 바쁘셨습니다. 항상 아버지는 새벽 3시에 일어나 대문을 열고 하루를 시작하셨습니다. 동네에서 제일 먼저 일어나 마당을 쓸고, 경운기 시동을 걸고 밭으로 나가셨습니다. 어머니는 자식들 학교 보내기 위해 도시락 5개를 준비했습니다. 그리고 아침 식사 준비한 후 오전 8시에 밭으로 일하러 가셨습니다. 어린 나는 항상 부모님 빈자리가 그리웠습니다. 막내다 보니 더욱 사랑받기를 원했습니다. 한 번은 토요일 오전 수업 마쳤습니다. 집 앞에서 부모님이 경운기 타고 밭으로 가는 모습 보고 돌멩이로 농사용 경운기 유리를 깼습니다. 울며 도로에 누웠습니다. 부모님과 같이 놀고 싶은 마음이 컸던 것 같습니다.

집에 혼자 있으면서 우유를 참 좋아했습니다. 그래서 우유를 먹고 싶다고, 일부러 울면서 사달라고 했습니다. 지금도 우유 좋아합니다. 초등학교 입학 후 또래 친구들 비해 학습 능력이 떨어져서 선생님이 직접 집으로 와서 상담하셨습니다. 그때 선생님을 집에서 막상 보니, 크게 잘못한 것처럼 주눅 들었습니다. 며칠 동안 집에서 부모님과 형, 누나들에게도 눈치 보면서 지냈습니다.

지금 생각해 보면 초등학교 들어가고부터 자존감, 자신감 인해 눈치 보며 하고 싶은 것도 내 마음대로 하지 못한 아이었습니다. 가지고 싶은 것도, 무슨 말을 하고 싶어도 하지 못했습니다. 그래서 그런지 성인이 되어서 도전정신과 모험심 강한 편입니다. 하지만 그 뜻을 이루려고 이런 생각, 저런 생각으로 인해 실천 못 하는 경우도 있습니다. 창조성, 인내심이 부족한 것 같습니다. 그럼에도 불구하고 이렇게 글을 쓸 수 있다는 것에 감사합니다. 또 글을 적다 보니 자신에 대해 쓰게 되고, 내 감정 정리되고, 그 기분 어땠는지 알 수 있어 너무 좋습니다. 막연히 이 생각, 저 생각하기보다 글 쓰는 것이 기분이 좋습니다.

초등학교 학년이 올라갈수록 선생님에게 딱 한 번이라도 칭찬 받고 싶었습니다. 6학년 담임선생님이 수업 시간 시 한 편씩 써오라고 했습니다. 집에 시집 보고 똑같이 적어서 제출한 적도 있습니다. 아주 잠시지만 선생님에게 칭찬도 받았습니다. 하지만 며칠 뒤 불안해서 선생님에게 시집 보고 적었다고 이야기했습니다. 선생님은 그러면 그렇지 하는 마음에 비웃고 갔습니다. 초등학교 6학년 서울 롯데월드 수학여행 갔습니다. 하룻밤은 서울에서 자고, 다음 날 집으로 오는 차 안에서 친구들이랑 수다 떨면서 기분이 좋았습니다. 너무 시끄러워서 그런지 선생님 나에게 이런 말을 했습니다. "해식아! 제발 생각 좀 하고 살아라."라고 했습니다. 그 말에 친구들도 많이 비웃었습니다. 난 어디엔가 숨고 싶었고, 수학여행 기간 계속 주눅이 들어 있었습니다. 30년이 지난 지금도 초등학교 생각하며, 그때 그 일들이 생각나고, 그 추억은 잊고 싶다는 생각이 듭니다. 친구와 선생님 모두 나에게 조금 모자란 사람처럼 보이지 않았을까 생각합니다. 지금은 그런 반성과 성찰로 조금씩 변해 갑니다. 그래서 지금은 내가 너무 좋습니다. 그 덕분에 매일 매일 부족한 부분 채우려고 합니다.

인내, 끈기, 창의력 배우려고 노력합니다. 남들이 하지 않는 것에 도전과 실패를 통해 수정하고 성공도 합니다. 처음부터 잘하는 사람이 없습니다. 두려움을 통해 도전하지 않으면 성장에서 멈춥니다. 사람은 태어난 이유는 성장과 세상에 사랑하고 기여하기 위해 태어났습니다. 사업하기 전까지 나는 내 인생의 주인공이 아니었습니다. 누군가 시키는 일에만 하고 눈치 보면서 하루하루 보냈습니다. 때가 되면 출근하고 일하고 밥 먹고 퇴근했습니다. 아바타처럼 보였습니다. 지나고 나니 그런 삶이 너무나도 재미가 없다는 생각도 듭니다.

2.

선생님은 누구의 편인가?

초등학교 학교 성적으로 인해 점점 내성적인 아이로 변했습니다. 친구들의 말 한마디에도 작아졌습니다. 그 예로 얼굴이 크고 못 생겼다. 이름 성함이 함씨라 특이하다 말도 들었습니다. 수업 시간에는 선생님의 숙제 검사 때문에 매번 오후 늦게까지 남았습니다. 큰 교실에 남아서 몇 명 아이들과 함께 남은 숙제를 하고 집으로 갔습니다. 매번 그런 일이 반복되다 보니 학교가 가기가 두려웠습니다.

초등학교 5학년 봄 소풍 갔습니다. 가기에 하루 전날 저녁에 누나랑 집 근처에 갔습니다. 돈이 얼마 없어서 과자 2봉지, 콜라 한 병을 샀습니다. 집에 와서 가방에 과자와 음료수를 넣고 잠을 잤습니다. 내일 학교 수업 안하고 놀러 간다고 생각하니 기분이 좋았습니다. 늦은 시간까지 설렘과 흥분으로 잠을 자지 못했습니다. 마치 가을 체육대회 달리기 1등 한 것처럼 기분이 좋았습니다. 하지만 당일 소풍 점심시간 기분 좋은 감정이 모두 깨졌습니다. 아침에 일어나 어머니가 당연히 소풍 가는 날인줄 알고 도시락에 김밥 있을 줄 알았습니다. 어머니에게 김밥 이야기하지 않고 도시락을 가방에 넣었습니다. 그리고 기분 좋게 등교했습니다. 아이들이랑 소풍 목적지에 걸으면서 과자랑 음료수 함께 먹었습니다. 점심시간 되자. 난 친구들이랑 같이 앉아서 가방에 도시락을 꺼냈습니다. 도시락이 열자마자 김치와 밥이 섞여 있었습니다. 내가 좋아하는 김밥이 없었습니다. 친구들은 김밥과 소시지, 과일 등 맛있는 반찬이 많았습니다. 나는 창피한 마음에 도시락을 덮고 다른 곳으로 이동해 울었습니다.

'내 인생에 주인공은 나다.' '나는 내 인생 100퍼센트 책임진다.' 매일 새벽 4시 30분에 일어나 거울 보면서 내면의 자신과 대화를 합니다. 그리고 귀에 이어폰 꽂고 신나게 춤추며 하루 시작합니다. 사무실에 와서도 신나는 노래 들면 좋은 감정과 생각을 하려고 노력합니다. 점심시간에도 잠깐 공원 돌면서 혼자서 신나게 노래 부르면서 춤도 춰봅니다. 또 손가락을 보면서 움직입니다. 왼손과 오른손 손가락 움직이는 모습을 보면 기분이 좋아집니다. 두 손가락 가진 것에 감사함도 가져봅니다. 스스로에게 생각합니다. '이 세상 사람은 왜 태어났을까? 신이 우리에게 그냥 생명을 준 것은 아니다. 신나고 놀고 재미나게 살기 위해 태어났다.'고 생각합니다. 돌아가신 아버지 생각해봅니다. 내 나이 40대 중반 우리 아버지는 어떻게 살아왔지? 새벽 4시에 일어나서 대문 열었습니다. 마당 청소하고 경운기 시동을 걸고, 논밭일하러 갔습니다. 아침에 식사하시고 다시 밭으로 일하러 갔습니다. 동네 이웃 사람들에게 부지런하고 성실하다고 소문이 났습니다. 어머니도 그 시각 일어나서 자식들 학교 준비를 위해 아침밥과 도시락 준비하였습니다. 그러고 밭에 일하러 갔습니다. 나는 처음부터 하루를 어떻게 재미나게 살까? 궁리하지 않았습니다. 30대 후반에 퇴사 후 용접 창업을 했습니다. 직장 생활에 비해 개인 시간이 많았습니다. 시간을 어떻게 써야 할지 몰랐습니다. 사장으로서 초보였습니다. 눈을 뜨고 아침부터 저녁까지 혼자 지냈습니다. 낮 시간 친구들은 모두 직장에 다녔습니다. 이야기할 상대 없다 보니 우울한 기분이 많이 들었습니다. 직장 생활할 때는 동료들과 같이 대화도 하고 밥도 같이 먹다 보니 심심함을 별로 느끼지 못했습니다. 하지만 개인 사업하고부터는 달랐습니다. 일이 없는 날에는 혼자서 무엇을 해야 할지 몰랐습니다. 사무실에서 멍 때리고 걱정과 두려움만 가득했습니다.

걱정이 많다 보니 행동도 나오지 않았습니다. 처음 사업할 때 금방 성공하고 잘 될 것으로 생각만 했습니다. 현실은 그렇지 않았습니다. 입으로 내 자신을 믿고 추진하자고 말을 자주 했습니다. 하지만 실천하지 않았습니다. 그렇게 하루하루 의미 없이 보냈습니다. 지금은 아닙니다. 스스로 최면을 걸어봅니다. '나는 긍정적인 사람입니다.' '나는 운이 좋은 사람입니다.' '그러니 내가 하는 일은 다 잘됩니다.' 등 스스로 칭찬도 자주 합니다.

20대 시절 직업군인 5년 했습니다. 제 기억은 좋은 것보다 나쁜 기억이 더 많았습니다. 군대 선배와 관계도 좋지 않았고, 후배들도 무시하는 경우가 많았습니다. 점점 자신이 작아져 갔습니다. 그 당시 혼자서 할 수 있는 일이 많이 없었습니다. 매일 밤 잠자면서 못난 자신을 원망했습니다. 5년 동안 어떻게 군 생활 버틸지 고민 많았습니다. 하지만 지금 와서 생각하니 시간이 다 해결해 주었습니다. 그때 당시 힘들지만, 하루하루 버티다 보니 시간이 다 해결해 주었습니다. 남과 비교하면 스스로 자책, 겨울 산에서 텐트에서 지내기, 매일 저녁 선배 갈굼 등 20년이 지나고 보니 억지로 생각 하려 해도 나지 않습니다. 군 전역 후 결혼 고민도 많이 했습니다. 20대 후반에 친구 결혼식 참석했습니다. 집에 오면 부럽고 배가 아팠습니다. 그러고 결혼 못 하면 어쩌지 고민했습니다. 30대 후반에 결혼했습니다. 지금 생각해 보면 왜 나 자신에게 학대하고 살았는지 후회가 됩니다. 그 시간에 자신에게 칭찬하고 위로 하고 살았다면, 내 자신이 더 멋진 사람이 되지 않을까? 생각합니다. 우리에게 하루 24시간 있습니다. 잠자고 깨어 있는 시간 우리는 어떤 생각 많이 하나요? 과거의 제 경우는 과거의 후회와 미래 걱정하면 살았습니다. 현재 가진 것에 감사 있음에 집중 못 했습니다. 저자 조셉머피는 "좋은 생각이 좋은 일을 끌어당기고 나쁜 생각이 나쁜 일을 끌어당긴다."라고 말했습니다. 그 예로 직장 생활하면서도 대인 관계도 힘들었습니다. 직장 선배 무슨 일이든 자기 마음대로 일을 추진했습니다. 지켜보고 있는 나로써 매 순간 그런 모습에 나쁜 생각이 나고 나쁜 마음도 생겼습니다. 욕심이 지나칠수록 나쁜 에너지가 나에게도 전해왔습니다. 그 순간 반항심이 생기고 했습니다. 하지만 참고 다른 좋은 생각 하려고 노력을 했습니다. 일 마치고 친구랑 맛난 음식 먹기, 영화 보기, 옷 구경 가기 등 관점을 다른 곳에 돌리기 시작했습니다. 이 상황도 1년이 지나고 나면 생각나지 않습니다. 그 순간 나쁜 생각과 기억은 내가 무시하면 아무것도 아니라는 것을 깨달았습니다.

현재 사업하면서 고객과의 사소한 말로 인해 상처받았습니다. 저녁에 집에 와서 그 말을 곱씹어 볼수록 분해서 잠도 자지 못했습니다. 결국 며칠 뒤 몸과 마음이 아파서 몸살감기 걸리고 했습니다. 그 사건으로 인해 얻는 게 없었습니다. 해야 할 일도 못 하고 자기 연민에 빠져 아무것도 못 했습니다. 지금은 고객에 말에 그냥 흘려보냅니다. 배울 점을 찾고 다음에 똑같은 실수하지 않기 위해 감사함도 찾아봅니다.

3.

부모님의 바람대로

30대 부모님이 모두 돌아가셨습니다. 저는 오 남매 막내입니다. 누나 3명, 형 1명 있습니다. 그리고 30대 후반부터 제 사업을 하게 되었습니다. 전문대학 2년, 군 생활 5년, 직장생활 10년 넘게 했습니다. 그리고 첫 사업을 시작했습니다. 일이 생각처럼 잘되지 않는 경우가 많았습니다. 어디에다 물어볼 것도 없고, 혼자서 가슴속 우는 경우가 많았습니다. 특히 출장용접 급하게 하고 돈을 준다고 하고 주지 않는 경우가 많았습니다. 용접한다는 이유로 사람 가치를 대개 낮게 생각하는 사람들도 있었습니다. 그럴 때면 집에 와서 한 번씩 질문을 합니다. '내가 사업을 너무 쉽게 생각했나?'라는 싶은 생각이 들 때가 있었습니다. 그러다 돌아가신 어머니 생각을 합니다. 어머니는 40대 넘어 늦둥이를 보셨습니다. 내가 초등학교 들어갈 때 어머니는 오십 대였습니다. 어머니가 학교에 오는 날. 가을 체육대회 할 때마다 다른 친구들 부모와 비교해 나이가 많고 늙었습니다. 그래서 오시는 날에는 부끄러워서 도망갔습니다. 하지만 어머니는 농사일만큼은 열정은 대단했습니다. 더운 여름 8월에 포도밭 하실 때는 남다른 열정과 배움 가지고 있었습니다. 나는 주말에 쉬는 날에는 포도밭에 같이 일하는 경우가 종종 있었습니다. 그때 어머니는 포도밭에 나무와 알맹이, 흙, 날씨만 보고도 나무 상품이 어디가 좋고 나쁜지 구별할 줄 아셨습니다. 치료법 맞게 포도나무에 농약을 주고, 비료 주고 포도나무 가지치기하고 하셨습니다. 그리고 일하다 잠시 쉬는 시간에는 항상 저에게 이런 말씀을 하시곤 했습니다. 아들아! 엄마 나이가 70대인데, 만약 다시 60대로 다시 돌아간다면, 포도 기술을 전문으로 배우고 싶다! 20대 후반에 아버지와 제 차로 같이 저녁에 논에 갔습니다. 그때 이런 말씀하신 적도 있습니다. 차 안에서 지금 혹시 힘든 게 없는지 물어본 적이 있습니다. "저는 아직 없어요."라고 말했습니다. 그러니 아버지가 무슨 일을 시작하면, "누군가에게 이 분야에는 이 사람이 최고다." 등 인정받는 사람이 되라고 하셨습니다. 무얼 시작해도 흐지부지하지 말라고 하셨습니다.

이제 알 것 같습니다. 부모님 말씀은 힘들어도 꿈과 희망을 가지고 살아가라, 그러면 반드시 좋은 날이 온다는 이야기였습니다. 오늘도 나는 회사 홍보하기 위해 사람을 만날 때마다 명함을 돌리고 있습니다. 어떤 분이 저에게 이런 말을 합니다. "여기 용접할 사람 많습니다."라고 명함을 던지는 사람이 있습니다. 그래도 참아봅니다. 그리고 나에게 약속합니다. 5년 뒤에는 이 분야에 실력 있고, 능력도 있어서 유명한 사람이 되는 상상을 수시로 합니다.

2021년 9월 1일 영천 시청 복지관 찾아 매달 정기 기부 신청도 했습니다. 신기하게 그날은 잠자기 전 까지 기분이 좋습니다. 일하고 돈 버는 느낌과 다릅니다. 켈리 최는『파리에서 도시락 파는 여자』에서 사업 실패 후 다시 시작할 때 다른 사람 위해 살아 보겠다고 다짐했다 합니다. 초밥 사업하면서 처음으로 기부도 하였습니다. 매년 사업이 잘되어 기부 금액도 늘었다고 말합니다. 그 내용을 보고 저도 따라 해보기는 했습니다. 예전에 사업이 잘되면 해야지 생각했던 모습이 좀 부끄러웠습니다. 성공한다는 기준이 정확히 몰랐습니다. 기부하는 사람들도 모두 돈이 많아서 기부하는 게 아니라는 사실을 알았습니다. 어려울수록 베푸는 것으로 그 사람의 부의 그릇이 보인다는 사실을 알았습니다. 미국 동기부여가 토니 로빈스는『내 안에 잠든 거인을 깨워라』에서 말했습니다. 사업 망하기 전 남은 금액 가지고 레스토랑에서 혼자서 근사하게 밥 먹고 죽어야지, 이렇게 다짐을 했답니다. 하지만 레스토랑 옆자리에 엄마와 어린 아들이 같이 대화 나누는 모습을 지켜봤습니다. 아들이 엄마를 위해 의자도 꺼내주는 모습이 너무 아름다워 남은 돈을 주면서 즐거운 식사하라고 줬다고 합니다. 토니 로빈스는 식사 못 하고 나오는데 너무 기분이 좋았다고 합니다. 그런데, 집에 와서 우편물에 수표가 있었다고 합니다. 친구에게 빌려 준 건데 신기하면서 기분이 좋았다고 합니다. 그 뒤로 다짐했습니다. 어려워도 베풀어야지. 다시 복이 온다는 사실을 깨달았습니다. 그래서 저도 따라 해봤습니다. 돈이 없어도 대출 내어 지갑에 현금 100만 원 들고 가족 및 조카들에게 반가움에 오만 원, 십만 원 줬습니다. 사랑하는 아내를 위해 옷 사라고 현금을 주고 했습니다. 주변에 도움이 필요한 분들을 위해 돈을 쓰기도 했습니다. 예전에는 다른 사람 위해 돈 쓰기가 어색하고, '사는 게 여유가 되면 해야지.'라고 생각했는데, 마음을 바꿔 먹었습니다. 그러니 내 마음의 돈에 대한 태도가 편안했습니다. 그 예로 지금 사업이 힘들 때 지갑에 돈이 없더라도 얼마만큼 돈을 쓰는지가 중요하다는 것을 알았습니다. 부자들은 돈이 많아서 행복한 게 아니라 항상 돈이 있음을 가짐으로 행복하다는 사실도 알았습니다.

20대 군시절 주말에 지체 장애인 자원봉사 간 적이 있습니다. 그때도 지체 장애인을 위해 시설물 청소해주고 힘들었지만, 기분이 좋았습니다. 아직 그때 기분 좋은 감정 잊지 못하고 있습니다. 제가 용접 기술 배우고 싶다는, 결심 이유도 있습니다. 군 시절 저녁 시간에 식당에서 밥 먹었습니다. TV 속 주인공 할아버지가 미소를 지으면 기분 좋게 요양원에서 할아버지 할머니를 이발하고 있습니다. 본인 평생 이발 기술로 가지고 먹고 아이들 출가 보냈다고 합니다. 지금은 무료로 이발해주고 있다고 말합니다. 저는 그 말과 장면이 감동받았습니다. 그리고 스스로에게 다짐했습니다. 해식도 전역하면 기술 배워 남에게 도우고 싶다는 생각을 했습니다. 현재 특수용접 사업 5년차입니다. 회사에서 자격증 취득 후 사설학원에서 배우고 창업을 했습니다. 내 꿈은 조금씩 실행할 수 있어서 행복합니다. 우리 아버지도 돌아가시기 전 시장에서 예쁜 열쇠고리 2개 사 왔습니다. 저녁에 같이 밥을 먹고 물어봅니다. 열쇠 고리 집에 많은데 왜 사 오냐고. 그럼, 아버지는 대답합니다. 젊은 사람이 고생하는 모습에 사고 싶다고 말합니다. 과거에 아버지 보는 것 같다고 말합니다. 그 말을 듣고 나는 아무 말도 못 하고 잘했다고 합니다. 기부한다는 것은 참 좋은 것 같습니다. 또 머리에 알고 있는 것과 실천하고 느끼는 감정도 다른 것 같습니다. 오늘도 경주에 용접 일하러 갑니다. 일하다 힘든 경우가 생기겠지요. 나로 인해 누군가 도움 줄 수 있다면 상상만 해도 기분이 좋아집니다.

아버지는 8남매 장남으로 태어났습니다. 초등학교 2학교 때 그만두고 농사일을 시작했다고 합니다. 아버지는 40대 농사일 생각처럼 잘되지 않아서 일주일간 방에 누워 계셨다고 합니다. 어머니는 지켜보시다가 농사일이 잘될 때도 있고, 안될 때도 있다고 했습니다. 이럴수록 기운 내고 희망을 가지고 일을 하자고 아버님을 설득했습니다. 아버지는 그다음 날부터 더 일찍 일어나시고, 더 열심히 일을 했습니다. 다음 해는 농사가 잘 되어서, 집안을 일으키는 데 큰 도움 되었다고 하셨습니다.

저에게도 부모님처럼 꿈과 희망이 있습니다. 지금 제가 하는 특수용접이 국내에서 최고가 되어 해외에도 진출하는 경영인이 됩니다. 대한민국 나라에 보탬이 되는 사람이 되고 싶습니다. 또 후배들에게도 이 용접 기술

하나만 잘 해도 어디 가서 가치 받는 사람이 된다는 것을 보여 주고 싶습니다.

4.

세상과 멀어지다

중학교 2학교 일입니다. 여자 수학 선생님은 교실에 들어와 수업할 때 한숨을 쉬며 '오늘은 10점 어디 있지?'라고 불렀습니다. 그때부터 내 이름은 10점이었습니다. 수업 중간에도 수학 선생님이 '10점 나와 칠판에 있는 공식을 풀어보아라.' 말했습니다. 그 말에 나가기에 싫었지만, 억지로 앞으로 나갔습니다. 그런 모습에 친구들 웃었습니다. 칠판 앞에서 십 분이 지나도 풀지 못했습니다. 그럼, 선생님이 회초리로 손바닥을 때렸습니다. 학교에서는 성적으로 선생님에게 매번 칭찬도 받지도 못했습니다. 공부가 싫었고 친구도 싫었습니다.

오늘은 점심시간 친형님 공장 근처 털보 매운탕 집에서 식사를 같이했습니다. 요즘 경기가 좋지 않아서 대구 공장 폐쇄하고 영천공장도 직원 두 명을 줄인다고 말했습니다. 그 말을 듣고 나는 '하느님이 고민을, 문제를 선물로 포장해서 보낸 거예요. 그러니 긍정적으로 바라보세요.' 말했습니다. 해결책이 있을 것이라고 말을 했습니다. 나는 2019년 1월 15일 대상포진 확진 판정을 받았습니다. 1년 동안 신경통으로 방바닥에서 기어다녔습니다. 밖에 나가지도 못하고 누구와 통화하기도 어려웠습니다. 어딘가 조금만 신경 쓰면 등에 통증이 왔습니다. 비유하자면 칼로 등을 찌르는 느낌이 들었습니다. 여성 임신하고 출산할 때 고통이 7배 정도 힘들다고 했습니다. 태어나서 지금까지 40년 중반 넘어서까지 크게 아프지 않았습니다. 주변 친구들도 아픈 사람이 없었습니다. 그 당시 나는 병에 집중, 슬픔에 집중했습니다. 자책하기에 바빴습니다. 그러니 없던 병도 더 생기고 더 오래 요양치료했습니다. 만약 지금 다시 그 시기로 돌아간다고 생각한다면 다르게 생각 바꾸고 싶습니다. 기쁨과 행복에 집중, 가진 것에 감사에 집중하겠습니다. 그럼 내 감정이 좋아져서 더 빨리 몸이 회복됩니다. 그러면 일에 집중할 수 있고, 기회도 더 많이 만들 수 있다고 말했습니다. 나는 형님에게 나의 경험 사례 이야기했습니다. 웃으면 형이 나에게 말했습니다. 우리 막내 동생 말을 잘하네. 어디서 공부하나봐. 어릴 때 공부하라고 해도 안 하더니 참 대단하다. 칭찬했습니다.

초등학교 시절 떠올라 봅니다. 1학년 입학하고부터 받아쓰기 시험이 가장 싫었습니다. 나는 밖에서 친구랑 숨바꼭질과 뛰어노는 것이 더 재미있었습니다. 그래서 학교 가기가 싫었습니다. 학교 선생님과 같은 반 친구들이 싫었습니다. 받아쓰기 점수로 나를 평가하고 방과 후에도 계속 남았습니다. 숙제도 매일 내어 주었습니다. 계속 이런 일이 반복되었습니다. 나는 점점 자신감과 소심한 아이로 변했습니다. 중학교 입학하고도 계속 성적으로 평가 받는 나 자신이 너무 싫었습니다. 같은 반 공부 잘하는 친구랑 관계도 당연히 좋지 않았습니다.

갑자기 돌아가신 아버지가 생각났습니다. 아버지는 8남매 장남이었습니다. 초등학교 2학년 다니다 그만두었습니다. 할머니 권유로 농사일하셨습니다. 밑에 동생들은 학교에 다녔습니다. 아버지는 농사에서 70년 농사일을 하셨습니다. 그 분야에 달인이 되셨습니다. 하지만 공부에 아쉬움이 많아서 막내아들은 공부 잘하길 원했습니다. 살아 계실 때 내가 공부 잘하는 모습 보이지 못해 죄송스럽고 미안한 마음도 듭니다. 배움에는 끝이 없습니다. 오늘도 사무실에 출근해 책을 봅니다. 김영식 회장은 『10미터 더 뛰어봐』에서 "부자가 되는 모든 지혜의 원천은 바로 결심이다."라고 했습니다. 생각하면 행동으로 지금 당장 하세요. 우리의 주변에서 알면서도 실천하지 않는 사람을 무수히 봅니다. 다 성공하지 못한 사람입니다. 왜 실천하지 못합니까? 성공에 대한 확신이 없기 때문입니다. 그런 사람은 주변에 너무 많이 의식하고 체면을 따집니다. 그리고 행동으로 옮길 용기가 없습니다. 어떤 새로운 아이디어를 실천하려면 용기, 배짱, 실패를 감수할 수 있는 책임도 있어야 합니다. 성공한 사람들 보면 아이디어 단순해도 용기, 배짱이 있었습니다. 실패에 두려워하지 않으려고 노력도 했습니다. 나는 가끔 힘이 나지 않거나 되는 일이 없을 때 이 책을 자주 봅니다. 나와 비슷하게 없이 시작해 성공한 사람들의 책을 보면 용기 얻습니다. 김영식 회장은 한때 시장을 돌며 잡화를 팔았습니다. 리어카를 끌고 조끼도 팔았습니다. 강남역에서 전단을 뿌렸습니다. 그래서 기업의 대표까지 되었습니다. 흙수저에서 금수저가 되었습니다. 누군가 쓴 책에 나에게 간접 경험할 수 있어서 좋습니다. 또 필요한 글을 내 사업에 직접 적용할 수도 있습니다. 좋은 습관 있으면 따라도 해봅니다. 나는 오늘도 새벽 4시에 일어나 아파트 밖으로 나가 귀에 이어폰 끼고 신나는 뽕짝을 듣습니다. 춤을 추며 '해식이는 할 수 있다.'라고 작게 부릅니다. 팔도 흔들면 파이팅 하니 기분 좋은 아침이 됩니다. 다짐합니다. '그도 하고, 그녀도 한다. 왜 나는 안 돼!' 얼마든지 마음만 먹으면 할 수 있다고 다짐합니다. 그 시간 지나가는 사람이 있어도 신경도 쓰지 않습니다. 작년 겨울에 강변 산책로 기억이 납니다. 1월에 오후 2시쯤 마음이 답답해서 걸으면서 기분이 전환되지 않아 춤을 추고 방방 뛰었습니다. 주변에 할아버지가 지켜보면 젊은 사람이 미친 것처럼 보인다는 말을 들었습니다. 저는 신경 쓰지 않고 내 감정에 따르고 주변 사람에게 피해 주지 않는 선에서 행동했습니다. 그러니 진짜로 기분이 좋아지는 것을 느꼈습니다. 그 뒤로도 기분이 다운되면 걷거나 춤을 추면서 힘내라고 외칩니다. 아니면 가까운 산에 등산하면 소리를 지릅니다. '해식이는 뭐든지 할 수 있다.', '해식이는 운이 좋은 사람이다.' 외치고 하늘을 보고 심호흡을 합니다. 5년 뒤 내 모습을 상상합니다. 원하는 결과만 생각만 합니다. 가까이 가기 위해 지금 작은 행동도 합니다.

공부 기간이 많을수록 내적 가치가 높아집니다. 나의 행복 지수도 당연히 높아집니다. 처음에는 자기 계발 시작하고 1년이 지나고 아무런 효과 없는 줄 알았습니다. 중간중간 고비마다 포기할까 생각도 했습니다. 하지만 지금까지 한 것이 아까워 계속 시작했습니다. 어느 분야에서 최고가 된 위인들도 무슨 일이든 한 가지에 끈기 가지고 최고가 되어보는 것이 중요하다고 말합니다. 오늘도 끈기라는 단어를 마음속으로 되새겨봅니다.

직장 생활할 때 아무 생각 없이 일을 했습니다. 때가 되면 출근하고 일하고 밥 먹고 일하고 퇴근했습니다. 반복적 패턴에 의식 수준이 1년 3년 지나도 똑같았습니다. 같은 말 같은 행동 같은 생각만 했습니다. 내가 하고자 하는 핵심은 여러분도 변화를 원할 때 책을 보고 세미나 강연 다녀보세요. 그럼, 분명 자신도 변화하게 됩니다. 가만히 생각만 해서는 아무것도 모릅니다. 직접 발로 뛰어야 합니다.

책과 강의 듣기 전 나의 모습은 세상에 가장 어려운 피해자라고 생각만 했습니다. 가진 것보다 나보다 잘난 사람에 집중했습니다. 그럴수록 마음에 상처만 더 커졌습니다. 또 포기도 빨랐습니다. 빠른 성과 나지 않아 내 탓만 했습니다. 그 예로 유튜브 영상 올리다가 나보다 더 잘한 사람이 나타나면 내 마음이 위축이 됩니다. '나보다 잘난 사람이 올리는데 내 영상은 보겠어.'라는 나쁜 생각이 나서 포기도 했습니다.

책과 강의 들은 후 제 모습은 마음이 근육이 생겨 빨리 회복이 됩니다. 그 예로 좋지 않는 상황이 발생하더라도 '그래도 그만해서 다행이야.'라고 감정의 변화를 시킵니다. 수입이 생각처럼 생기지 않아도 작년보다 열심히 하는 모습에 초점을 두고 칭찬을 합니다.

5.

자신감 점점 없어지다

사업 2년 차, 공장을 사고 싶었습니다. 월세 주는 것보다 무리하게 대출을 내서라도 사고 싶었습니다. 한 달 이자 비용이 250만원 나왔습니다. 살지 말지 고민했습니다. 그래서 주변에 공장 가진 사람은 어떻게 살아가는지 찾아서 물어봤습니다. 내가 궁금한 사항 하나하나 묻고 집으로 왔습니다. 스스로에게 물어봅니다. 저 사람도 하는 왜 나는 못 하지? 나보다 기술도 수입도 많지 않으면서 실행한 모습에 용기가 생깁니다. 그 사람은 공장 월세 200만 원 나간다고 말합니다. 앞으로 더 열심히 하면 이 공장을 사고 만다고 자신 있게 말합니다. 그 모습에 나도 해 보자고 결단하고 실행했습니다. 그해 2019년 9월에 공장을 구입했습니다.

초등학교 2학년 올라가자, 특수반에 들어갑니다. 초등학교 형과 누나 같이 공부했습니다. 인원수 10명이었습니다. 학교 선생님과 아이들은 보통아이와 다르게 봤습니다. 교실도 떨어져 있었습니다. 나는 수업을 다르게 들어도 공부는 향상되지 않았습니다. 대신 마음에 상처만 계속 쌓였습니다. 점점 자신감이 없어지고, 아이들과의 관계도 더 좋지 않게 변했습니다. 오후 점심시간 운동장에 친구들이 축구하는 모습에 나도 같이 놀고 싶었습니다. 운동화 신고 축구했습니다. 한 아이가 내게 이런 말을 했습니다. 너는 우리랑 다르니 다른 곳에 놀아라. 그 말에서 30년이 지난 일인데도 아직 기억납니다. 그 뒤 학교 갈 때마다 친구들과 선생님 눈치 보고 지냈습니다. 20대 군대에서도 입대하고도 상황은 변하지 않았습니다. 고참과 후배 눈치 보기 시작합니다. 직업군인을 지원합니다. 6개월 기초 군사 훈련받았습니다. 하사관 임명 뒤 전북 익산 천마 부대에 배치되었습니다. 그곳에 도착해 우리 부대원들은 모두 제주 훈련에 갔습니다. 그래서 나와 동기 3명도 다시 제주도로 갔습니다. 도착 후 중대장에게 전입 신고했습니다. 바로 위 고참이 종이에 고참 서열과 군가 적어 주면서 외우라고 합니다. 내일 저녁에 확인한다고 말합니다. 다음날 저녁밥 먹고 고참이 부릅니다. 그리고 고참 서열과 노래 불러 보라고 합니다. 나는 100퍼센트 외우지 못해 돌멩이로 머리를 맞았습니다. 머리에 피가 납니다. 그때 깨달았습니다. 군대가 이런 대구나! 내가 잘하지 못하면 때리고 바보로다 만들 수 있구나. 보름 뒤 아침 식사하기 전 중대장이 다른 중대 한명이 새벽에 탈영했다고 합니다. 알고 보니 저보다 한 기수 빠른 선배였습니다. 나는 마음속으로 생각했습니다. 얼마나 힘들면 도망까지 갔을까. 그렇게 나는 군 생활이 적응했습니다. 20년 지나 지금도 문득 군 생활 다시 생각합니다.

그 당시 힘든 군 생활도 좋은 추억으로 남았습니다. 하지만 이제는 아무짝에도 쓸모없는 인간이 되고 싶지 않습니다.

지금은 12월달입니다. 아침에 공장으로 출근해 추워서 현장에서 춤추기 운동 20분 합니다. 약간 땀을 흐르고 태양을 봅니다. 어깨를 짝 펴고 말해봅니다. 나는 운이 좋은 사람입니다. 우주에 좋은 기운이 나에게 오고 있습니다. 나는 하는 일마다 모두 잘됩니다. 찬바람이 부니 내 몸이 금방 차가워집니다.

군대 첫 동계 훈련 생각이 납니다. 강원도 산속에서 훈련받았습니다. 매일 아침 위통 벗고 달리고 얼음물에 들어갔습니다. 잠은 땅속에 들어가서 잤습니다. 그때 부대원과 같이하다 보니 추운지도 모르고 지냈습니다. 아침밥 먹고 온도계 보니 영하 20도였습니다. 지금은 영하 1도이다 보니 춥지는 않습니다. 사람은 그 환경 속에서 어떤 초점을 맞추고 의미 두느냐가 중요한 것 같습니다. 춥다고 움츠리면 더 추워 아무것도 못하는 게 사람의 마음입니다. 그래서 내일도 아침에 시원하게 바람과 춤추려고 합니다. 그러다 보면 내 몸이 적응되어 반복된 일상이 적응될 거라 생각합니다. 겨울바람 덕분에 춤추는 시간이 많아져서 신께 감사합니다. 또 겨울이라 일이 별로 없는데 글을 적을 수 있어서 감사합니다. 돌아가신 아버지가 생각납니다. 농사 70년을 하였습니다. 겨울에 농사일이 없으니 폐지 줍기로 하셨습니다. 날씨가 춥다 보니 두꺼운 장갑과 귀마개 착용하고 새벽 일어나 일을 하셨습니다. 집에 오면 얼굴이 빨갛고 콧물이 흐르고 했습니다. 추운 날씨에 가족이 있기에 움직인 것 같습니다. 저는 이제야 알 것 같습니다. 가장의 책임감. 내 소중한 가족을 지키기 위해서 추위도 이겨낸다는 사실을 깨달았습니다. 아버지 고맙습니다. 그 가르침에 소중히 간직하며 행복한 가정을 이끌어 가겠습니다.

20대 후반 친구랑 나이트 갔습니다. 저녁에 퇴근 후 고깃집에서 밥 먹으면 술을 먹었습니다. 친구랑 오늘 있었던 회사 이야기하면 술로 스트레스 풀려고 했습니다. 2차에 나이트 가서 춤을 췄습니다. 금방 기분이 좋아지고, 웃음도 납니다. 좋은 감정이 느껴집니다. 오늘 회사에 나쁜 기억이 나지 않습니다. 가만히 있으면 잡생각이 나는데, 춤추고 움직이니 감정이 좋아집니다.

현재도 혼자서 추운 날씨 춤을 추고 나쁜 생각이 없어집니다. 지금, 이 순간 기쁨에 집중할 수 있어서 기분이 좋습니다. 노래방 가서 노래 부르는 것도 좋습니다. 과거에 무엇을 할 때 좋았지, 생각을 합니다. 고등학교 시절 친구랑 노래방 가서 노래 부를 때도 좋았습니다. 서로서로 노래 부를 때 손뼉 치고 템버린 쳐서 좋았습니다. 원하는 곳에 집중하니 원치 않는 것은 생각을 안 하게 됩니다. 론다 번의『더 시크릿』에 나오는 기분 좋아지는 방법 3가지 있습니다. 첫째, 기분 좋은 노래 부르기. 둘째, 사랑하는 가족이나 아기 생각하기. 셋째, 반려동물이 재롱 피울 때 생각하는 것이다. 말합니다. 그래서 1년 넘게 기분이 다운되면 혼자서 노래나 휘파람 부릅니다. 사랑하는 아내도 생각도 합니다. 집에 키우는 고양이 재롱 피우는 모습도 생각합니다. 나는 사람들과 함께 춤추고 노래 부를 때 기분이 좋습니다. 혼자 있으면 씁쓸한 기분이 듭니다.

과거 우리 어머니도 혼자 있을 때보다 마을 사람들과 함께 춤추고 놀 때 기분 좋아했습니다. 얼굴에 미소가 가득하면서 웃음소리도 듣고 했습니다. 아버지도 친척 집에서 술 한잔하고 노래 부를 때 좋아하셨습니다.

직장 다니다 퇴사 후 1인 창업자가 되었습니다. 혼자 있는 시간이 많습니다. 과거 하루 24시간 중 잠자는 시간 빼고 계속 부정적 생각을 했습니다. 일이 들어오면 미리 근심 걱정했습니다. 장점보다 단점을 먼저 보게 되었습니다. 계속 나쁜 습관을 가지고 반복되다 보니 몸이 아파 누워 있는 경우도 많았습니다. 일주일 2~3일은 몸이 아파 일도 못 했습니다. 5년 직장 생활할 때 후배가 했던 말이 생각납니다. 무슨 말이라도 예민하게 받아들인다고 말했습니다. 그 말이 처음에 무슨 말이지 몰랐습니다. 지금이야 그 말이 맞겠다는 생각이 듭니다. 이제는 바꿔 보려고 합니다.

하루에 사용할 수 있는 에너지가 있습니다. 어디에 더 집중할 것인지 선택하면 됩니다. 나는 오늘도 행복과 재미에 선택합니다. 나는 오늘도 자신 믿음에 믿기에 선택합니다. 규칙적인 하루 관점을 다르게 봅니다. 일하더라도 창조적인 방법이 없을까? 어제보다 오늘도 좀 더 다르게 해보자는 식으로 일을 합니다.

6.

오늘은 어제와 같을 수 없다

학창 시절 공부 못했습니다. 아침에 어머니가 학교 가야지 하며 깨우고 밥도 차려줍니다. 아침밥을 먹고 학교 가려면 걱정부터 났습니다. 분명히 학교 가면 친구들 눈치 봐야 하고 수업 시간에 선생님 숙제 검사했습니다. 검사에 불합격하면 친구들 보는 앞에서 꾸중을 들었습니다. 매일 학교 갈 때마다 반복되다 보니 내 마음이 편안하지 않았습니다. 점점 자신감이 없어지고 주눅 드는 아이가 되어 가고 있었습니다. 쉬는 시간 주변 친구에게 말도 건네지 못했습니다. 친구도 없었습니다. 그래서 학교생활이 재미가 없었습니다. 한숨만 쉬고 다녔습니다. 수업 마치고 집에 오는 날에는 땅만 보고 집으로 조용히 왔습니다.

내 감정에 취해 혼자서 아무것도 못했습니다. 2016년 5월 개인 사업 시작했습니다. 일이 없는 날에는 무엇을 해야 할지 아무것도 몰랐습니다. 지금 하는 일을 잘하고 있는지 의심부터 했습니다. 보통 사람처럼 평범하게 일하면 되는 줄 알았습니다. 고객에게 싫은 소리 듣는 날이면 일주일씩 혼자서 가슴앓이를 했습니다. 걱정이 너무하다 보니 감기, 몸살도 수시로 걸렸습니다. 너무 걱정만 하다 보니 이러다 죽겠다 싶은 정도였습니다. 지켜보던 아내가 말합니다. 하고 싶은 말 하면 되지 왜 혼자서 끙끙거리면 사냐고? 당신이 병이 나서 죽겠다. 혼자서 참고 있는다고 아무도 알아주지 않는다는 말했습니다. 친형한테도 잔소리 들어도 할 말 못 하고 지냈습니다. 그 문제에 혼자 취해 계속 나쁜 쪽으로 확대하고 했습니다. 꼬리에 꼬리를 물어 계속 파묻혀 지냈습니다. 개선되지 못했습니다.

나이 40대 중반이 흐르고 보니 한 가지 꾸준히 노력만 하면 성공할 수 있다는 자신감을 가졌습니다. 매 순간 멍 때리기에 보다는 내 꿈에 가까이 가기 위해 무엇을 하지? 질문 후 행동을 합니다. 당장 할 수 있는 일은 찾아 공장이나 사무실 청소합니다. 수시로 방법을 바꿔서도 해봅니다. 일이 생각처럼 되지 않으면 심호흡 크게 합니다. 들숨 날숨 몇 번 하면 기분이 좋아집니다. 어깨도 쫙 폅니다. 하늘을 보며 올림픽 금메달 선수처럼 기분 좋은 상상도 합니다. 그럼 한결 가벼워집니다. 미국 동기 부여가 토니 로빈스는 감정은 행동으로 바꿀 수 있다고 말했습니다. 기분이 너무 좋거나 갑자기 기분이 다운되면 춤추라고 말했습니다. 그 말을 듣고 직접 따라 해봤습니다. 정말 기분이 좋았습니다. 몸에서 땀이 나면 날수록 에너지가 올라갔습니다. 하는 일에 집중이 더 잘되었습니다. 한겨울에 이 방법을 해봤습니다. 공장에 출근해 작업복을 입고 귀에 이어폰 끼고 신나는 노래 들었습니다. 30분 정도 춤을 춘 후 몸에서 열이 났고, 일을 했습니다. 중간에 미래 내 모습 상상하면서 할 일을 했습니다. 확실히 오전에 일에 능률이 올랐습니다. 회사에 출근해 춤추지 않고 하는 날에는 날씨가 추워 사무실에 히터 틀고 밖으로 나오지 않았습니다. 계속 앉아서 TV를 보거나 인터넷 영상을 보고 있으면 점점 나태해지고 아무것도 하지 않았습니다. 돌아가신 아버지는 동네에서 제일 성실했습니다. 매일 새벽 3시에 일어나 하루를 시작했습니다. 비가 오나 눈이 오나 그 시간에 일어나 대문을 제일 먼저 열었습니다. 마당에 청소도 했습니다. 마구간에 소밥을 주기 위해 불을 지펴 밥을 했습니다. 날씨가 좀 밝아지면 산에 나무하러 갔습니다. 한겨울 온돌방 따뜻하게 하기 위해 매일 아침/저녁 불을 피우다 보니 나무가 빨리 없어집니다. 아버지 모습을 매일 곁에서 보면서 가족에 대한 책임감과 성실함을 배웠습니다. 어머니는 일을 효율성 있게 했습니다. 반복된 일이지만 매일 조금 다르게 바꿔보면 했습니다. 창의력이 강했습니다. 남들과 똑같이 하면 그것밖에 하지 못합니다. 그래서 일을, 문제의식을 느끼고 했습니다. 그 예로 포도밭에 일을 할 때도 오늘은 나무 가지치기했다면 내일 농약을 치며 포도의 건강도 체크합니다.

성공한 위인들 대다수 학창 시절 모두 낙인 찍힌 학생이었습니다. 에디슨, KFC 창업주 등 모두 학창 시절 머리가 좋지 않았습니다. 하지만 살아오면서 남들보다 좀 더 문제를 집중적으로 파고들었습니다. 하는 일에 남들처럼 당연히 받아들이기보다 의문점 가지고 문제를 풀었습니다. 30대 직장 생활할 때 일을 하다 문제가 생기면 문제로만 바라봤습니다. 해결책을 찾기보다 머리가 아프다는 핑계로 하지 않았습니다. 지금은 일하다 문제가 생기면 내가 존경하는 인물을 떠올라 봅니다. '만약 현대 고 정주영 회장이라면 이 상황을 어떻게 받아들일까? 삼성에 이병철 회장이라면 어떻게 해결할까?' 등 그 문제 상상해 봅니다. 답을 찾으려고 노트에 적어봅니다.

매일 하루하루 해야 할 일에 목적의식을 가져 봅니다. 우선순위를 적고 실행합니다. 나쁜 기억과 미래에 불안을 완전히 스위치 끕니다. 현재에만 집중합니다. 남들이 보기에 사소한 일이지만 창의적 사고도 가져 봅니다. 만약 일을 하다 고민이 있으면 노트에 적어 봅니다. 수시로 해결책을 노트에 적어 봅니다. 반복해서 문제의식을 느끼다 보면 해결책이 보입니다. 그 예로 오늘은 일이 하다 잘되지 않습니다. 기록 일지를 노트에 쭉 적어봅니다. 내일 아침 다시 노트를 보고 해결책을 찾았습니다. 더 쉽게 말해면 초등학교 때 선생님이 구구단 숙제 내어 준 적이 있었습니다. 당일 저녁에 외우려 해도 잘되지 않았습니다. 다음 날 아침에 눈 뜨자마자 보면 잘 외운 기억이 있을 겁니다. 저는 그렇게 문제를 이런 식으로 해결하려고 합니다. 작년보다 올해 다르게 시도해 성장합니다. 좀 더 천천히 성공하려고 합니다. 조급할수록 손해 봅니다. 자주 자신에게 칭찬과 격려도 합니다. 지금까지 잘 버텼는데 앞으로도 잘됩니다. 나는 운이 좋은 사람입니다. 그러므로 좋은 것이 나에게 오고 있습니다. 내면에 문제를 찾아봅니다. 그러면 반듯이 할 수 있다는 신념도 생깁니다.

오늘은 경주에서 대문을 가지고 왔습니다. 얼마 전 태풍이 와 바람이 불어서 대문이 파손됐습니다. 전화로 상담하니 대문 소재가 알루미늄 주물이었습니다. 공장에서 경주까지 왕복 2시간이라 거리가 있어서 장비를 싣고 갔습니다. 현장에 도착해 보니 산속이라 바람도 불고 전기 용량도 부족했습니다. 그래서 대문을 싣고 다시 공장으로 가지고 왔습니다. 부러진 부위 용접을 합니다. 알루미늄이라 냄새가 심하게 나고 잘 붙지도 않습니다. 4시간 작업을 하다 다음 날 일어나니 몸살이 온 것 같습니다. 마스크 착용하고 일했는데도 냄새가 독해서 계속 누워 있고 싶습니다. 새벽 4시 일어났다가 다시 누웠습니다. 약간 추워서 감기약을 먹었습니다. 오전 8시 넘어서 다시 일어나 출근했습니다. 이번에는 용접 마스크 바꿔 착용해 다른 용접 방식을 적용해 해봅니다. 어제는 속도가 나지 않고 주변에 깨지는 소리가 나서 불안했는데 다른 기계로 용접하니 좋아진 것 같습니다. 오후 늦게까지 용접 후 퇴근을 했습니다. 육체적으로 힘든 하루였지만 기분은 좋습니다. 오늘도 해냈다는 의식이 기분이 좋았습니다.

오늘도 꾸준히 해야 할 일에 초점에 맞춰 일을 합니다. 아무리 작은 일이라도 적극적으로 집중하고, 문제의식을 갖고 고민하고 개선하려는 마음가짐을 가진 도전적인 사람과 그렇지 않은 사람에게는 장기적으로 보면 놀라운 정도의 차이가 생깁니다. 그것은 현실에 안주하지 않고 조금이라도 발전시키고 싶은 마음, 자신을 향상시키려는 마음이 있느냐 없느냐의 차이기도 합니다.

7.

나는 굉장한 사람이다

지난주에 『더 파이브』 공저 책이 나와 대구 교보문고 갔습니다. 오후 일 마치고 아내와 같이 지하철 타고 대구 동성로 갔습니다. 교보문고 도착 후 책이 정말로 매장 안에 진열되리라 상상도 못 했습니다. 도착해 책을 보고 인증 사진 찍어 보니 기분이 좋았습니다. 책 한 권 나오기까지 이렇게까지 힘들 줄 몰랐습니다. 나오고 보니 그동안 힘들었던 순간이 모두 사라졌습니다. 책을 통해 누군가 희망과 꿈이 가지기를 바랍니다. 기분이 좋아 다음 날 아침에 인스타와 페이스북 올렸습니다. 거래처 사장님께 책을 선물하니 놀랍니다. 언제 책을 냈는지 정말 대단하다고 말합니다. 자기도 책을 내고 싶은데 엄두가 나지 않는다고 말합니다. 같이 사무실에서 커피 한잔 먹고 사인도 해드렸습니다. 인증사진도 찍었습니다. 저녁 7시에 문자 옵니다. 책을 보고 밑줄 치고 "내용이 아주 감동이었습니다."라고 말하고 공감 가는 말이 많았다고 전합니다. 전화 끊고 문자로 존경한다는 말을 합니다. 대단하다 등 장문의 내용 왔습니다. 문자 메시지를 보면 기분이 좋았습니다. 지금까지 일하면 잘한다고 말을 들었습니다. 근데 이번에 책을 통해 누군가에게 고맙다, 존경한다, 들으니 기분이 색달랐습니다.

책 나오기 전 매달 교보문고에 20만 원 주기적으로 구매했습니다. 보면서 작가들의 공감 가는 말에 밑줄 긋고 좋은 습관을 따라 했습니다. 노트에 적었습니다. 수시로 보고 했습니다. 2020년 1월에 이서연, 홍주연의 『더 해빙』 글 내용을 보고 너무 좋았습니다. 코로나19 시기 대한민국이 전체적 분위기가 어수선했습니다. 용접 문의도 없었습니다. 매달 세금과 이자, 생활비 나갔습니다. 일이 없고 돈이 없다 보니 마음이 혼란스러웠습니다. 밤에 잠도 잘 오지 않았습니다. 돈 없음에 집중할수록 하루에 힘이 나지 않았습니다. 그래서 새벽 5시에 욕조에 미지근한 물에 몸을 담그고 노래를 들었습니다. 명상을 하면서 『더 해빙』 책을 보고 다시 보고 좋은 글을 따라 했습니다. 해빙 노트 적었습니다. 내가 가진 것 5가지 글을 적었습니다. 책에 쓰고 날짜도 적었습니다. 기분이 좋은 날에 느낌과 감정도 적었습니다. 읽고 행동으로 옮기다 보니 금방 기분이 좋았습니다. 새벽에 일어나 감사일기도 함께 적었습니다. 오늘도 새로운 하루 선물 해주심에 감사합니다. 오늘 하루도 새롭게 시작할 수 있어 감사합니다. 그럼에도 불구하고 오늘 하루도 숨을 쉬고 맛난 음식 먹을 수 있어서 감사합니다. 힘들다고 고민하기 보다는 책을 보고 좋은 습관 따라했습니다. 걱정과 불안이 느낄 때는 심호흡 크게 하고 밖에 나가서 걷기 운동도 합니다. 풍족함을 상상합니다. 내가 가진 것을 기술과 경험을 누군가에게 도움을 줄 것인지 생각도 합니다. 원하는 것에 집중하니 금방 기분이 좋아집니다. 새로운 아이디어가 떠오릅니다.

글쓰는 작가가 되어보니, 작가 마음 조금 알 것 같습니다. 누군가 돕기 위해 쉽게 설명하려고 노력합니다. 책 한 권에 진심을 담기 위해 노력을 합니다. 같은 글을 몇십 번 읽어 보고 독자를 위해 글 썼다는 사실. 책 한 권 나오기까지 그 내용에 보고 또 보고 수정했는지 알게 되었습니다. 지금은 책을 읽으면 1대1 과외받는다는 느낌으로 봅니다. 좋은 글은 노트에 따라 적고 책에 질문이 있으면 답도 적습니다. 하나하나 따라 하다 보니 5년 뒤 지금보다 달라진 삶을 살 수 있다는 자신감도 생겼습니다. 좋아하는 멘토 만나는 것도 중요합니다. 하지만 만나지 못한다면 노트에 문제를 적어 그 사람이라면 어떻게 해결할지 적어봅니다. 춥고 비 오는 날에 기분이 가라앉습니다. 친구 만나서 수다 떠는 것도 필요했습니다. 모두 출근시간이라 연락 할 때가 없었습니다. 가만히 있자니 기분이 더 안 좋았습니다. 좋아하는 미국 동기 부여가 토니 로빈스라면 어땠을까? 잠시 노트에 적었습니다. 감사 일기를 적습니다. 현재 이 순간 계속 적어 봅니다. 터보 노래 〈검은 고양이〉를 틀고 춤을 췄습니다. 기분이 금세 좋아졌습니다. 하기 싫은 일도 다시 하게 되었습니다. 친구랑 나이트에서 춤추고 땀 흘리면 기분 좋듯이 그런 기분이었습니다.

독서 알기 전에는 세상에서 제일 못난 사람이고 피해자라고 살았습니다. 학창 시절 학교 가기가 두려웠습니다. 선생님과 친구들이 모두 싫어했습니다. 스스로를 부족한 아이라고 바라봤습니다. 그때부터 세상에서 아무짝에도 쓸모없는 사람처럼 보였습니다. 중학교 2학년 같은 반 친구 소개로 미팅 한 번 나갔습니다. 주말에 학교 근처 빵집에서 만났습니다. 당일 만나기 전 잘 보이고 싶어서 방에 누나 쓰던 향수를 뿌려 나갔습니다. 너무 많이 뿌려서 만남 자리에서 몇 마디 말도 못했습니다. 헤어지고 친구에게 말을 들었습니다. 얼굴도 못생겼는데 향수도 너무 많이 뿌려서 싫다. 말했습니다. 그 말에 상처도 받았습니다. 10대 시절 여자 친구 사귀는 게 소원이었습니다. 고등학교 시절에도 소개 받아도 계속 차였습니다. 결혼을 늦게 했습니다. 20대 또래 친구들은 이성 여자 자주 사귀는 헤어지는 모습을 자주 봤습니다. 모임 나갈 때마다 친구들이 부러웠습니다. 나는 누군가 소개받아도 하루 만에 차이고 했습니다. 이성친구와 대화 하면 부담스럽다. 말을 하거나 눈치가 없다고 말했습니다. 연애 책을 보고 따라 해봤습니다. 잠깐은 효과는 있지만 오래가지 못했습니다. 이성친구에게 차이는 날에는 친구랑 술 마시는 날이 많았습니다. 점점 누군가 만나기가 두려웠습니다. 하지만 천천히 집착하기보다는 필요한 시기에 좋은 사람 만날 수 있다는 마음을 가졌습니다. 결국 30대 후반 결혼을 했습니다. 사업도 7년 동안 해냈습니다. TV에 보면 평균 3년 안에 90퍼센트 사업 망한다고 했습니다. 매년 사업 년차가 쌓일수록 좋은 생각보다 나쁜 생각 많이 했습니다. 일이 들어오면 미리 걱정했습니다. 일하다 잘못되어 잔금 주지 않으면 어떡하지 등 불편한 생각을 많이 했습니다. 안동에 출장 용접하러 간 적이 있습니다. 군 부대 식당에 신축건물 식당 용접했습니다. 업체 사장님 작업을 끝내고 돈은 저녁에 보낸다고 했습니다. 그 말을 듣고 2시간 걸쳐 집으로 왔습니다. 다음날 전화 하니 저녁에 보낸다고 다시 말합니다. 3일 지난 후 왜 보내지 않느냐고 하니 작업이 마음 들지 않는다고 말합니다. 그래서 보내지 못한다고 합니다. 그 뒤 받을 때까지 잠을 못 잤습니다. 결국은 받았습니다. 직장 생활 할 때 돈 때문에 걱정 하지 않습니다. 매달 월급이 꼬박꼬박 들어왔기에 나쁜 생각은 하지 않았습니다. 사업 시작하니 돈 안 주는 업체가 많습니다. 특히 건설업이나 장비업체가 그렇습니다. 이건 내 생각입니다.

45년 동안 살아오니 모두가 견뎌냈습니다. 학교, 군대 생활, 직장생활 등 내가 생각한 것보다 훨씬 더 강한 것 같습니다. 그 당시 힘들어 걱정과 두려움 인해 잠을 자지 못한 경우가 많았습니다. 하지만 지나고 나니 모두 이겨냈습니다. 오늘 아침 거울 보면 칭찬과 격려와 하루 시작합니다.

8.

정주영처럼
생각하고 행동하라

처음 해본 일을 시작하면 금방 포기했습니다. 초등학교 방학 숙제 때 못하면 누나와 형이 대신 해주곤 했습니다. 그래서 혼자서 못하는 사람이구나 생각했습니다.

초등학교 입학했습니다. 글 읽기와 받아쓰기 매일 공부했습니다. 또래 아이들 비해 따라가지 못했습니다. 그래서 선생님이 늦게까지 학교에 남아서 나머지 수업을 시켰습니다. 평일에 매일 하다 보니 자신감이 없었습니다. 집에 와서도 숙제는 하지 않았습니다. 지켜보던 누나와 형이 대신 숙제를 해주었습니다. 군대 들어가서도 연차가 쌓이고 선배가 되었습니다. 야외 훈련을 나가서 저녁에 잠을 자기 위해 텐트를 쳐야 했습니다. 만약 내가 텐트 설치 못하고 있으면, 선배가 잔소리 할까봐 겁이 났습니다. 그래서 피하고 다른 데로 갔습니다. 시키는 일에만 했습니다. 하지만 자꾸 피할수록 잠깐은 편했습니다. 자신감도 없어졌습니다. 결국은 지켜보던 후배가 먼저 텐트 설치했습니다. 선배들에게 칭찬과 인정도 받게 됩니다.

2016년 5월 자영업으로 사업을 시작했습니다. 직장생활 10년 동안 다니다 나와 첫 사업 시작하다 보니 두려웠습니다. 고객에게 일 못한다고 싫은 소리 들을까 걱정했습니다. 새로운 일을 시작하고, 현장 거리가 먼 경우 '일하다 잘못 하면 어떡하지?' 두려움과 불안이 생겼습니다. 작업 일정이 다가오면 '포기할까?' 생각도 많았습니다. 생각이 많아지고 자신감도 없어졌습니다. 결국 못하는 경우도 있었습니다. 매 순간 할 수 있는 일보다 과거와 먼 미래 걱정만 했습니다. 그 예로 들자면 혼자 있는 시간 움직이지 않고, 한숨 쉬고 걱정만 계속했습니다. 그럴수록 걱정만 더 늘어났습니다. 2019년 9월 비행기 부속품 용접 문의해 왔습니다. 작업하기 전 많은 고민이 있었습니다. '용접 끝낸 후 비행기가 고장 나면 어떡하지? 그로 인해 많은 사람이 다치면 어떡하지?' 등 나쁜 생각이 많았습니다. 하지만 고객에게 용접한다고 말한 후 할 수 있다고 결단 내렸습니다. 3일에 거쳐 작업하니 아무런 문제가 없었습니다.

고등학교 입학할 때도 내가 가고 싶은 학교 있었습니다. 하지만 누나가 상업 고등학교 가면 공부 더 못한다고 말했습니다. 결국 어머니와 누나가 원하는 인문계 고등학교 갔습니다. 적성에 맞지 않고 지금은 용접을 하고 있습니다. 꿈은 누군가 의해 만들어 지는 줄 알았습니다. 하지만 돌고 돌아 내가 원하는 직업을 얻었습니다. 현대 (고) 정주영 회장의 『시련이 있어도 실패는 없다』에서 그는 일하다 생각처럼 되지 않으면 책을 봅니다. 30분 정도 읽고 나도 할 수 있다는 자신감도 생깁니다. 나보다 더 힘든 상황 극복하는 글에 힘이 얻습니다. '그래, 나도 다시 해보자.' 외쳐도 봅니다. '그도 하고 그녀도 한다. 왜 나는 안 돼? 나도 할 수 있다.' 스스로 말도 해 봅니다. 만약 지금 내 상황을 그 사람이라면 어떻게 풀까? 노트에 적어도 봅니다. 좋은 질문이 내 운명을 결정도 합니다.

2021년 경주 온수 탱크 용접 견적 냈습니다. 현장 도착해 보니 20년 지난 거였습니다. 고객에게 교체를 권했습니다. 고객은 요즘 코로나 때문에 손님이 없으니 몇 년만 쓰게 해 달라고 했습니다. 작업 비용은 둘째 치고 고난이도 작업이었습니다. 다른 업체 알아보라고 했습니다. 이전 다른 업체 왔다가 못한다고 했습니다. 일단 집에 가서 생각한다 말한 뒤 고민했습니다. 이미 성공한 사람들 책을 봅니다. 그럼 마음을 다 잡게 됩니다. 고객에게 전화해 작업을 한다고 말했습니다.

1일 차 작업자 3명 같이 합니다. 오전에는 현장 주변에 작업에 불필한 것을 치웁니다. 오후에는 온수탱크 용접 들어갑니다. 일의 진도가 나지 않습니다. 걱정이 많아집니다. 늦게 퇴근하고도 집에 가서도 어떻게 하면 빨리 끝낼지 고민합니다. 어렵게 고민할수록 마음이 겁이 쉽게 먹습니다. 갑자기 '그만할까?' 나쁜 생각이 듭니다. 그냥 못한다고 말할지 고민도 했습니다. 새벽 4시에 일어나 저자 조성희의 『뜨겁게 나를 응원한다』 책을 봅니다. 크게 실패할 용기 있는 사람이 크게 성공합니다. 명언을 봅니다. 짧은 글에 마음에 위로가 됩니다. 3가지 해결 방법이 있습니다.

첫째, 현재 고민 문제를 노트에 적습니다. 둘째, 현재 할 수 있는 부분 적습니다. 셋째, 좋아하는 멘토가 있는데 이 상황 어떻게 해결할지 고민합니다. 배울 점이 뭔지도 찾아봅니다. 할 수 있다는 신념을 가지면 아이디어도 가집니다. 3일 차 오후 5시에 용접이 잘 되어 가는데 용접기가 고장이 났습니다. 기계를 빌려야 하는 상황이 왔습니다. 경주지역에 용접기 빌리는 데가 없습니다. 그래도 주변에 전화를 해봅니다. 3번째 공구 임대 집에 전화하니 포항에 있다고 합니다. 포항으로 전화합니다. 빌려 줄 수 있다고 합니다. 금액을 얼마라고 말합니다. 기쁜 마음에 장비를 빌리러 갔습니다. 왕복 1시간 30분 정도 걸려서 가지고 왔습니다. 다시 작업을 했습니다. 아무래도 밤새서 작업을 끝내야 했습니다. 아침 7시 모두 끝냈습니다. 수고했다고 주인이 아침 식사 대접해 줍니다.

2020년 12월 20일 구미 업체에서 동배관 용접 가능한지 문의가 왔습니다. 사진을 보고 현장에 가서 견적을 냈습니다. 가능하다고 했습니다. 막상 작업을 들어가니 생각처럼 잘되지 않았습니다. 도와주기 했던 사람이 일하던 중간에 다른 작업장으로 이동했습니다. 혼자서 자르고 붙이고 했습니다. 마음이 급하다 보니 일이 빠르게 안 되었습니다. 용접 후 수압 테스트하는데도 여러 군데서 물이 새고 했습니다. 몸이 힘들다 보니 포기하고 싶은 순간적 충동이 들었습니다. 2019년 팔공산 막걸리 공장 용접 문의가 왔습니다. 당시 내 몸이 좋지 않았습니다. 다음에 해준다고 말하니 급하다고 부탁했습니다. 기존에 몇 번 작업해 준 업체라 현장부터 봤습니다. 그리고 작업이 시간이 걸린다고 다른 업체 알아보라고 했습니다. 꼭 부탁한다고 말합니다. 불편하지만 작업을 해줬습니다. 하지만 마지막 하루 남겨두고 업체 사장이 작업에 마음에 들지 않는다고 말했습니다. 결국 그냥 장비 챙겨 나왔습니다. 지금도 연락도 하지 않고 지냅니다.

폐차장에도 용접해 줬습니다. 겨울에 바닥이 미끄러워 철판을 붙인다고 말했습니다. 현장에 가보니 혼자서 하루 만에 작업하기가 힘들다고 말했습니다. 최소한 한 명 더 있어야 한다고 말했습니다. 업체 사장이 도와준다고 말하고 다음 날 해 달라고 합니다. 믿고 작업 해줬습니다. 하지만 다음날 작업 해보니 혼자서 못한다고 다른 곳에 일합니다.

몇 년이 지나고 보면 아무것도 아녔습니다. 그 당시 일어나 상황이 너무 힘들어 혼자서 괴로워하고 고객을 원망했습니다. 바쁘다고 빨리하는 것보다 쉬엄쉬엄해야 합니다. 안 그러면 피로가 누적되어 빨리 포기해 버립니다. 고객에 사소한 말 한 마디에도 짜증내는 경우 생깁니다.

마음이 편안해야 모든 일이 해결 잘 됩니다. 할 수 있다는 자신감과 낙천적 사고방식이 필요합니다.

사건은 늘 일어납니다. 억울하고 분한 일도 생깁니다. 실수와 실패는 숱합니다. 그럴 때마다 무너지면 인생 버티기 힘듭니다. 내 인생에 유리한 쪽으로 해석합니다. 어떤 일이 일어나게 만들 수 없고, 어떤 일이 일어나지 않게 막을 수도 없다. 수시로 일어나는 그 일을 나는 어떻게 해석하고 받아들일 것인가. 어떻게 써먹을 것인가. 생각합니다. 매일 주어진 하루하루 인내와 성숙함을 배웁니다.

제2장

찬란하다고 하기에 내 청춘은 어두웠다

"어렵더라도 그 길로 가겠습니다."

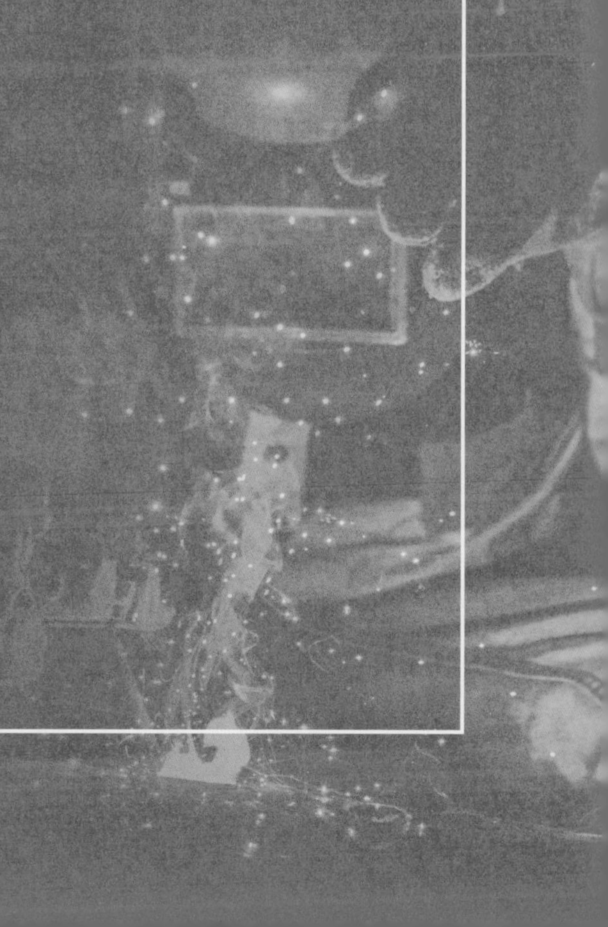

1.

모두가 꿈꾸는 20대

꿈은 많았습니다. 하지만 실패가 반이고 실행하지 않는 게 반입니다. 오늘도 새벽 4시 30분에 일어나 꿈과 목표가 있어서 하루를 시작합니다. 세수와 동시에 명상과 확언을 합니다. 거울 보고 스스로 칭찬합니다. '나는 사랑받기 위해 태어난 사람이다.' '나는 내가 좋다.' '나는 나를 사랑한다.' 등으로 하루를 시작합니다. 주인공으로 살아가는 내 모습이 행복합니다.

고등학교 졸업 후 포항 전문대학 입학했습니다. 성적이 되지 않아서 작은집에서 생활했습니다. 낯선 대학교 수업에 조금씩 적응하고 친구들도 생겼습니다. 학교 수업이 끝나고 같이 친구들이랑 술집 갔습니다. 당구장 가서 놀기도 했습니다. 그 당시 나의 하루 삶은 새로운 세상을 보는 것 같았습니다. 누구에게도 구속당하지 않는 대학생이었습니다. 대학교 1학년 가을 축제 기간입니다. 같은 과 친구들이랑 포항 구룡포 친구 집에 놀러 간 적이 있습니다. 당일 분위기가 너무 좋아서 오후 3시부터 다음 날 아침

까지 술을 먹고 놀았습니다. 고등학교 비해 대학교가 자유시간이 많고 수업시간도 조정할 수 있었습니다. 그만큼 밖에 나갔다 와도 누구 하나 뭐라고 하는 사람이 없었습니다. 개인 시간이 많았습니다. 수업 시간도 선택할 수 있어서 마음대로 놀 수 있는 시간도 많았습니다. 하지만 마음 한구석에는 부모님 생각이 났습니다. 내가 잘하고 있는지 의심이 생겼습니다. 지금 부모님은 농사일에 밤낮으로 일하셨습니다. 그 모습에 나는 외면했습니다. 마음 한구석에는 지금 나는 이렇게 사는 것이 맞는지 한 번씩 스스로에게 의문을 던졌습니다. 8월 여름철에도 부모님은 새벽 4시 30분에 일어나서 포도밭에 가서 농약을 치셨습니다. 아침을 누구보다 일찍 시작하는 부모님은 '왜 그렇게 쉬지 않고 일에 집중하는 걸까. 왜 힘든 표정 없이 일을 할까?' 의문을 가진 적도 있습니다. 그러면서 나는 부모님과 다른 사람이라고 해석했습니다.

내가 30대 중반 결혼하고 보니 20대 대학교 시절 생각 없이 행동한 것이 부끄러웠습니다. 부모님은 사랑하는 가족이 있기에 열심히 살려고 노력했습니다. 한여름 무더위 속에서 포도밭에서 일하셨습니다. 미지한 물에 물을 마시면 즐기면서 하셨습니다. 나는 그걸 당시 보지 못했기 때문입니다. 오늘은 토요일 아침 자이언트 북 컨설팅 대표 이은대 작가님 글쓰기 수업을 들었습니다. 주제 내용은 빨리 성공하고 싶으면 한 가지에 집중해야 빨리 성공합니다. 나는 이 내용을 듣고 박수쳤습니다. 맞아! 하루 24시간인데 모든 걸 다 완벽할 수 없었습니다. 나쁜 습관 있으면 버리고 하고자 하는 목표에 집중해야 합니다. 낮 시간, 운전하면서 인스타그램, 페이스북 등 수시로 들어가 봅니다. 친구랑 전화 수다 떨거나 유튜브 시청도 합니다. 너무 많이 하려는 욕심이 있었던 것 같습니다. 어떻게 해서라도 한 가지 원하는 것이 있다면 지속해서 생각하고 행동하려고 합니다. 과거에는 일시적으로 생각하고 다른 생이 빠져 버렸습니다. 다른 것이 더 좋아 보였기 때문인 것 같기도 합니다.

순간적 충동으로 무언가 꾸준히 하지 못했습니다. 포기가 빨랐습니다. 대학교 졸업반 시기에 취업이 생각처럼 되지 않았습니다. 굴삭기 자격증 따야겠다는 다짐도 했습니다. 이것을 따서 기술을 배우면 먹고 살 수 있겠다고 생각을 했습니다. 취득 후 모습을 상상하니 기분도 좋았습니다. 4주간 혼자서 도서관 가서 공부 시작했습니다. 1차 필기시험 합격했습니다. 실기 시험 봐야 하는데, 등록비용도 비싸고 학원도 다녀야 했습니다. 학생에 신분이다 보니 실기 배울 장소도 멀고, 돈이 없어서 학원등록하지 못했습니다. 순간적으로 이것 아니면 다른 것 하면 된다고 생각했습니다. 돈이 필요해 취업신문, 인터넷 워크넷 일자리 알아봤습니다. 굴삭기 실기 시험은 2년 안에 취득하면 된다고 생각을 했습니다. 그때 가서 돈 모이면 취업해서 따면 된다고 생각했습니다.

26살에 대학교 입학 후 중간고사 시험공부했습니다. 장학금 받고 싶었습니다. 학점을 잘 받기 위해 수업 시간 집중해서 들었습니다. 점심시간 지나 잠이 오면 일어서서 수업도 들었습니다. 5월 중간고사 시험 기간 점수가 나왔는데 나이 어린 동생들 비해 성적이 좋지 않았습니다. 약간 충격도 받고 수업 끝나고 도서관 갔습니다. 학교 점수를 잘 받고 싶었습니다. 10대 때 공부 못했어. 대학교 원하는 곳에 써보지 못했습니다. 어려운 군생활 5년도 견뎌내고 전역했는데 이것 못하면 안 된다고 결심했습니다. 하지만 일주일 지나고 혼자 도서관에서 공부하는데 집중되지 않았습니다. 문득 이런 생각났습니다. 지금까지 시험공부 못 했는데 혼자서 계속한다고 좋아지겠어. 학교 동생들은 이 시간 당구 치고 노는데 그냥 편하게 하고 놀자. 시험 기간 벼락치기 하면 된다는 식으로 생각했습니다. 얼른 책을 덮고 밖에 나가 동생들 전화해 놀았습니다. 몇 번 시도하다 다른 것이 좋아 보이면 그것을 찾아 다녔습니다. 스스로 한 선택 믿지 못했습니다.

심호흡을 크게 하고 5년 뒤 내 모습 상상합니다. 마음을 다잡고 현재 일에 집중합니다. 선택한 것에 꾸준히 천천히 하려고 합니다. 우선순위대로 합니다. 매일 새벽 기상, 10분 독서, 거울 보고 칭찬도 합니다. 하려고 마음먹은 것은 끝까지 하려고 합니다. 그 예로 일을 하다 생각처럼 되지 않는 경우가 많습니다. 끝까지 마무리 짓지 못하고 오는 날에는 스스로에게 마음속 상처 줍니다. '왜 나는 이것밖에 못하는 거지. 남들은 같은 시기에 시작하고 잘되는데. 나와 맞지 않는 걸까. 다른 일 알아봐야지.' 하는 식이었습니다. 지금은 내 탓 하기보다 칭찬하고 배울 점을 찾습니다. '해식아! 하려고 시도한 것이 대단해. 나중 경험에 도움이 될 거야. 해식아! 오늘 배울 점이 뭐지. 그럼에도 불구하고 깨달음이 있어서 다행이다.' 등 좋은 점을 찾아봅니다. 계속 노트에 적다 보면 기분이 좋아집니다. 생각지도 못한 해결책도 보입니다. 포기보다 칭찬과 위로 통해서 하는 일을 계속 하려고 합니다.

어떤 상황으로 인해 내 감정까지 맡기지 말자. 성공한 사람일수록 장기적 목표만 보고 행동합니다. 절대 남과 비교하지 않습니다. 아버지는 농사일을 60년 하셨습니다. 벼, 포도, 담배, 대추 등 닥치는 대로 모두 하셨습니다. 일하다 힘든 시기 있었습니다. 봄에 농협에 돈을 빌려 농사에 필요한 자재와 씨앗을 구입했습니다. 밭과 논에 씨앗을 뿌리고 농약치고 했습니다. 가을이면 수확한 농산물을 팔아서 은행에 돈을 맡겼습니다. 벼 수확 후 쌀자루 한 포대당 등급을 매깁니다. 한 개씩 찔러 보면서 1등, 2등, 3등 자루에 적습니다. 등급별 돈 차이도 있습니다. 옆집 아저씨보다 등수 좋지 않은 날도 있었습니다. 하지만 아버지는 웃으며 모두 팔아서 좋다, 점수 잘 나왔다고 자식들에게 말했습니다. 결과보다 과정에 더 중요하게 생각했습니다.

오랫동안 꿈을 그리는 사람은, 마침내 그 꿈을 닮아간다.

하기 싫어도 그 주변에 계속 놀려고 합니다. 일이든 글쓰기든 무엇이든 가까이 있으려고 합니다. 쉬운 길보다 어렵더라도 그 길로 가겠습니다. 끝까지 하려는 마음에 훈련이 필요합니다.

2.

군대를 가다

고등학교 졸업 후 1998년 1월 16일 경기도 광주 특수전 학교 하사관 후보생으로 입교했습니다. 고등학교 친구 A랑 동반 입대했습니다. 그 친구와 나는 고등학교 2학년 처음 알게 되었습니다. 얼마 뒤 같이 짝꿍이 되었습니다. 친하게 지내게 된 에피소드도 있습니다. 아버지가 생일 선물로 시계 선물을 받았습니다.

시계 착용하고 학교로 갔습니다. 그 시계는 나에게 의미가 있었습니다. 처음으로 아버지에게 선물 받았기 때문입니다. 오전 수업 시간 친구 A는 수업 마치고 만져 보고 싶다고 했습니다. 그래서 3교시 수업 마치고 시계 벗어서 주고, 나는 화장실 갔습니다. 갔다 온 사이는 친구도 없었습니다. 그래서 나는 4교시 수업 준비하고, 친구도 어디 다녀오고 책상에 앉았습니다. 나는 시계 달라고 했습니다. 책상 위에 두고 갔다고 합니다. 그 주변과 바닥에 아무리 찾아봐도 없었습니다. 결국 담임선생님께 말했습니다.

알겠다 하고, 아이들에게 말 한마디 합니다. "해식이 학생 책상 위에 시계 본 사람 있냐고 묻고 끝내 버립니다." 그래서 결국 친구랑 둘이 해결해야 했습니다. 친구에게 말했습니다. 오늘 시계 없이 집에 가면 부모님이 분명 물어본다고, 그리고 부모님에게 혼난다고 말했습니다. 결국 수업은 끝나고 친구랑 나는 시장에 아버지랑 갔던 시계 집에 갔습니다. 가게 주인에게 똑같이 시계 가격을 물어봤습니다. 주인 가게 아저씨는 45,000원이라고 합니다. 그래서 친구랑 금액 확인 후 반 내기로 했습니다. 한동안 돈을 모아 사기로 했습니다. 첫째 날 부모님 시계 물어 볼까봐 집에 들어와 조용히 밥 먹고 잠을 잤습니다. 며칠 돈을 모아서 시계 구입했습니다, 그 뒤로 친구랑 친한 친구가 되었습니다.

고등학교 졸업하고도 자주 만나 통닭에 소주 한잔하며 지냈습니다. 그러다 우연히 군대 이야기하다가 같이 입대하자고 했습니다. 대구 병무청에 직업군인을 지원했습니다. 체력 검정을 받고 합격해서 기분 좋게 입대했습니다. 1998년 3월 봄. 아침밥 먹고 하루 종일 육체적 운동 많이 하다 보니 저녁에 잠자기에 바빴습니다. 새벽에 일어나 보초 근무, 화장실 가는 날에도 배가 고파서 물을 마셨습니다. 하루하루 이겨낸 것 같습니다. 하지만 친구는 신병 교육 4주 차에 감기, 몸살에 체력이 바닥나기 시작했습니다. 쉬는 시간 나에게 와서 너무 힘들다고 말합니다. 그리고 그만두고 집에 가서 쉬겠다고 말합니다. 며칠 뒤 퇴사를 했습니다.

이제 혼자서 하사관 수료 받기 위해 노력해야 합니다. 그날 저녁 나는 잠자면서 생각했습니다. 혼자서도 무사히 마칠 수 있을까? 친구랑 같이 있을 때 힘들어도 참았습니다. 부모님 생각도 하면서 육체적 어려움을 참았습니다. 스스로에게 질문을 했습니다. '특전사에 지원한 이유는 뭐지?'

첫째, 남자로서 멋있게 살고 싶고 싶습니다.

둘째. 힘든 훈련 이겨내면 사회 나가서도 어려운 일 이겨 낼 것 같습니다.

셋째, 마음에 한계를 도전하고 싶었습니다.

만약 내가 포기하고 집에 간다며, 부모님이 환영해 줄까? 군대도 가는 것도 이틀 전 말했습니다. 그때 부모님이 많이 놀라셨습니다. 입대 하루 전 새벽에 어머니는 내 얼굴을 쓰다듬어 주며, 우는 모습도 생각났습니다. 어머니 생각하니 여기서 얼른 합격해 하사관으로 임명되는 모습을 보여주고 싶었습니다. 다음 날 아침 나는 다시 해보자고 다짐했습니다. 공수교육, 기초군사 교육도 모두 마쳤습니다. 공수 교육 4주는 신병 교육 끝나고 하사관 후보생으로서 최고 어려움 코스입니다. 일명 낙하산 훈련입니다. 지상 교육, 막타워 교육 통해 비행기에서 뛰어 내리는 훈련입니다.

오늘 새벽에 일어나 씻고 밖에 나가 '할 수 있다'는 말을 외쳤습니다. 2년 동안 매일 꾸준히 자기 암시하다 보니 신념이 생기는 것 같습니다. 3년 전 저자 황농문 교수의 책 『몰입』에서 신념에 대해 읽었습니다. 그때 그 말이 특별한 사람에게 생기는 줄 알았습니다. 하지만 지금 와서 보니 훈련으로 가질 수 있다는 사실을 알았습니다. 그 예로 신념을 알기 전 나는 시작도 하기 전 안되는 것부터 봤습니다. 일을 하다 생각처럼 되지 않을 때 포기가 빨랐습니다. 순간적 감정으로 인해 내 감정을 제어하지 못했습니다. 무엇을 해도 안 되는 사람인 줄 알았습니다. 수학 문제 풀다 어려운 문제 나오면 넘어가고 쉬운 문제만 풀었습니다. 모르는 문제 나오면 답보고 암기했습니다. 고민한 시간이 아까웠습니다. 머리 아프게 하는 것도 싫었습니다.

신념을 알고 내 모습: 일단 시작해 봅니다. 가능성 두고 합니다. 고객이 용접 문의를 옵니다. 처음 해보는 일인데 시작합니다. 이렇게 하고 저렇게 해봅니다. 하나씩 하다 보면 조금씩 해결책이 보입니다. 크게 보면 안 될 것 같은데 하나씩 하다 보면 되는 경우가 더 많습니다. 10분 감사 일기도 2년째 하고 있습니다.

돌아가신 어머니도 70 넘어서 매일 주어진 하루 열심히 살았습니다. 일하다 발목을 다쳤습니다. 다리 깁스하고 체력도 아주 좋지 않은데도 집에서는 전과 똑같이 아침/저녁 강아지와 소밥을 주고 했습니다. 강아지 밥을 주기 위해 중국집에 남은 음식을 가지고 와서 물로 씻어서 면을 주었습니다. 또 소밥을 주기 위해 아궁이에 불을 지펴 2시간 뒤에 밥을 줬습니다. 그런데도 불구하고 '힘들다, 안 된다'보다 웃고 즐기면 하면 된다는 식으로 일을 하였습니다. 느리지만 천천히 꾸준히 했습니다.

하사관 공수 교육 3주 차입니다. 이제 실습하는 날입니다. 막타워, 기구강화, 비행기 점프 순서로 훈련했습니다. 막타워 훈련은 건물 11미터 높이 올라가서 뛰어내리는 훈련입니다. 동기 중 한 명은 뛰어내리지 못하는 경우가 생기면, 같은 조인 우리들도 같이 어깨동무하면서 앞으로 뒤로 뒹굴고 했습니다. 군대는 개인보다 단체가 중요합니다. 1차 통과 후에는 기구 강화도 실시했습니다. 낙하산 메고 3명 타고 11미터 이상 올라가서 뛰는 훈련입니다. 여기서 뛰는 기분은 낙하산 펴기 전까지 붕 뜨는 느낌입니다. 낙화산 펼치기 전까지 가방 메고 뛰는 기분이었습니다. 지금도 생각하고 식은땀이 납니다.

2차 통과 후에는 실제 비행기에서 뛰어 내리는 훈련입니다. 첫 경험이 아직 기억납니다. 정신없이 뛰어내리고, 비행기 안 큰 소음과 긴장감이 돕니다. 뛰어내리길 순서 기다리면 파란색 불이 들어오면 한 사람씩 줄지어 뛰어내립니다. 뛰어내리는 순간 바람에 흘러가듯 우리의 몸은 쉽게 밀려가면서 금방 낙하산이 펼쳐집니다. 그리고 난 살았다. 외치고 낙하산에 있는 왼쪽 레버와 오른쪽 레버 이용해 방향을 잡습니다. 군장 무게가 35kg 되며, 비행기 탈 때 낙하산과 배낭을 같이 가지고 탑니다.

혼자 하면 빨리 갈 수 있지만 함께 한다면 멀리 간다는 것을 배웠습니다.

3.

내가 잘하는 게
무엇이 있을까

군 전역 후 대학교 입학했습니다. 대기업에 생산직에 취업하고 싶었습니다. 그때 내 나이 26살이었습니다. 1차 서류에서 모두 떨어졌습니다.

매일 아침 새벽 4시 일어나 글쓰기 하고 있습니다. 2019년 1월 15일 대상포진 확진 판정받았습니다. 금방 나을 줄 알았습니다. 1년 동안 집에서 누워서 치료받았습니다. 그 당시 벌여놓은 일들에 수습하기 좀 바빴습니다. 매달 은행이자, 생활비, 공과금 나갔습니다. 그때 노트에 일기 쓰면서 내 마음을 적었습니다. 꾸밈없이 솔직하게 적었습니다. 하루 종일 집에 누워서 할 수 있는 것은 일기와 책 읽기였습니다. 그 병 덕분에 새로운 취미가 생겼습니다. 바로 독서와 글쓰기입니다.

김상운의 『왓칭』 책을 읽고 감동 받았습니다. 책 내용 중 이런 이야기가 있습니다. 한 청년이 등반하다가 계곡 수십 미터 아래로 돌덩이가 떨어졌습니다. 오른쪽 손이 걸렸습니다. 바위에 손이 눌렸습니다. 이리저리 생각해도 빠져나올 길이 없었습니다. 5일 동안 갇혀 있었습니다. 그는 점점 죽어 가고 있었습니다. 가족에게 유서를 비디오카메라에 남겼습니다. 칼로 바위에 생년월일과 죽는 날짜를 새겨 넣었습니다. 그런데 죽음을 받아들이기로 하자 뜻밖의 변화가 일어났습니다. 자신을 텅 비우자 그제야 자기 모습이 마치 남을 바라보듯 조용히 시야가 들어왔습니다. 자신을 바라보는 또 다른 자신은 누구인가? 바로 그게 자신의 영혼이었습니다. 한쪽 팔이 없어도 살아 갈 수 있는 모습 상상했습니다. 사랑하는 여자 만나 아이 낳고 행복한 가정 살아가는 모습을 상상했습니다. 여기서 나가면 푸른 하늘 푸른 숲 푸른 바다를 바라보는 모습도 상상했습니다. 그는 자기 팔을 무더진 칼로 자르기 시작했습니다. 손목을 잘라내는 데 한 시간 걸렸습니다. 그리고 탈출했습니다. 그 상황 속에서 관찰자 입장으로 기회와 가능성에 집중했습니다. 또 가족과 행복, 살길 위해 의미도 두었습니다.

돌아가신 아버지 병원에 입원한 적이 있습니다. 여름철 포도 농사에 일손이 많이 필요한 시기였습니다. 근데 아버지가 몇 개월 입원하신 것이 어머니에게 힘든 일이었습니다. 하지만 어머니는 불편한 상황과 어려움에 피하지 않았습니다. 그 상황을 같이 안고 일하셨습니다. 평소보다 더 일찍 일어나 하루 일가를 시작하셨습니다. 얼굴에 미소 가득하고 재미있게 일을 하셨습니다. 저는 그 모습이 아직도 생각이 납니다. 지금도 하늘에 계신 어머니가 그때 그 감정 저와 비슷한 순간이었을 거로 생각합니다. 무슨 일이 있어도 피하지 않고 웃으며 긍정적으로 그 상황을 받아들이려고 합니다. 지금은 과거 대상포진 병 덕분에 독서와 글쓰기를 하고 있습니다. 아는 지식을 나누고 싶습니다. 나의 경험 속 생각과 감정을 통해 독자 여러분에게 도움 주고 싶습니다. 그러기 위해서는 많은 경험하기 위해 실패도 해야 합니다. 그 속에서 배움을 통해 알리고 싶습니다.

혼자서 질문도 합니다. 내가 잘하는 것이 무엇이 있을까? 많이 경험해 보지 않고는 모른다는 답이 나옵니다. 20대, 30대, 항상 부정적 생각이 가득했습니다. 근래 교육과 책, 사람 통해 변했습니다. 그리고 알고 있는 지식을 누군가에게 강의도 하니 변했습니다. 책 알기 전에는 내 모습은 평범한 하루 나쁜 생각이 가득했습니다. 남과 비교하고 무엇을 해도 안 된다고 생각했습니다. 자신에게 칭찬과 격려할 줄 몰랐습니다. 어떤 상황이 발생해도 남들이 정해 놓은 말로 의미 부여했습니다. 나만의 기준이 없었습니다. 매일 일어나는 일들에 의미 두지 못합니다. 책 알고부터는 나쁜 일을 생겨도 겸허히 받아들입니다. 항상 주어진 일에 감사하고 사랑합니다. 무슨 일이 생겨도 단점이 있으면 장점도 있다고 긍정적 생각을 합니다. 할 수 있다는 자신감과 인내력 배웁니다. 좋은 습관 따라 하고 모르는 정보도 배웁니다. 나쁜 상황이 생겨도 내 감정까지 빠지지 않습니다. 제3자 입장에서 바라보려고 합니다.

만약 내가 그 경험 하지 않았다면 몰랐습니다. 지금은 내가 남에게 알려주려고 공부도 합니다. 글쓰기와 유튜브도 하는 이유도 도움주기를 위해서 합니다. 이번 겨울에도 시간 날때마다 글을 써서 책을 내려고 합니다. 지금 내가 당장 할 수 있는 일에 집중합니다.

나의 핵심 가치는 성장 사랑 기여입니다. 3가지 매일 생각하고 적용하는지 수시로 체크합니다. 오늘도 이런 삶 살기 위해 무엇을 하고 어떻게 갈지 확인합니다. 이렇게 하지 않으면 매 순간 다른 길로 빠집니다. 그 예로 이번 주는 매일 10분씩 청소해야지 다짐합니다. 하지만 하루는 청소하는데 다음 날 하지 못하는 경우가 많습니다. 그 이유는 문득 떠오른 것에 하고 싶어서 이전에 다짐했던 것은 까먹는 경우가 많습니다. 결국 이것저것 하다 몇 개월 뒤 알아채고 후회하는 경우가 많습니다. 또 순간적 감정에도 강합니다. 날씨가 좋지 않거나 어떤 상황 때문에 기분이 좋지 않은 경우 피하는 경우도 많습니다.

우리의 뇌는 하루 수만 가지 생각한다고 합니다. 우선순위가 바뀌지 않도록 해야 합니다. 잠재의식은 3배 힘 있다고 합니다. 잠재의식이 꿈을 이룰 수 있는 방법을 찾아낼 것입니다. 매일 아침 핵심가치와 비전 보드 보면서 자신의 신념을 넣습니다.

『파리에서 도시락 파는 여자』를 쓴 켈리 최는 사업 실패에 10억 빚을 졌습니다. 5년 만에 유럽에 12개국 1,200매장을 두었습니다. 연 매출 5,000억 원 글로벌 기업 CEO가 되었습니다. 지금은 유럽에 자수성가한 사업가로 많이 유명해졌습니다. 그녀가 강조하는 말이 있습니다. 기적은 행동하는 자에게 찾아옵니다. 켈리 최 회장은 요식업 사업으로 초밥을 팔고 있습니다. 처음 요식업 선언하고 기술을 배우기 위해 일본 초밥 장인 찾아 기술을 배웠습니다. 경영 수업 듣기 위해 미국에 『김밥 파는 남자』의 김승호 회장을 만나러 갔습니다. 그리고 더 이상 빚을 내지 않고 창업했습니다. 점점 회사가 성장하였습니다. 자주 독자들에게 말합니다. '내가 하면 당신도 할 수 있습니다.'라고 강조합니다. 그 말을 믿고 따라 해봅니다. 힘든 순간 올 때마다 그녀의 관련 책과 동영상 보면 희망을 가지려고 노력 합니다.

나는 오늘도 출근해 태양 보면 우주에 기운을 받습니다. 그리고 미래에 모습에 생생하게 상상합니다. 서울 본사 건물에 큰 간판 있고 각 지역마다 체인점이 있습니다. 해외에도 진출하는 모습도 상상합니다. 반드시 된다고 생각하고 믿고 있습니다. 오늘 하루도 재밌고 즐겁게 일하려고 합니다. 희망과 가능성에 집중합니다.

4.

청춘의 무게

10대, 20대, 30대 모두 실패투성이었습니다. 하지만 마음을 다르게 먹고부터 좋은 운이 오기 시작했습니다. 눈앞에 놓인 일에 집중하자. 살기 위해서 이 방법뿐이다.

만약 그 시기에 군 생활 적응도 못 하면서 부정적인 마음마저 있었다면 5년 이라는 군생활 못한 것 같습니다. 1999년 해외 파견 동티모르에 갔습니다. 인도네시아 치안 유지 임무입니다. 새로운 환경 새로운 사람 만나서 군 생활을 하다 보니 의도치 않는 경우가 생기는 일들이 많았습니다. 태권도 시범 교육 참석하고 싶었습니다. 하지만 제가 몸이 좀 둔해서 선임하사님이 후배 채용을 했습니다. 그런 모습을 보고 나는 부정적인 생각과 남들과 비교하는 마음이 크게 느꼈습니다. 내 마음을 다잡고 참고 또 참았습니다. 군 생활하는 동안 누군가가 시키는 것 하는 나였습니다. 존재감 없고 그 무리에서 재미도 없었습니다. 그러다 보니 후배들도 선배가 나를 배울 점이 없다 보니 나의 존재에 대해 만만해 보였습니다. 내가 무언가 시켜도 좋은 말을 해도 귀담아 듣지 않은 경우도 많았습니다. 다른 선배 말에 먼저 하고 나중에 하는 경우가 많았습니다.

지금 생각해 보면 그 속에서 불평불만보다는 무언가 배우려고 했다면 어땠을까? 문제만 자꾸 보지 말고 해결 방법만 보았더라면 어땠을까? 라고 생각합니다. 오늘은 3년 전 적었던 일기장을 다시 보게 되었습니다. 그때 모습을 보면서 지금은 어떤 생각하고 행동하는지 생각합니다. 똑같은 생각을 하고 미래를 기대하는 것 아닌지 반성도 해봅니다. 나쁜 습관을 고치도록 노력합니다.

28살에 협력업체 입사하게 되었습니다. 일반 직장보다 몸은 편했습니다. 하지만 직영과 같이 일하다 보니 보수 차이가 크게 났습니다. 똑같이 일하는데 직원 복지와 대우도 차이가 났습니다. 탈의실도 다르고 교육도 다르게 받았습니다. 갑을관계 있어 위험한 일을 더 많이 했습니다. 첫 입사 후 한 달 뒤 저녁 회식 장소에 참석했습니다. 같은 방에 있어도 따로 먹는 것 같았습니다. 협력업체와 직영의 차이가 보입니다. 고깃집 가서 밥 먹는 것도, 2차 나가서도 따로 어울렸습니다. 말로는 함께 성장하자고 해도 다르게 하였습니다. 한 해 연봉도 직영과 협력업체 천만 원 이상 차이가 났습니다. 그런 모습에 일에 대한 마음도 적게 가지게 되었습니다. 점점 직장 생활이 재미도 없기 시작했습니다.

사업 3년 차 새해 목표 정하고 다짐했습니다. 자주 보고 싶어서 공장 안에 현수막을 걸어 두었습니다. 글 내용은 나 자신을 믿고 추진 하자입니다. 하지만 믿기로 선택했지만 어떻게 생각하고 행동하는지 의문을 가지지 못했습니다. 믿음에 대해 1분도 호기심을 가지지 못했습니다. 왜 그 말을 적어서 붙었는지 진지하게 생각하지 않았습니다. 과거에 스스로 믿음에 대해 부족했습니다. 그 경험을 적어보겠습니다.

초등학교 숙제 못해서 형과 누나가 해주었습니다. 중학교 올라가서 첫 수학 성적 점수 보고 선생님이 10점이라 불렀습니다. 원하는 고등학교 가고 싶었으나, 떨어질까 봐 미달 학교에 갔습니다. 고등학교 가서 친구랑 당구게임, 볼링게임 항상 졌습니다. 이런 일들이 반복되다 보니 혼자서 선택하기가 겁이 났습니다. 그럼, 반대로 생각합니다. 그럼, 모든 일이 잘되면 믿음이 생겼을까요? 아니 그렇다고 모든 계획이 성공하지 못했을 겁니다. 순간순간 위가가 와도 나 자신을 끝까지 믿어줘야 합니다. 반복 훈련이 필요합니다. 아침저녁 주기적으로 믿음에 대한 확언합니다. '내가 하는 일을 모두 잘 되어간다. 내 사업은 점점 성장해 나간다.' 등 믿음은 말하고 생각하는 것입니다. 그 예로 다이어트 결심했다고 합니다. 하루 잘 되는 날도 있습니다. 또 안되는 날도 있습니다. 안 되는 경우 나 자신을 다그치면 역시 나는 안 돼. 나는 내가 못 할 줄 알았어. 스스로 비하해서는 안 됩니다. 스스로에게 칭찬해야 합니다. 그래 살다 보면 그럴 수가 있지. 내 일은 분명히 더 좋아진다고 믿어야 합니다. 마음에 용기를 주어야 합니다. 20대 시절 군 생활 기억이 납니다. 밑에 후배가 들어왔습니다. 저녁에 야간 사격 훈련을 갔습니다. 나보다 후배가 사격 실력이 좋았습니다. 그 결과에 이야기 듣고 나는 기분이 좋지 않았습니다. 고참들도 후배와 나 사이 비교했습니다. 그때 저는 기분이 엄청 나빴습니다. 사격 끝나고 부대로 복귀하면서 내 자신을 비난했습니다. 잠자면서 나를 미워했습니다. 지금 생각해 보면 왜 그랬나? 생각이 듭니다. 누구도 자신을 칭찬해 주지 않습니다. 스스로 본인을 위로하고 칭찬해야 합니다. 그래야 믿음이 생긴다고 생각합니다.

친형은 사업 14년 차입니다. 처음 사업 시작할 때 빚으로 공장 사고 폐기물 사업했습니다. 밤낮으로 일을 하다 보니 어느 순간 일이 많이 생기고 직원도 채용했습니다. 결과는 지금 자신감과 믿음으로 매년 수익이 늘어납니다. 스스로 잘한 것도 있지만, 내면에 할 수 있다는 믿음과 용기가 있었다고 생각합니다. 처음 시작할 때 두려움이 있습니다. 사업하면서 위기도 왔습니다. 그 힘든 고비 어떤 생각하고 행동했는지가 더 중요합니다. 보통 사람 같으면 겁을 먹고 빨리 포기합니다. 부자는 두려워도 행동합니다. 하지만 가난한 사람은 두려우면 행동하지 않습니다.

현대 고 정주영 회장 사업 한창 잘 나가던 시기에 고령교 공사했습니다. 비가 엄청 많이 와서 다리가 만들면 무너지고 반복했습니다. 그때 돈 구하기 위해 살던 집을 팔고 공장 팔고 공사에 필요한 돈을 마련했습니다. 그래도 계속 비가 와서 공사가 진전이 없었습니다. 정주영 회장은 다시 돈을 구하기 위해 집에 왔습니다. 동생이 형에게 말을 했습니다. 이제 공사 포기하자고 말합니다. 그럼 우리 회사가 살 수 있다고 말을 합니다. 더 이상 회사가 나빠지지 않는다고 말을 합니다. 정주영회장은 동생에게 말합니다. 우리는 이 공사 마무리 짓지 못하면 다른 공사도 못한다. 지금까지 쌓아온 신용도 사라진다고 했습니다. 정주영은 이 공사 마무리되지 않으면 죽어 버린다고 했습니다. 결국 사채 돈을 끌어 모아서 다리 공사 완료했습니다. 계약보다 2개월 늦었습니다. 또 빚 갚는다고 20년 넘게 걸렸다고 합니다. 고령교 실패 통해 이 같은 생각을 하면서 자신의 마음을 달랬다고 합니다. 집과 사무실에도 액자에 걸어 두었다고 합니다.

1.得意之時 便生失意之悲(득의지시 편생실의지비): 뜻을 이룰 때 실패의 뿌리가 생긴다. 즉 방심하지 말자.
2. 有志者 事竟成(유지자 사경성): 뜻이 강하고 굳은 사람은 어떤 어려움 일이나 봉착해도 기어코 자신이 마음 먹었던 일을 성취하고야 만다.
3. 致知在格(지치재격): 사람이 지식으로 올바른 앎에 이르자면 사물에 직접 부딪혀 그 속에 있는 가치를 배워도 한다.

이처럼 자신을 믿고 시작하면 없던 힘도 생깁니다. 좋은 아이디어도 그때그때 일하다 좋은 방법이 떠올립니다. 사람은 생각했던 것보다 의외로 강합니다.

저는 사업 8년차 되었습니다. 과거를 돌아보면 순간순간 위기가 왔습니다. 지금까지 내 자신에게 칭찬하고 싶습니다. 돈 덕분에 일 덕분에 고객 덕분에 그때 그 순간 마음이 아팠습니다. 하지만 배우려고 하니 감사함도 생겼습니다. 살아가다 모른 것이 있으면 책을 봅니다. 필요하면 관련 교육도 찾아서 들으면 답이 나옵니다. 이런 일들이 반복되다 보니 내 자신도 내면이 단단해 집니다. 무술을 비유하면 기술에도 내공이 쌓인다고 할 수 있습니다. 결론은 실패해도 좋습니다. 다시 수정하고 도전하면 됩니다. 자신을 믿기로 선택합니다. 살다보면 이 길이 맞았는지 틀렸는지 남들보다 뒤처지는 것은 아닌지 불안 할때가 많습니다. 인생이라는 책에는 정답이 나와 있지 않습니다. 정답을 찾은 것이 아니라 선택한 대로 만들어 가는 것입니다.

5.

매일 주어진 하루 업그레이드시킨다

오늘 아침에도 출근해 춤추기 10분 운동했습니다. 기분이 좋아집니다. 마음속으로 스스로 행복하기를 선택합니다. 내가 기분이 좋아야 창조적인 생각이 나옵니다. 매 순간순간 즐겁게 재밌게 살려고 노력합니다. 반복된 하루라도 좀 더 다르게 해봅니다. 나는 매일 적어도 한 번은 창조적인 일을 한다는 말을 되새깁니다. 하루의 진보는 작을지라도, 10년이 지나면 상상 할 수 없는 엄청난 변화가 생기기 마련입니다. 그 예로 청소입니다. 청소는 사람들이 귀찮아하는 일 중 하나입니다. 남의 뒤치다꺼리를 하는 것 같고, 더러운 일을 왜 내가 해야 하는지 짜증이 앞섭니다. 더구나 아무리 깨끗이 해도 하루만 지나면 표가 나지 않습니다. 하지만 어쩔 수 없이 해야 한다면 아무리 단조롭고 힘든 청소도 의외로 신날 수 있습니다. 생각을 바꿔보면 청소도 의외로 재미있습니다. 어제까지 빗자루로 방의 오른쪽에서 왼쪽을 쓸었던 것을 오늘은 모서리에서부터 중간을 향하여 쓸어봅니다. 빗자루만으로 깨끗해지지 않는다면 대걸레도 사용해 봅니다. 그리고 대걸레도 깨끗해지지 않는다면 청소기로 해봅니다. 계속 청소를 좀 더 효율적으로 방법을 궁리합니다.

이렇듯 청소 하나를 할 때도 어떻게 하느냐에 따라 더 빨리 더 깨끗하게 할 수 있을 테고, 더 많이 방법을 궁리할 수 있습니다. 그런 궁리가 매일매일 쌓여 1년이 지나면 남들에게 청소 노하우도 알려줄 수 있을 테고 청소 분야 전문가가 될 수도 있을 것입니다. 더 투자한다면 건물 청소를 수주받는 회사를 차릴 수도 있지 않을까요. 반면 어쩔 수 없이 해야 하는 일이라고 투덜대면 대충 때우는 사람은 1년이 지나도 10년이 지나도 변함없이 똑같은 하루를 보내고 있을 것입니다. 예로 든 청소는 일과 인생에도 똑같이 적용할 수 있습니다. 아무리 작은 일이라도 적극적으로 집중하고 문제의식을 느끼고 고민하고 개선하려는 마음을 가진 사람과 그렇지 않은 사람은 장기적으로 보면 놀라운 정도의 차이가 생깁니다. 그것은 현실에 안주하지 않고 조금이라도 발전시키고 싶은 마음 자신을 향상하려는 마음이 있느냐 없느냐의 차이기도 합니다.

2022년 7월 15일 구조물 삼각대 공장에서 만들었습니다. 과거는 되지 않았는데, 오늘은 되니 재미가 있습니다. 1년 전에는 만들기가 서툴고 허접해 보였습니다. 오늘은 해보니 좋은 아이디가 떠오르더니 쉽게 잘됩니다.

공구 드릴 길이 가는 법 몰라서 만들었습니다. 누군가 영상을 유튜브 찍은 사진을 보았습니다. 있는 그대로 따라 했습니다. 4일간 공부한 방법을,

영상을 통해 쉽게 알게 되었습니다. 고맙다고 전하고 싶습니다. 영상 속 주인공이 그 방법을 알기 나흘 동안 몰입하고 깨달은 것을 공유한 것에 칭찬하고 싶습니다. 반대로 입장 바꿔서 '나'라면 어땠을까? 열정 가지고 붙들고 했을까? 자기 믿음 확신 실행 한 것에 존중하고 배우고 싶습니다.

어제보다 조금 더 나은 것에 초점을 둡니다. 노트에 어제 한 것 쭉 적어봅니다. 개선할 부분 없는지 찾아봅니다. 그 예로 점심밥 공장에서 삼겹살 구워 먹었습니다. 냉장고에 김치, 쌈장, 오이를 같이 먹었습니다. 좀 더 맛있게 먹을 수 없을까? 고민하다 텃밭에 상추와 깻잎 함께 따서 먹었습니다. 더 맛있게 먹었습니다. 장소로 바꿔 근처 공원 가서 구워 먹으면, 더 맛있겠다는 생각도 들었습니다.

작년에 이쯤에 뭐 했지, 시간을 떠올라 봅니다. 창의적 마음가짐으로 현재 집중했는지, 돌이켜보고 지금을 다시 바라봅니다. 조금 더 다르게 문제를 보려고 합니다. 똑같은 일상 그냥 하기보다 창의성 있게 업그레이드도 해봅니다. 재미있게 다르게 보려고 합니다. 하는 일마다 의미 가지고 생각으로 피드백 노트에 피드백 쭉 적어 봅니다. 다른 방법을 찾기 위해 책, 유튜브, 네이버 통해 찾아봅니다. 마음을 잊지 않으려고 합니다. 마음을 한곳에 집중합니다.

흐트러진 마음 한곳에 집중합니다. 순간적 감정에 욱하지 않습니다. 5년 뒤 내 모습 상상합니다. 작고 사소한 일에 문제의식 가지고 개선합니다. 2018년 공장 사고 일이 없을 때 걱정과 불안함이 많았습니다. 매일 주어진 하루 무엇부터 할 줄 모르고 걱정만 하고 세월을 보냈습니다. 잠자기 전 내일은 해야지 하고 실천하지 않았다. 출근해서 순간적 충동에 따랐습니다. 드라마 보기, 잠자기, 멍때리기로 중요한 하루 그냥 보냈습니다. 생각만 많이 했지. 하나라도 제대로 실천하지 않았습니다. 기분이 좋은 날에는 여러 가지 하려고 하거나 빨리 끝내고 쉬고 싶다는 감정만 들었습니다. 우선순위 없이 그냥 단순하게 했습니다. 지나가 보니 순간적 감정에 따랐습니다.

고객에게 싫은 소리 들으면 혼자서 며칠 동안 마음 아파 시간을 보냈습니다. 저녁에 누워서도 그 문제에 부정적 생각이 가득했습니다. 그다음 날에도 계속 나쁜 생각이 가득하니 다음 날 해야 할 일 못했습니다. 결국 일주일 정도 지나 내 몸이 아팠습니다. 왜 그렇게 몸을 아파 가면 고민했는지 모르겠습니다.

현재는 천천히 하더라도 업그레이드시키려고 합니다. 그 예로 아침에 출근해 용접할 때 생각처럼 되지 않는 날이 있습니다. 그럼 계속 쳐다봅니다. 여유롭게 휘파람을 불면서 사물을 쳐다봅니다. 주변에도 둘러봅니다. 아니면 밖에 나가 공원 한 바퀴 돌면서 나무와 강물을 보면서 기분을 전환합니다. 30분 정도 산책 후 다시 쳐다봅니다. 그럼, 일이 좀 전에 보다 더욱 집중이 잘됩니다.

만약 김연아 선수라면 스케이트 타면서 힘들었을 텐데 어떻게 극복했을까? 등 좋은 비교합니다. 관련 동영상 봅니다. 그럼, 영상 속 좋은 말이 나옵니다. 매일 규칙적으로 하다 보면 잘 되는 날이 있고 안 되는 날도 있었습니다. 스케이트 오래 타다 보니 허리가 휘고 발이 스케이트 맞지 않아 고통이 연속이었습니다. 울고 포기하고 싶은 순간이 많았습니다. 그때마다 마음을 다잡고 목표 향해 오늘 하루 최선을 다했다고 합니다. 지금은 하루하루가 모여 위대한 선수가 되었습니다.

우리 모두 특별한 날보다 평범한 날이 더 많습니다. 평범한 하루 어떤 의미 두고 시작하는지가 중요합니다. 하고 싶은 날보다 하기 싫은 날이 더 많습니다. 그래도 하기 싫으면 심호흡하고 책을 봅니다. 좋은 내용이 보이면 볼펜으로 줄 긋고 필사도 해봅니다. 과거에 비슷한 경험이 있다면 떠올려 종이에 적습니다. 그리고 김연아 선수와 나랑 같은 하루 어떻게 의미 두는지 생각하면서 습관을 따라 합니다. 마지막에 '감사합니다.'로 마무리 합니다.

돌아가신 우리 아버지는 농사일 65년을 했습니다. 40대 중반 농사일이 버거워 그만두려 했습니다. 매일 남보다 일찍 일어나 농사짓고 늦게까지 일하고도 좋아지지 않았습니다. 그래서 철도공무원 하고 싶었습니다. 하지만 철도공무원도 처음부터 다시 시작해야 한다는 마음에 하던 일 계속 하기로 마음을 굳었습니다. 농사일을 선택 후 다시 시작한다는 마음에 의미를 두었습니다. 힘들고 모진 세월 지나다 보니 결국 농사 전문가가 될 수 있었습니다.

아무 생각 없이 60년을 사는 사람이 있지만, 생각하며 사는 사람은 보통 사람의 10배, 100배 일을 해 낼수 있습니다. 오늘도 한 개라도 문제 의식 가지면 해결하려고 노력합니다.

6.

실패가 아닌 시련이다

아침에 일어나 몸이 무겁습니다. 근육이 뭉친 것 같습니다, 차를 타고 출근 하는데 비가 옵니다. 도착 후 사무실과 공장 문을 열고, 강아지 밥을 줬습니다. 10분 뒤 심장 사상충 약도 먹였습니다. 사무실에 들어와 모닝커피 한잔하면서 컴퓨터도 켭니다. 아직 몸이 뻐근합니다. 잠시 글 쓰다 목욕탕 갔습니다. 아무래도 전날 잠이 깊게 자지 못하고 걷기 운동을 너무 많이 했습니다. 작년에 기억을 떠올려 봅니다. 분명히 그때도 몸이 피곤하다 이유로 순간적 감정에 따랐습니다. 과거에 실패 경험도 떠올려봅니다.

첫째: 목표를 정해 놓고 시간이 갈수록 우선순위가 바뀝니다. 예를 들자면 노트 100번 쓰기 다짐하고, 일주일 뒤 다른 것부터 합니다.

둘째: 돈보다 일이 먼저다. 말한 후 1개월 뒤 돈에 따라 일을 합니다.

셋째: 적게 먹고 군살을 빼자 해놓고 일주일 뒤 다시 음식 앞에서 식탐이 많습니다.

초등학교 1학년 입학하면서 받아쓰기와 책 읽기 배운 대로 잘하지 못했습니다. 매일 방과 후 남아서 나머지 숙제 했습니다. 친구 3명이 남아서 틀린 글자 지우고 다시 고쳐 씁니다. 오후 4시 넘어서 집에 갔습니다. 집에 가서도 다음날 숙제하기 위해 미리 아는 글자 적었습니다. 혼자서 채점을 했습니다. 80점이라 숫자도 적었습니다. 어머니가 글자 불어주고 받아쓰기해야 하는데 못했습니다. 농사일 하시느라 집에는 밤늦게 오는 경우 많았습니다. 다음 날 학교 가서 숙제 검사 받았습니다. 시험 점수와 숙제로 점점 학교생활이 재미가 없었습니다.

21살에 입대해 훈련은 전라도 익산 천마 부대 7공수 배치 받았습니다. 신입 때는 고참이 시키면 시키는 대로 하면 되었습니다. 하지만 점점 연차가 쌓이니, 혼자서 책임감을 가지면 물건을 챙겨야 했습니다. 훈련 나가서도 고참들 편리하게 위해 텐트와 밥도 해야 했습니다. 하지만 잘못하면 욕먹고 후배들에게 창피당할까 봐 못했습니다. 그런 일들이 반복되다 보니 어디론가 피하고 싶었습니다. 이런 일들이 계속 있다 보니 선배들도 투명인간처럼 대해 주는 경우가 많았습니다. 그때 군 생활을 잊고 싶습니다. 2000년 해외 파병을 갔습니다. 주민들에게 태권도 시범 보이고자 행사를 했습니다. 참가 하고 싶어 선임 하사께 말했습니다. 안 된다는 말을 들었습니다. 너는 몸이 둔해서 발차기가 부족하다고 말을 들었습니다. 그 말에 혼자서 내 자신을 원망하기도 많이 했습니다. 식당에서 밥을 먹는데 선배들에게 중사답지 않다고 말을 들었습니다.

30대, 철강회사 협력업체에 들어갔습니다. 대기업이다 보니 자동차 정비공장 다닐 때보다 몸은 편했습니다. 하지만 연차 쌓일수록 정직영과 협력업체 연봉이 천만 원 이상 차이가 났습니다. 복지 혜택도 너무 많이 달랐습니다. 직영은 자녀 학자금 여름 휴가비 연말 보너스 등 너무 많이 차이가 났습니다. 10년 후 미래가 희망이 보이지 않았습니다. 그래서 입사 10년 만에 그만뒀습니다.

스스로에게 원망해도 인생이 달라지지 않았습니다. 매일 매 순간 세상과 타인을 향해 쏟아붓고 있으니, 도무지 앞이 보이지 않았습니다. 그래서 스스로 달라지기로 결심합니다. 과거는 실패를 겸허히 받아들입니다. 다시 생각하고 싶지 않지만, 끄집어내어 봅니다. 아픔을 덕분으로 승화시켜 봅니다. 과거 덕분에 지금 살아온 자신에게 칭찬합니다. 45년 힘들게 살아온 버텨온 잠재력이 있다는 것에 자신감을 가져봅니다. 앞으로 더 힘든 상황이 생겨도, 버틸 수 있다는 가능성도 찾아볼 수 있습니다.

개인 사업하면서 해 보지 않는 일이 들어오는 경우가 많습니다. 일단 부딪혀 봅니다. 무식하면 용감하다 말이 있습니다. 2018년 11월에 포항 모 업체에서 알루미늄 용접 문의가 들어 온 적이 있습니다. 포스코에 들어가는 제품인데 다른 업체는 할 수 없다고 말합니다. 일단 하겠다고 말했습니다. 일주일 뒤 용접할 제품이 공장으로 가지고 왔습니다. 그 뒤 여러 업체 전화를 걸어 해본 사람을 수소문했습니다. 며칠 동안 용접해본 사람 찾아 공장으로 불렀습니다.

같이 작업을 했습니다. 돈을 지불해서라도 그 기술 배웠습니다. 다음에 써먹을 수 있도록 했습니다. 3일 동안 작업을 마무리 지었습니다. 업체 검사 받고 보냈습니다. 그때 알았습니다. 할 수 있다고 하는 마음만 있으면 다 할 수 있다는 사실을 알았습니다. 사람마다 약간 차이는 있지만 그 문제 가지고 간다고 반드시 해결할 수 있다는 사실을 알게 되었습니다.

여러 가지 모두 잘하려고 했습니다. 일에 욕심이 많았습니다. 용접에 여러 가지 모두 잘하려고 했습니다. 자동차 용접, 배용접, 주물용접 등 나만의 기준이 없었습니다. 시간이 지날수록 남들보다 사업이 뒤처진다고 생각합니다. 남과 비교도 하게 됩니다. 방법을 바꿔 봅니다. 혼자 있는 시간 과거 작업하다 놓친 부분 다시 용접 연습합니다. 생각보다 행위에 집중합니다. 매일 꾸준히 10분 이상 용접 연습을 합니다. 이제는 다른 사람 사는 것에 관심 없고, 내 일에 먼저 생각하려고 합니다. 욱하는 성격도 참으려고 노력합니다.

몸은 하나인데 모두 다 혼자서 못 한다는 것을 알았습니다. 포기할 것은 포기합니다. 우선순위를 따라갑니다. 여름에 빌딩 배관 용접하러 갔습니다. 물이 샌다고 아침 일찍 연락이 옵니다. 출근하자마자 현장에 장비 챙겨서 갑니다. 자세가 좋지 않아서 어떻게 할지 고민을 했습니다. 일단 할 수 있다는 생각으로 시작했습니다. 하루 종일 해도 용접되지 않습니다. 용접 부위 한 포인트인데 보이지 않으니, 거울로 이용해도 잘되지 않습니다. 다음날 가서 해도 되지 않습니다. 포기 할지 고민도 했습니다. 결국 주변에 다른 사람을 불러 용접을 해결했습니다. 비용은 더 줬습니다. 덕분에 돈 주고서라도 배우고 해결할 수 있어서 좋았습니다. 이런 이야기 다른 사람에게 말했습니다. 나 보고 미쳤다고 말합니다. “손해 보는 장사 왜 하냐고?” 말합니다.

성공한 사람일수록 회사가 커질수록 전문가 채용합니다. 처음부터 잘하는 사람은 없습니다. 매일 실패하고 배우고 성장하면 됩니다. 처음 용접 사업 시작할 때 기억이 납니다. 일이 없는 날 하루 종일 무엇을 할 줄 몰랐습니다. 혼자 있는 시간 적응을 못했습니다. 걱정과 불안만이 가득해서 부정적인 생각만 가득했습니다. 순간적인 감정에 따랐습니다. 6년이 지난 지금 이제 적응이 됩니다. 혼자서 조용히 생각하고 책도 봅니다. 습관은 한순간에 만들어지지 않습니다. 어느 정도 인내와 노력도 필요합니다.

20대 초반, 입대 생각납니다. 새벽 기상, 군복 입기, 안전화 신기 등 모두 처음이다 보니 실수가 잦았습니다. 모르면 동기나 교관에게 물어보고 실행했습니다. 아침에 일어나 군용 옷 입기와 군화 신기가 이렇게 힘든 줄 몰랐습니다. 군복 착용하고 시간 재어 보니 처음에는 30분 소요됐습니다. 식당 갈 때 줄 맞춰서 이동합니다. 군가도 불러야 합니다. 식당에 도착해 밥 먹을 때도 함께 감사히 먹겠습니다. 말하고 했습니다. 너무 힘들어 잠잘 때 울면서 집에 가고 싶었습니다. 3개월 후 서서히 적응되었습니다.

45년간 실패 속에서 살았습니다. 모두 견뎌냈습니다. 더 많이 실패하기 위해 더 많이 도전하겠습니다. 내 꿈을 위해서 물러서지 않겠습니다. 처음부터 누구나 다 잘하는 사람이 없습니다. 연습과 인내가 필요합니다.

7.

나는 내 인생의 주인공이다

사업 초창기 매일 아침 일어나면 돈 걱정, 일 걱정 등 빚에 초점을 두었습니다. 출근하면 항상 불안한 마음이 있다 보니 몸을 움직이지 못했습니다. 몸이 움직이지 않거나, 어디에 집중 못하면 나쁜 생각에 빠졌습니다. 예로 들면 '남들은 다 잘하는데, 왜 나만 힘들까?' 등 자기 연민에 빠지는 경우가 많았습니다. 세상에서 제일 피해자처럼 생각하고 하루를 살았습니다. 주변에 나보다 더 힘든 사람 생각도 못 했습니다. 빨리 성공해야 한다는 조급한 마음만 듭니다. 시야가 좁아지니 마음에 그릇도 작았습니다. 걱정하면 할수록 걱정만 더 늘어납니다. 몸에 나쁜 에너지가 가득하니, 여기저기 몸이 아픕니다. 좋게 생각하고 싶어도 들어오지 못했습니다.

지금은 큰 걱정거리 있으면 노트에 적어 봅니다. 최악의 상황을 적습니다. 만약 사업이 망한다고 어떤 일이 일어나지? 등 단점을 적어 봅니다. 공장이 없어지고 집도 없어진다. 주변 친구, 친척들에게 좋지 않은 말을 듣습니다. 이 사업 망하면 누가 가장 좋아하지? 은행, 보험회사입니다. 이 사업 망하면 누가 싫어하지? 본인, 그동안 해 온 시간과 노력이 아깝습니다. 그 생각에 더 노력하려고 합니다. 반대로 장점도 적어봅니다. 다른 회사에 기술직에 취업할 수 있습니다. 아직 젊고 건강합니다. 8년 동안 사업 경험이 있기에 또 시작할 수 있습니다. 크고 작은 시련을 참아 왔다는 자신감이 있습니다. 만드는 기술이 있기에 땅만 있으면 원하는 집을 짓거나 창고도 짓습니다. 글 쓰는 작가이므로 실패한 경험 통해 책과 강의도 할 수 있습니다. 주식을 알고 있기에 목돈이 생기면 장기 투자도 할 수 있습니다. 노후에는 주식책, 소설책, 자기 계발 책 등으로 출판하여 많은 사람을 도울 수 있습니다.

과거에 사업하면서 대상포진이 왔을 때 기억을 떠올려 봅니다. 1년간 쉬면서 고정 수입이 없어서 힘들었습니다. 갑자기 건강이 잃다 보니 병에만 집중하고 희망을 보지 못했습니다. 절망할수록 병에 회복 속도가 늦어졌습니다. 지금 할 수 있는 것부터 생각하고 실행하지 못했습니다. 아내가 제발 이제부터라도 나쁜 생각 그만하라고 말했습니다. 그 말에도 무시하고 아픈 신랑 마음 모른다고 서운하다고 말했습니다. 그만큼 나쁜 생각만 계속했습니다.

현대 (고) 정주영 회장이 말했습니다. 사우디 공사 첫 해외 갔을 때 장점부터 보기 시작했습니다.

1. 모래가 많아 바로 시멘트 작업 가능하다.

2. 밤낮 없이 계속 작업이 가능하다.

3. 태풍과 비가 없어 빨리 건조 시킨다.

등 좋은 생각부터 먼저 했습니다.

용접 일을 하다 보면 좋은날 보다 나쁜 날이 더 많습니다. 그럴 때 나는 휘파람을 불어봅니다. 들숨 날숨 호흡도 크게 합니다. 5년 후 내 모습을 상상합니다. 가까이 가기 위한 행동을 합니다. 노트 100번 적기, 독서하기, 용접 연습하기 등 지금 할 수 있는 것부터 합니다.

작년에 출근하면 해야 할 일이 가득했습니다. 오늘 하루 모두 다 하려고 했습니다. 출근해서 청소, 용접, 고객 통화 등 했습니다. 하루가 바쁘게 느끼다 보니 여유가 없었습니다. 그렇다고 일에 능률이 오르는 것도 아니였습니다. 이것저것 하다 보니 많이 했다는 순간적 기분이 좋았습니다. 하지만 지나고 보면 생각 없이 일하는 경우가 많았습니다. 일상생활의 사물을 보고 호기심 없었습니다. 아무 생각 없이 일만 했습니다. 내 생각보다 다른 사람 말과 힘에 더 의지했습니다.

하루 1개씩 사물을 관찰하고 개선해도 해봅니다. 사무실에 앉아 고개를 돌려 액자를 봅니다. 위치를 바꿔봅니다. 아니면 다른 그림으로 넣어도 좋습니다. 지금 눈앞에 불편한 부분이 있으면 쳐다봅니다. 만약 컴퓨터 모니터 앞에 주변이 어지러우면 정리하면서 닦아봅니다. 그럼 기분이 좋아집니다. 주변 공원에 한 바퀴 돌아봅니다. 빠르게 걷기보다 천천히 걷습니다. 주변에 사물을 관찰합니다. 그럼 문득 아이디어가 떠오릅니다.

무언가 선택할 때 다른 사람의 말에 따랐습니다. 고등학교 2학년 시절 방과 후 당구장에 친구랑 갔습니다. 당구장 받침대 위에 흰 공2개, 빨간 공2개 있었습니다. 어떻게 칠 줄 몰랐습니다. 먼저 쳐 본 친구에게 이렇게 쳐봐라, 저렇게 쳐 봐라 식으로 천천히 배웠습니다. 시간이 지날수록 자신 감보다 친구의 말에 따랐습니다. 내 방식대로 하면 항상 게임에 졌습니다. 당구 고수인 친구는 게임 끝나고 노트에 그림을 그리고 각도 표시까지 하면서 공부했습니다. 공부할수록 실력이 늘어났습니다. 그에 비해 저는 매일 당구장은 갔지만 복습하지 않았습니다. 부족함이 무엇이고 앞으로 어떻게 해야 한다는 것을 몰랐습니다. 방법을 바꾸지 않고 계속 그 방법만 시도했습니다. 볼링 게임도 똑같았습니다. 고2 때 친구 권유로 같이 따라간 적이 있습니다. 첫 볼링 공을 던질 때 자세는 어떻고 몇 번 걸어서 던지는지 배웠습니다. 처음에는 호기심에 재미가 있었습니다. 하지만 시간이 지날수록 점수가 나오지 않아서 재미가 없었습니다.

혼자서 많이 결단 내립니다. 그에 따른 책임도 집니다. 일주일 전 700만 원 주고 용접기 한 대 구입했습니다. 몇 년 전부터 사고 싶었습니다. 너무 갖고 싶어 사진을 프린터 해서 사무실에 붙여 두기도 했습니다. 이번에 돈이 생겨 구입했습니다. 3년 뒤 이 용접기 덕분에 수입이 늘어나고 기술력도 좋아지는 모습도 상상해 봅니다. 기분이 좋아집니다.

첫 사업 하고 발전기기계 구입하려니 350만 원이라 고민했습니다. 가격이 부담스러워 앞으로 이걸 사용할 일이 있을까? 고민도 했습니다. 한 달을 고민을 했습니다. 결국 구입 후 발전기 관련된 일들이 계속 들어왔습니다. 6개월 만에 기계 값을 벌어들였습니다. 사업하다 보니 순간순간 결단을 내릴 때가 많습니다. '문의 전화가 오면 할까 말까? 오늘은 어떤 것부터 할까?' 등 모두 혼자서 선택해야 합니다.

이미 성공한 사람 책을 많이 봅니다. 읽고 끝내는 것이 아닌 배울 점 찾습니다. 똑같이 따라 해봅니다. 책 속에 좋은 습관을 내 것을 만들기 위해 노력합니다. 그 예로 감사 일기 적으라 하면 바로 노트에 꺼내 적어봅니다. 특히 안 좋은 상황 오면 올수록 노트에 적고, 마지막 부분에 좋은 점도 적어봅니다. 그럼, 감정이 전환 되는 경우도 있습니다.

성장은 행복입니다. 무언가 배움 느낄 때 살아 있음을 느낍니다. 배움이 실패로부터 비롯된다면 더 많이 실패할수록 더 많이 배웁니다. 처음부터 잘하는 사람이 없습니다. 도전하고 실패합니다. 하지만 실패에서 끝나지 않고 수정하고 다시 도전합니다.

8.

칭찬과 사랑

힘든 상황이 발생하면 시야가 좁아져 마음이 힘들어집니다. 기분이 다운됩니다. 생각하면 할수록 마음은 복잡합니다. 아무것도 하기가 싫어집니다.

초등학교 시절 학교에 가면 공부 못해서 자존감이 없었습니다. 그래서 주말에 되면 할머니 집에 버스 타고 갔습니다. 1시간가량 이동합니다. 도로가 비포장이다. 보다 여름에 창문이 열면 먼지가 들어오고 했습니다. 버스 안에서 심심하면 파랑새 동요 노래를 부르고 했습니다. 혼자서 부르는 동안 기분이 좋아집니다. 그 노래 가사처럼 살고 있었습니다. 주인공처럼 느끼고 싶었습니다. 갑자기 우울할 때 동요 노래를 부르면 금방 기분이 좋아졌습니다. 지루함도 이겨 낼 수 있었습니다.

중학교 시험 기간 다가오면 선생님 미리 예상 문제를 가르쳐 줍니다. 그럼 나는 집에 가서 공부 해야지 스스로 다짐했습니다. 하지만 집에 가서는 공부 보다는 놀기를 좋아하고 잠자기를 좋았습니다. 다음 날 스스로 후회하면서 나는 뭐든지 안 된다. 라는 말을 자주 했습니다. 매번 그런 일이 반복 되었습니다. 그러면서 공부에 소질이 없는 줄 알았습니다. 중학교 3학년 고입 시험 볼 때, 가고 싶은 고등학교가 있었습니다. 하지만 원하는 고등학교 떨어질까 걱정했습니다. 결국 안전하게 가고 싶어 미달 고등학교에 지원했습니다. 학교 입학 하고도 공부에 잘하고 싶다는 생각은 항상 가지고 있었습니다. 하지만 몇 번 노력은 했지만, 결과가 좋지 않았습니다. 고등학교 1학년 입학하고, 나름 열심히 공부했습니다. 선생님이 중요하다는 가르쳐주는 예상문제 집에 와서 외우고 시험봤습니다. 반 등수가 조금씩 올라갔습니다. '나도 할 수 있다는 자신감도 붙였습니다. 그 덕분에 2학년 공부 잘하는 반에도 들어갔습니다. 그 반에서는 시험 보면 반 등수가 꼴등이었습니다. 공부 잘하는 반에 있다 보니 공부에 자신감이 떨어졌습니다. 결국 공부 안 하고 수업 마치고 볼링과 당구 치면 놀기 시작했습니다. 주말에 되면 친구들과 모여 놀러 다녔습니다. 고등학교 3학년 담임 선생님이 성적이 좋지 않다고 전문대 야간을 추천했습니다. 점점 공부에 대한 스트레스가 쌓여만 갔습니다.

일할 때도 생각처럼 되지 않으면, 처음 시작할 때 마음이 사라져 욱하는 경우가 생깁니다. 그리고 빨리 포기했습니다. 초등학교 시절 학교에 가면 공부 못해서 자존감이 없었습니다. 그래서 주말에 되면 할머니집에 버스 타고 갔습니다. 1시간가량 이동합니다. 도로가 비포장이다 보다 여름에 창문이 열면 먼지가 들어오고 했습니다. 버스 안에서 심심하면 파랑새 동요노래를 부르고 했습니다. 혼자서 부르는 동안 기분이 좋아집니다. 그 노래 가사처럼 살고 있었습니다. 주인공처럼 느끼고 싶었습니다. 갑자기 우울할 때 동요노래 부르면 금방 기분이 좋아졌습니다. 지루함도 이겨 낼 수 있었습니다.

매일 아침마다 감정이 수시로 다운됩니다. 춤추고 억지로 웃어 봅니다. 5분 정도 흔들고 땀이 나니 기분이 좋습니다. 스스로에게 최면을 걸어봅니다. '해식아! 너는 정말 좋다.' '오늘도 성장한다.' '어제보다 더 나아진다.' 등 말해봅니다. 하기 전보다 기분이 훨씬 좋습니다. 이렇게 하지 않는 날에는 기분이 다운되고 하루 종일 사무실 앉아 TV 봅니다. 아무것도 하기 싫고 움직이기도 좋은 생각도 하기 싫습니다. 다른 사람에 성공한 모습 부러워만 합니다. 쉽게 성공할 수 없을까? 머리로 계산합니다. 순간적 감정에 따랐습니다. 결국 원하는 것에 하지 않았습니다.

2021년 8월 10일 포항 영덕에 저녁에 중장비 용접 하러 갔습니다. 포크레인 붐대가 부러졌다고 합니다. 그래서 부러진 부분 사진으로 보내 달라고 요청했습니다. 문자 온 것 확인 후, 고객에게 많이 부러진 것 같다, 현장에서 안 된다고 말했습니다. 고객은 그럼 임시로 용접해 잠시 사용하게끔 해달라고 합니다. 고객이 간절하게 부탁합니다. 결국 공장에 장비 챙겨 현장에 저녁 9시에 도착했습니다. 고객 만나 부러진 기계 보고 이 정도

까지 가능하다고 말했습니다. 작업을 시작합니다. 자르고 붙이고 발전기 이용해 용접합니다. 산속이라 전기가 강한 것은 들어오지 않습니다. 새벽 4시 끝나고 결제하려고 하는데, 아침에 해준다고 말합니다. 믿고 장비 챙겨 갔습니다. 아침 10시 통화하니 전화 받지 않습니다. 계속 전화하니 저녁에 입금한다고 말만 합니다. 그때 느낌이 왔습니다. 이 사람은 돈 주기 아까우니, 전화 피하는구나 하는 생각이 들었습니다. 일주일 후 다시 통화하니 작업비가 비싸다고 못 준다고 말합니다. 그래서 내용 증명서 작성해 신고한다고 말도 했습니다. 근데 한편으로 이런 생각 했습니다. 120만 원 돈 받는 것도 중요한데, 내가 더 큰 사람이 되면 이런 대접받을까? 용접공이라서 무시하는 것 아닐까? '실력을 더 키우자. 더 그릇이 큰 사람이 되자.' 다짐했습니다. 그 돈을 안 받는 걸로 했습니다. 고객에게 에너지 낭비하고 싶지 않았습니다. 5년 후 내가 원하는 곳에 더 집중하기로 했습니다.

지나고 나면 아무것도 아니고 그 경험 덕분에 똑같은 상황을 만들지 않으려고 합니다. 그날에 기억 덕분에 하루를 더 열심히 살려고 노력합니다. 내가 하고 있는 분야에 1등 하는 게 목표입니다.

현대 (고) 정주영 회장은 자동차 정비 공장에 실수로 불을 냈습니다. 한순간에 수입차 모두 불탔습니다. 피하지 않고 고객들을 찾아가 죄송하다고 말합니다. 돈은 조금씩 갚는다고 합니다. 그러면서 저를 봅니다. 그 상황이라면 어땠을까? 배울 점을 찾고 똑같이 따라 합니다.

사업하면서 힘든 사람이 더 많습니다. 참고 이겨내니 훌륭한 사업가가 되었습니다. 한순간에 잘되는 사람은 없습니다. 인내 가지고 살아갑니다. 눈앞에 놓인 일에 사랑하려고 마음으로 애씁니다. 먼저 관심 가지려고 노력을 합니다. 관련 분야 책을 보거나, 관련 동영상 통해 느끼고 사랑합니다. 그럼 좋은 일들이 나타납니다. 처음이다 보니 상처도 받습니다. 자꾸 받을수록 그 상처는 아무것도 아닙니다.

제3장

무엇이 내 심장을 뛰게 하는가

"불꽃 튀는 직업을 좋아합니다."

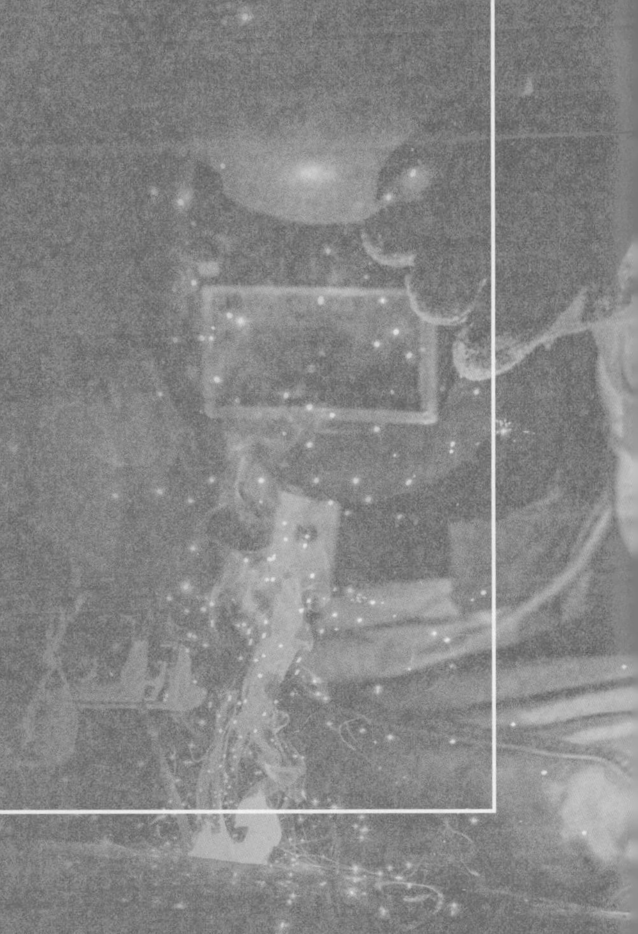

1.

첫 월급을 가슴에 품고

12월 중순 겨울 작업복이 없어서 사러 갔습니다. 작업복이다 보니 2년에 한 번씩 교체해야 합니다. 겨울 잠바 4벌 사니 25만 원 나옵니다. 생각보다 많이 나와 좀 놀랐습니다. 하지만 이쁜 작업복을 입고 작업을 할 걸 생각하니 기분이 좋습니다. 제 모습에 고객들도 만족하실 거라 생각합니다.

구입하고 공장으로 오면서 고등학교 3학년 아르바이트하던 시절이 생각이 납니다. 수능 시험 끝나고 겨울 방학 기간 롯데리아 햄버거 가게 시간당아르바이트 했습니다. 한 달 지나고 월급 받아보니 18만 원입니다. 그 돈으로 부모님 빨간 내복 사드렸습니다. 겨울이라 밖에 일하시는 모습에 따뜻하게 입으라고 선물했던 추억이 납니다. 처음으로 사회에서 나가 일해 돈 받으니, 기분이 좋았습니다. 스스로 노력해서 선물해 주는 것도 좋았습니다. 나머지 돈은 친구들이랑 맛난 것 사 먹었습니다.

어머니는 시장에 가시면 생선 갈치 자주 사 오고 했습니다. 근데 갈치는

살이 얼마 되지 않고, 바짝 구워서 식탁 위에 올려놓고 했습니다. 어릴 때부터 갈치요리를 좋아했습니다. 그래서 생선이 원래 살이 없는 줄 알았습니다. 결혼하고 아내가 갈치 구워서 먹었습니다. 갈치살 많은 걸 보고 깨달았습니다. 어머니가 돈을 아끼기 위해 일부러 싼 거로 사 왔습니다. 그 아낀 돈으로 자식들 대학교 등록금 보탰습니다. 또 집과 땅도 구입하면 재산을 불려 나갔습니다. 아버지는 겨울에 뻥튀기 일을 하셨습니다. 큰아들과 경운기에 장비 싣고 시골 동네에 갔습니다. 큰아들은 동네 걸어 다니면 "뻥튀기 합니다."라고 소리치고 홍보했습니다. 그 돈을 벌어서 겨울 생활비 사용했습니다. 그 속에서 나는 가족의 소중함과 책임감을 배웠습니다.

월요일 오전 사무실에서 책을 봅니다. 김승호 회장의 『김밥 파는 CEO』를 보면, 모든 것이 끝났다고 여겨지는 상황이 닥치면 거기서 바로 시작점이라고 합니다. 관점을 바꿔서 보라고 말합니다. 용접 사업 연차가 쌓일수록 이 말에 공감이 갑니다. 생각만 바꿔도 다른 세상을 보게 됩니다. 다니던 직장 그만두고 첫 사업 할 때 하루하루 긴장이 되었습니다. 일이 없고 수입이 없으니, 생계가 걱정되었습니다. 또 처음 해본 일이 오면 할 수 있다는 생각보다 하지 못한다는 생각이 가득했습니다. 시간이 갈수록 부정적 생각이 꼬리에 물고 몸까지 아프고 했습니다.

지금 생각하면 내가 사용할 수 있는 에너지와 하루 24시간 불필요한 곳에 사용했습니다. 사업하면서 이런저런 경험 하다 보니 내 생각이 바뀌야 마음이 편해지는 것을 느낍니다. 새로운 일이 들어오면 피하기보다 실패

해도 잠깐 창피하면 됩니다. 수업료 낸다는 생각으로 시작합니다. 다음에 똑같은 일이 들어오면 분명 쉽게 해결이 됩니다. 하지만 처음부터 시도하지 않으면 나중에는 낙오자가 됩니다. 항상 된다는 생각으로 마음을 가져야 합니다. 내가 아는 지인 분 중 아무것도 시도하지 않고 좋은 날이 오기를 기다리는 사업가가 있습니다. 5년 전이나 지금이나 똑같습니다. 의식수준이 변하지 않고 반복된 일들을 똑같이 대처하고 일을 합니다. 만나 이야기하면 밥 먹듯이 세상 탓을 합니다. 과거에 사업 잠깐 잘되었다는 이야기만 계속합니다. 아무것도 시도하지 않는 사람에게는 모든 것이 불가능합니다. 비관주의자는 앞으로 나아갈 생각을 못 합니다. 눈과 생각이 가리기 때문이다. 낙관주의자는 절대 포기하지 않습니다. 고개를 돌리면 뒷 그림이 보이기 때문이다.

직장 다니면 나이 먹고 걱정이 많으시죠?

새벽 2시에 회사에서 퇴사 당한 꿈에 벌떡 일어납니다. 잠에서 깨어나 걱정과 불안이 가득합니다. 다시 자려고 해도 잠이 오지 않습니다. 30대 후반에 협력업체 10년 차 철강 경기는 매년 갈수록 좋지 않았습니다. 아침 조회시간 관리자는 매일 자재 아껴 쓰세요! 눈치를 줍니다. 같이 다니던 선배 한 명은 부서 인원 감축으로 다른 부서로 이동합니다. 6개월 후 그 선배는 퇴사당했습니다. 그 부서가 없어진 것입니다. 아침 뉴스에도 포항 모 업체 경기 불황으로 인해 몇백 명이 퇴사했다고 보도합니다. 그 소식에 회사 내에서 직원들은 수군수군 거리며 불안한 마음에 일을 합니다. 언제

나갈지 모르는 불안한 마음에 더 열심히 일하는 선배도 있습니다.

20대 중반에 전문대 졸업하기 전 지인 소개로 정비공장 취업했습니다. 판금부에서 1년 6개월 일했습니다. 입사하기 전 자동차 기술 배워 사업도 하고 싶었습니다. 하지만 회사 내 사람과의 관계가 좋지 않아 그만두었습니다. 한 달 쉬다가 다른 곳에 일도 했습니다. 잠깐씩 몇 개월 동안 일해도 적응이 되지 않았습니다. 1년 뒤 사촌 형 소개로 포항 모 대기업 협력업체 다니게 되었습니다. 연봉도 좋고 복지도 좋았습니다. 일도 편했습니다. 하지만 기계처럼 단순하게 일하다 보니 변화가 없었습니다. 매년 갈수록 연차가 쌓이고 눈치와 고용불안이 늘어났습니다. 언제까지 다닐 수 있을 줄 몰랐습니다. 나이 더 먹기 전에 퇴사해 나만의 기술을 찾아 창업을 꿈꿨습니다. 결단이 필요했습니다.

2015년 11월에 38살에 퇴사를 했습니다. 평일에 김치 공장 다니며, 주말에는 고액 금액을 주고 특수용접을 배웠습니다. 퇴직금 이용해 장비 사고 창업을 했습니다. 7년이 지난 지금 너무 행복합니다. 용접 기술 덕분에 누군가 도와주고 돈도 받습니다. 고맙다고 음식 대접도 받습니다. 사업이 번창해 공장도 구입하고 필요한 장비도 가득합니다. 매년 갈수록 나는 성장하고 수입도 계속 늘어나고 있습니다. 먹고 입는 것도 바뀌었습니다. 사업 초에는 저렴한 식당가서 밥 먹고, 작업복 입고 다녔습니다. 지금은 삼계탕과 소고기 사 먹고, 재질이 좋은 작업복 입고 다닙니다.

돌아가신 부모님도 농사 덕분에 재산을 모아 성공했습니다. 하지만 처음에 사는 것이 쉽지 않았습니다. 30대 후반에 시골에서 살다가 시내에 나올 때 이불 몇 개와 밥그릇을 몇 개만 가지고 왔습니다. 아버지 처음 일한 곳은 처가집입니다. 매일 처가집으로 가서 농사, 집 청소, 똥물 수거 등 하면서 서러움을 많이 받았다고 들었습니다. 그 덕분에 서러움 당한 후 더 열심히 살았습니다. 일이 있는 곳에 밤낮 가리지 않고 일했습니다. 내 기억에도 6살에 경운기 밑 그늘에 잠자던 모습이 생각이 납니다. 부모님 더운 여름 논에서 일하는 모습을 보고 자랐습니다. 그 모습이 40년 지난 지금도 생각납니다. 부모님 덕분에 지금 저도 성실함과 정직함을 배워 실천하고 있습니다.

10년 다니던 퇴직금으로 특수용접 기술을 배웠습니다. 10일에 용접 수강료 550만 원 듣고 엄청나게 고민했습니다. 하지만 특별한 기술을 가지고 있으면 노후가 보장된다는 생각했습니다. 대학교 등록금 보다 저렴하고 배우고 나면 남는 게 있다고 생각을 했습니다. 그래서 일단 하기로 선택했습니다. 매일 8시간 수업에 집중하고, 집에 와서도 복습했습니다. 용접수업 금액이 크다 보니, 잠이 오거나 지루함도 느끼지 못했습니다.

용접교육 6일차. 아버지가 교통사고를 당했습니다. 그럼에도 불구하고 위급한 상황에서도 계속 수업 참석했습니다. 나만의 기술 만들고 싶은 간절함이 있기에 더 열심히 공부했습니다. 그 덕분에 지금도 열심히 용접 기술 사업과 경험을 쌓고 있습니다. 점점 꿈을 이루어 가고 있습니다.

2.

직장생활 10년 차

나는 용접공입니다. 불꽃 튀는 직업을 좋아합니다. 신이 인간에게 준 최고의 선물이라고 의미를 가지고 살아갑니다. 사업 8년 차입니다. 이 일로 가족 생계와 저소득층 학생들에게 매달 정기기부를 하고 있습니다. 또 독거노인들에게 도움도 주고 있습니다. 그러니 일이 더 즐겁습니다.

돌아가신 아버지도 농사 70년 하셨습니다. 아버지는 9살 때 초등학교 그만두고 장남으로 가족 생계를 위해 일을 시작했습니다. 일 덕분에 희망을 품고 시작했습니다. 성실하게 일해 집도 사고 땅도 사고 자식들 출가 모두 보냈습니다. 아버지도 일을 나쁘다는 말보다 즐거움을 찾고 행동했습니다. 하지만 농사로 마음이 아픈 날도 있었습니다. 제 기억으로 초등학교 때 봄에 씨를 뿌리고 가을에 추수할 때 날씨 때문에 망쳤습니다. 아버지는 마음이 아파 집에서 일주일 동안 누워서 아무것도 드시지 않았습니다. 어머니 위로 덕분에 다시 농사일을 시작했습니다. 다음 해는 농사가 잘되었습니다. 아버지는 엄청 기뻐서 웃던 모습이 기억납니다. 어머니가 돌아가시고 아버지는 그리움을 농사일로 통해 마음을 다잡았습니다. 그리고 보면 우리에게 주어진 일은 일 자체는 나쁜 게 없습니다. 사람이 일이 싫어서 다른 일을 합니다.

나는 20대 후반에 포항 철강회사 10년 동안 일을 했습니다. 대학교 졸업하고 신입사원으로 취직했습니다. 그 일에 모든 게 초보였습니다. 직장 선배님들의 하라는 대로 일을 시작했습니다. 2년 차 되면서 일이 조금씩 적응되어 갔습니다. 기계 돌아가는 소리가 들으면 기분이 좋았습니다. 특히 에어 임팩트 기계 윙윙 소리였습니다. 일부로 일하다가도 그 소리 듣고 싶어서 만지곤 했습니다. 그 소리 덕분에 일하다 기분이 좋지 않아도 힘이 솟습니다. 나는 기계 정비 분야에 일을 했습니다. 제품 기계 만들어 내는 기계가 고장 나면 수리하는 일을 했습니다. 기계 고치는 일이 잘 되는 날이 있지만 일이 잘되지 않는 날에도 하루 종일 해도 못 하는 경우가 있습니다. 하지만 일을 통해 기계가 고치고 나면 힘든 육체적 노동도 즐거워집니다. 일이 참 신기합니다.

용접 창업 6개월 차 일입니다. 요양 병원에 침대 보강 수리 하러 갔습니다. 첫째 날에는 일이 생각처럼 잘되지 않았습니다. 고장난 침대 밖으로 꺼내는 데 시간이 오래 걸렸습니다. 도와주는 직원도 있었지만, 처음으로 저와 맞춰서 하다 보니 일이 되지 않았습니다. 더운 날씨에 땀이 많이 나고 지치고 있었습니다. 혼자서 여기저기 뛰다 보니 몸에 피로도 많이 몰려

옵니다. 퇴근 후 목욕탕에 가서 뜨거운 물에 들어갑니다. 몸이 나른해지고 기분도 좋습니다. 찬물도 다시 들어갑니다. 최하 5번 정도 온탕과 냉탕을 반복해서 들어갔다 나옵니다. 1시간 정도 지나니 몸이 나른해지고 피로도 풀립니다. 그러면서 오늘 했던 일을 떠올립니다. 부족한 것이 무엇이고 내일은 어떻게 하면 빨리 끝날지 고민을 합니다. 좋은 방법이 떠올립니다. 아무래도 몸에 피로도 풀리고 기분도 좋아서 그런 것 같습니다. 기분 좋은 감정이 반복되니 보니 지금도 자주 목욕탕 옵니다. 다음 날 아침에도 일어나 계획했던 대로 일을 합니다. 생각대로 잘 되어 기분이 좋습니다. 직원들도 어제보다 일에 진도가 잘 나가니 기분 좋아합니다. 고객을 만족해 주어서 너무 기분이 좋습니다. 이틀에 걸쳐 마무리 작업을 끝냈습니다. 직원들이 더운 날씨에 고생했다고 피자와 콜라 사줬습니다. 그 당시 먹은 것도 고마웠지만, 따뜻한 말 한마디가 더 감동이었습니다. 용접 직업으로 인해 고객이 만족하는 모습이 보고 소명 의식도 가지게 되었습니다. 일을 돈으로만 봐서는 오랫동안 하지는 못합니다. 생업과 천직은 따로 있는 게 아닙니다. 많은 이들이 자신의 인생을 바꿀 천직을 발견하고자 하지만 이건 환상에 불과합니다. 대신 이 물음 통해 지금 하는 일을 천직으로 만들 수 있습니다. 내가 하는 일을 어떻게 바라보는지 중요합니다. A와 B 두 사람이 있다고 가정해보겠습니다. A는 어쩔 수 없이 일을 해야 한다는 생각으로 회사에 다닙니다. 하지만 B는 조금 힘들더라도 이 일이 개인적 성공뿐만 아니라 기업과 사회에 도움 된다고 믿습니다. 이 둘 중 누가 더 즐거운 마음에 일하면 천직을 발견할 가능성이 높을까요? B입니다. 천직은 발견되면 완성품이 되는 것이 아닙니다. 그 어떤 직업도 천직이 될 수 있을 만큼 동적인 거죠. 보통 사람들은 지금 하는 일에 만족하지 못합니다. 하지만 일을 고통보다 즐거움으로 연결하면 언제든 천직으로 만들 수 있어요. 특히 세상에 큰 영향을 끼친 이들은 목적의식을 통해 지루하고 힘든 일도 천직으로 만들었습니다. 과거의 제 경험을 들어보겠습니다. 군 생활하면서 힘든 일이 일어나면, 즐기면서 해결하기보다 피했습니다. (텐트설치, 밥하기, 훈련준비) 하지만 잠시 마음은 편하지만, 며칠 지나 그 문제로 고참들에게 잘못한다는 지적에 상처를 받았습니다. 옆에 후배들도 점점 내 말을 무시했습니다. 왜냐하면 선배로서 배울 점이 없기 때문입니다. 그 당시 저는 해결하기보다는 항상 마음속으로 불평만 했습니다. 전역 날짜만 오기만 기다렸습니다. 그럴수록 부대 내에서 아무짝에도 쓸모없는 인간이 되어 갔습니다. 일회용품처럼 취급받았습니다.

인간은 아무런 목표 없이 일도 하지 않고 나태하게 생활하다 보면 인격적으로 타락할 뿐 아니라 자신이 가지고 있는 능력마저 썩어버리고 맙니다. 이는 자신만의 문제가 아닙니다. 인간관계에도 나쁜 영향을 미치고, 인생을 살아가는 참된 의미조차 찾지 못합니다. 일하는 수고로움을 아는 사람만이 잠시 동안의 안락함이 얼마나 소중한지 깨닫습니다. 열심히 일하고 노력한 만큼 보상받는 것이야말로 인생을 더 즐겁고 귀중하게 보낼 수 있는 지름길입니다.

10년 차 협력업체 선배는 말합니다. 우리는 직영보다 월급이 적으니 한 만큼만 일한다. 처음 그 말이 무슨 말인지 몰랐습니다. 1년 다니다 보니 그 뜻이 이해되었습니다. 하루 매일 8시간 직영과 같이 일하고 월급을 받으니 복지수준, 연봉, 성과급 차이도 났습니다. 회식 자리 가서도 협력업체 이유 하나로 따로 앉고 밥 먹고, 산 등산 가는 것도 따로 갔습니다. 하지만 그 선배는 매일 직영과 안 좋은 비교 하면서 다른 곳으로 이직하지 않았습니다.

내 사업 한번 해보겠다는 용기 덕분에 더욱 나은 삶을 살고 있습니다. 처음 회사 퇴사하고 이 자리 올라오는 과정은 쉽지 않았습니다. 장점도 있습니다. 일에 책임감 가지고 할 수 있어서 좋습니다. 내가 어떻게 하느냐 따라 내 인생이 바꿀 수 있다는 희망이 있어서 좋습니다.

『고물상의 기적』의 저자 이석수는 연 매출 30억 넘는 고물상으로 성장했습니다. 저자 본인도 20대 고물상 사업 시작할 때 주변에 반대가 심했습니다. 젊은 사람이 할 게 없어 그것을 하냐고 하는 어머님에 만류에도 끝까지 밀고 나갔습니다. 중간중간 서러움당하는 일도 많았지만, 모든 것을 참고 계속 그 일을 했습니다. 결국 끝은 성공했습니다.

성공하기 위해서는 많은 요소가 필요하지만, 가장 중요한 것은 인내와 지속성입니다. 어떤 분들은 재능이라고 말할 수 있지만, 아닙니다. 재능 있는 사람도 실패할 수도 있고 큰 노력과 시간이 필요합니다. 재능도 실력도 결국 인내력과 지속성 있게 하다 보면 향상되는 것입니다. 오늘도 더 많이 배우기 위해 실패를 하려고 합니다. 이 직업 통해 대한민국 경북 1등, 대한민국 1등, 세계 1등 하고 싶습니다. 그런 사람이 되기 위해 오늘도 무모한 도전을 합니다.

3.

무엇이 내 심장을 뛰게 하는가

21살 때 4월에 군용 비행기 타고 낙하산 메고 처음으로 뛰어내렸습니다. 4주간 모형 훈련 통해 하사관 후배생 동기들과 함께했습니다. 뛰어 내리기 하루 전 내 심장이 마구 뛰었습니다. 잠도 자지 못하고 화장실도 자주 갔습니다. 옆에 있는 동기도 잠을 자지 못하는 모습도 보았습니다. 기도했습니다. 아무 사고 없이 안전하게 마치기를. 처음이라 잘못되면 어떡하지? 걱정과 설렘이 가득했습니다. 군대 전역한지 20년 넘었는데 아직 생각나곤 합니다. 그 기쁜 순간 아직도 잊지 못하고 있습니다.

용접 사업 8년 차. 매번 새로운 일이 들어오면 도전하려고 합니다. 성장하기 위해 모험도 해야 합니다. 한 달 전 대구 온수 탱크 에폭시 작업을 했습니다. 하는 이유는 온수탱크 10년 이상 사용하다 보면 평균적으로 균열이 일어나 물이 샙니다. 그때 온수탱크 구멍을 내어 안에 들어가 방수 페인트 칠을 합니다. 12시간 간격으로 세 번 칠을 합니다. 물이 많이 새는 부위는 용접도 함께합니다. 처음 작업 문의 후 고객에게 할 수 있습니다. 말하고 두려움이 몰려왔습니다. 혼자 있는 시간 나쁜 생각을 많이 했습니다. 처음 하는 일인데, 잘못되면 어떡하지? 일하다 초보라고 욕먹으면 어떡하지? 등 부정적 생각이 가득했습니다. 일 시작도 하기 전부터 어렵게 생각하고 단점만 계속 보게 되었습니다. 생각을 바꿔 보기로 합니다. 고객에게 칭찬받는 모습과 주변 소개 들어오는 상상을 해봅니다. 이번에 새로운 일을 배우고 앞으로 더 많은 일을 할 수 있다고 스스로 칭찬도 합니다. 시작하니 두려움은 사라지고 하면 되겠다는 자신감이 붙었습니다. 하루 이틀은 근처 모텔에서 잠을 잤습니다. 페인트칠이 잘되었는지 확인하고 미흡한 부분 다시 칠하기 위해서입니다. 마지막 4일 차, 물을 온수탱크 넣어 확인합니다. 그때도 역시 가슴이 뛰기 시작합니다. 마음속으로 잘 되기를 기도했습니다. 하지만 10분 뒤 맨홀 뚜껑 볼트 부분 물이 새기 시작합니다. 예상하지 못한 부분에 물이 나오니 약간 당황했습니다. 다시 볼트 잠궈도 물이 샙니다. 그래서 물을 빼고 확인합니다. 무엇이 잘못되었는지 여러 가지 생각 후 닿은 부분 그라인더 작업하고 볼트 긴 것으로 바꾸어 봅니다. 다시 물어 틀어 보니 물이 샙니다. 고객님께 이번에 물을 다 받고 보일러 틀어서 최종적으로 확인해 보자고 말합니다. 제 경험 이야기도 합니다. 제품이 새것이라 처음에 물이 새는데, 몇 일 사용하면 새지 않는 경우도 있다고 말을 합니다. 보일러 가동 후 몇 군데 새는 부위는 모두 잡았습니다. 한 군데 물이 샙니다. 처음 새던 볼트 부분입니다. 일단 며칠 지켜보자고 말한 뒤 집에 와서 생각합니다. 노트에도 적어도 봅니다. 해결 방법이 없을까? 무엇이 잘못되었지? 다음 날 오전 10시에 전화를 합니다. 다른 곳에 새는 곳이 없는지 물어봅니다. 그럼, 고객이 볼트 부분 어제보다 적게 샌다고 합니다. 또 샤워 하니 페인트 냄새가 난다고 말을 합니다. 이런 경우가 있는지 묻고 사람 몸에 나쁘지 않은지도 물어봅니다. 저는 대답을 했습니다. 방수 페인트 호텔에서도 많이 사용도 하고 알레르기 나온 경우 없다고 했습니다. 냄새는 며칠 사용하다 보면 자연히 없어진다고 했습니다. 3일 뒤 다시 전화 걸어 물어 봅니다. 고객은 다시 볼트 부분 많이 물이 샌다고 합니다. 그래서 며칠 뒤 가면 볼트와 고무 패킹 교체하자고 말을 했습니다. 그동안 나는 새는 부분 인터넷 공부도 하고 주변 사람에게 조언도 구해봅니다. 작업 당일에 처음부터 다시 시작하자는 마음에 일을 합니다. 온수 탱크 물을 빼고 맨홀 볼트 풀고 볼트, 고무 패킹, 본드 등 모두 새것으로 바꾸어 튼튼하게 합니다. 볼트 잠금 때도 며칠 전보다 꼼꼼하게 확인하면 작업을 합니다. 다시 물을 틀어 보니 물이 새지 않습니다. 덕분에 이번에 경험으로 배우고 고객에게 수고했다는 말을 듣습니다.

첫 용접 사업 하면서 내가 처음 해본 일들이 문의가 올 때가 많았습니다. 돈은 벌고 싶은데, 계속 그런 문의가 올 때 고민했습니다. 할까 말까 실수하면 어떡하지 많은 생각을 했습니다. 그리고 하지 않았습니다. 완벽하지 않는데 괜히 하다가 고객에게 피해 주고 욕 먹을까 못했습니다. 지금은 아닙니다. 몇 프로 가능성 있으며 일 하기로 선택합니다. 못하면 전문가 불러

같이 하며 배운다는 생각으로 시작합니다. 또 공사 금액이 생각 보다 더 추가되면 내 돈 내고 마무리 지은 경우도 있습니다. 그때 "나는 손해 봤네." 라고 말 대신 수업료 냈다 생각으로 합니다. 긍정적으로 생각하려고 합니다.

하지만 이런 생각하기까지 시간이 걸렸습니다. 처음에 새로운 일이 두려우면 많은 생각할 뿐 시도하지 않았습니다. 눈앞에 일어나는 일들에 계속 시도하고 도전해야 합니다. 현대그룹 창업가 정주영 회장 사례입니다. 쌀가게 취직하기 못 타던 자전거 잘 탄다고 주인에게 말했습니다. 일 시작 후 쌀가게 주인이 비 오는 날 자전거 배달을 시켰습니다. 정주영은 못한다고 말을 못하고 자전거에 쌀을 싣고 끌고 나갑니다. 비 맞으면 자전거 타기 연습했습니다. 수시로 넘어지고 계속 도전했습니다. 결국 몇 시간 만에 혼자서 타기 시작했습니다. 이처럼 본인 생각이 할 수 있다는 마음먹고 행동하면 무조건 된다고 말을 합니다.

2020년 12월 서울에 기계가 파손되어서 특수용접 하러 갔습니다. 작업자 2명 데리고 같이 작업했습니다. 이틀에 걸쳐 용접 했지만 해결 못했습니다. 금속 재질이 특수 재질입니다. 생각처럼 붙지가 않았습니다. 숙비 교통비 모두 제가 감수했습니다. 일이 해결 되지 않아 돈을 받지 못했습니다. 아직 까지 해결 방법 찾지 못만 반드시 이것도 해결이 된다고 생각합니다. 그 작업 사진 공장에 붙여 놓고 수시로 해결 방법 찾아봅니다.

『왜 일하는가?』에서 이나모리 가즈오는 말했습니다. 지금은 그 일이 안 될 수 있습니다. 그러나 그건 지금의 일입니다. 지금 할 수 없는 것도 내일이면 할 수 있습니다. 여러분은 그만한 능력을 갖추고 있습니다. 할 수 있다고 믿고 노력하면 반드시 할 수 있습니다. 오늘은 되지 않는다고 스트레스 받지 마세요. 잠시 쉬고 다시 시작하면 됩니다. 계속 그 문제 가지고 가면 신이 아이디어 줍니다. 토스기 기계에서 식빵 나오듯이 어느 순간 좋은 생각이 나올 수 있습니다. 그러니 평소 좋은 생각과 좋은 감정 가지면 됩니다. 1년 전 어떤 교육 참석했다가 독서 모임 같이 하자고 말을 들었습니다. 나는 순간 안 한다. 말 대신 잠시 생각하고 답변 준다고 했습니다. 학창 시절 공부 못한 내가 책을 읽고, 누구 앞에 발표한다는 게 부담스러웠습니다. 아니 좀 더 정확히 말하면 무식한 게 밝혀질까 봐 걱정 되었습니다. 태어나 누구 앞에 서서 발표해 본 적이 없었습니다. 하지만 자신이 변하고 싶어 시도 했습니다. 처음 독서 모임 발표하는 날 기억합니다. 저녁 8시에 컴퓨터 줌 영상 보면서 책을 보고 느낀 점 10분씩 발표합니다. 이야기 하면서 심장이 두근두근 떨렸습니다. 그 모습을 본 독서모임회원들은 처음치고 잘 한다고 칭찬도 해 주었습니다. 끝난 후 내가 발표하다니 스스로 믿기지 않았습니다. 발표 중간중간 잘하지 못했지만 도전했다는 사실에 기분이 좋았습니다. 지금은 독서 모임에 부담 없이 잘하고 있습니다.

새로운 시작은 두렵습니다. 극복하면 한 단계 성장합니다. 선택은 본인이 합니다. 나는 매일 아침 일어나 선택합니다. 오늘도 행복하면서 주인공으로 살기 바랍니다. 주어진 시간 내 마음대로 조각하면 살아갑니다.

4.

내 인생의 주인공은 나다

2016년 5월 다니던 직장 그만두고 1인 사업가로 삶을 선택했습니다. 매일 하던 패턴이 깨졌습니다. 회사 다닐 때 그 시간 출근하고 일하고, 동료들이랑 밥 먹고 수다 떨고 정해진 시간 퇴근했습니다. 지금 혼자 일합니다. 일이 없는 날에는 용접 현수막과 명함도 돌립니다. 그 모습에 어색하기도 합니다. 사업 시작하기 전 혼자서 이런 생각을 했습니다. 나의 기술과 열정만 있으면 무슨 일이든 잘된다고 생각했습니다. 하지만 현실이 생각처럼 되지 않았습니다. 1년 차 사업 시작하면서 한 달 기준 30만 원 벌기도 어려웠고, 한 해 연봉으로 천만 원 벌기도 어려웠습니다. 그러다 보니 내 자신이 점점 자신감이 떨어지고 어느 순간 이런 생각도 들고 했습니다. 내가 이 사업을 너무 쉽게 생각한 것인가? 무엇이 잘못되었지? 다른 사람들은 어떻게 살아왔지? 등 꼬리 꼬리에 물어보면 나쁜 생각 많이 했습니다.

우리 친형도 처음 사업 시작할 때 단순하게 시작했습니다. 직장 그만두고 마음이 혼란할 때 누군가가 와서 스티로폼 분쇄 기계사면 돈 많이 번다는 말에 시작했습니다. 그분 말을 듣고 스티로폼 분쇄 장비 오천만 원 주고 구입했습니다. 공장도 임대부터 시작했습니다. 온 동네 스티로폼 수거하러 다녔습니다. 하지만 생각한 만큼 양이 얼마 되지 않아 3개월 뒤 그만둘까 생각을 많이 했습니다. 하지만 그동안 공장 임대하고 장비 사고 한 시간과 돈이 아까워 계속하기로 마음먹었습니다. 그렇게 하루하루 버티다 보니 좋은 기회가 오고 물량이 늘어나고 대기업과 고정 거래처도 생기게 되었습니다.

돌아가신 아버지도 40대 초반에 시골에서 나와서 처가에 살았습니다. 장남인 아버지는 처가살이하면서 농사일, 마당 청소, 똥 치우기 등 잡일을 많이 하셨습니다. 그 중간중간 서러움도 많이 당하셨다고 하셨습니다. 그 때마다 아버지는 마음속으로 다짐하셨습니다. 반드시 성공한다. 수시로 생각하셨습니다. 1년 뒤 아버지는 어머니와 같이 분가해서 새롭게 시작했습니다. 월세 집 얻어 매일 여기저기 일하러 다녔습니다. 매일 아침 3시에 일어나 하루 시작하셨습니다. 일어나 새벽기도 후 문을 열고 경운기 타고 일터로 나가셨습니다. 몇 년 뒤 아버지는 자리도 잡았습니다. 지나고 보니 아버지는 처가살이 덕분에 더 악착같이 일해서 성공하셨습니다.

안정적인 직장 생활하다 사업 시작하면 모든 게 두렵고 부담감이 큽니다. 안 하던 일 하게 되면 더욱 잠도 안 오고 걱정 많습니다. 일 끝내고도 의도치 않게 문제가 생겨 몇 번씩 일 하러 간 적도 있습니다. 또 잔금 주지 않으면 어떡하지? 등 생각을 하게 됩니다. 지금은 안 좋이 일이 생기면 일단 감사함을 찾고 웃음으로 넘기려고 합니다. 그리고 이번 일로 다음에 더 잘할 수 있겠다는 믿음을 가지려고도 합니다.

일하다 결제일 다가오고 통장을 확인해 보면 돈이 얼마 없는 경우가 많습니다. 갑자기 기분이 다운되고 감정도 좋지 않은 날도 많이 있었습니다. 그럴 때마다 이 감정 극복하기 위해 심호흡 크게 하고 말을 수시로 합니다. '나는 100억 자산가다. 나는 이미 풍족함이 넘친다.' 등 자기 암시도 합니다. 감사함 마음 가지면 가질수록 더 감사한 일들이 옵니다. 그럼, 잠재의식에 쉽게 받아들이려고 노력도 합니다. 책에서 배운 대로 따라도 해봅니다. 순간적 기분 좋아지기도 합니다. TV 속 서민 갑부를 우연히 보게 되었습니다. 고기 파는 청년의 한마디가 내 귀에 팍 들어왔습니다. 장사는 고기 파는 게 목적이 아니라 고객의 소통과 고객 만족이 우선이라는 말을 들었습니다. 그리고 나는 다음날 고객에 대한 책 사서 공부하기 시작했습니다.

돌아가신 아버지가 생각납니다. 겨울이 되면 산에 가서 나무하러 갑니다. 추운 날씨 속에서도 가족들에게 따뜻함을 주기 위해 경운기 타고 산으로 갑니다. 땔감을 싣고 와서 불을 지펴 잠자는 방을 따뜻하게 합니다. 그럼, 우리 식구들은 저녁밥을 먹을 잠을 춥지 않게 편안히 쉽니다. 그때는 아버지가 당연히 그렇게 하는 줄 알았습니다. 하지만 지나고 보니 아버지는 가족을 위해 가장으로서 소중함과 책임감을 보여준 것 같습니다. 그 모습을 보고 자란 나는 아버지와 똑같이 하고 있습니다. 결혼하고 직장 그만두고 용접을 창업했습니다. 겨울에 일이 없어 용역회사 갑니다. 새벽에 일어나 오늘 건설 현장 내일은 산에 일하러 갑니다. 겨울이라서 그런지 4시에 일어나 가기가 좀 쓸쓸할 때도 있습니다. 하지만 가족의 생활비에 걱정이 되어 안 갈 수가 없습니다. 내 가족은 내가 지킨다. 생각을 가지고 열심히 하루하루 살아가려고 합니다. 3년 지난 지금은 추운 겨울 일은 없지만 새벽에 일어나 조용히 방에 앉아서 개인 저서 책 적어봅니다. 알고 있는 지식과 경험을 글을 공유하고 싶습니다. 힘든 시기 친구 위로 보다 책 덕분에 다시 시작할 수 있었습니다. 그 마음으로 누군가에게 전하고 싶습니다. 그래서 오늘도 종이에 글을 적어봅니다.

미래 나의 모습을 상상합니다. 글을 적으면 스스로 다짐도 합니다. 나는 용접으로 해외 진출하는 모습을 마음속으로 그려봅니다. 이 기술로 인해 대한민국 기술 발전에 도움도 주고 싶습니다. 현대 (고) 정주영 회장도 우리나라 발전시키기 위해 해외 가서 돈을 벌었다고 합니다. 한 사람의 긍정적 생각이 지금 우리나라 발전이 선진국 되었다고 생각도 합니다. 『파리에서 도시락 파는 여자』의 켈리 최. 흙수저에서 자수성가한 그녀는 지금 세계 일주합니다. 그러면서 대한민국 꿈꾸는 사람들을 위해 유튜브 영상을 찍어서 올립니다. 경험한 지식을 공유합니다.

부자 되는 영상을 무료로 보여줍니다. 책으로 받은 수입 모두 기부한다고 합니다. 그런 모습 보고 마음이 따뜻해집니다. 저도 그런 인물이 되고 싶다고 상상도 해봅니다.

20대에 나는 꿈을 많았습니다. 다가가기 위해 행동하지 않았습니다. 어떻게 해야 할지도 몰랐습니다. 그러다 보니 희망을 가져도 오래 가지 못했습니다. 작심삼일만 하다 그쳤습니다. 천재는 99퍼센트 땀과 1퍼센트 영감으로 만들어진다. 에디슨 말처럼 성공은 재능보다는 착실한 노력과 땀 흘리는 과정에서 얻어집니다.

앞으로 순간순간 닥쳐오는 상황에 흔들리지 않을 것입니다. 어떤 일이 일어나도 굽히지 말고 부단히 앞을 향해 나아가려고 합니다. 지금은 내 인생에 주인공으로써 행복을 선택합니다.

5.

당신은 도전자입니까?

원하는 고등학교가 있었습니다. 하지만 성적에 자신이 없어서 미달 학교 지원했습니다. 1학년 반장이 되고 싶어습니다. 지원했다 떨어졌습니다. 공부를 잘하고 싶어 선생님이 시험 문제 힌트 주신 대로 공부했습니다. 공부 시간과 비교해 성적이 나오지 않았습니다. 친구에게 공부 방법도 물어봤습니다. 모른다고 합니다. 방과 후 볼링, 당구 배웠는데 실력이 늘지 않습니다. 항상 그 자리였습니다. 호기심이 많고 하고 싶은 게 많은데, 잘하는 게 없었습니다. 집중력 부족했습니다. 지나고 보니 공부에 대한 해결책 찾기보다 피해 다녔습니다. 무엇이 문제인지 혼자서 조용히 질문하기보다 막연히 공부 잘하는 친구가 부러웠습니다. 공부 방법, 시간 관리, 하루 어떻게 쓰는지, 수시로 공부에 대해 어떤 의미 부여하는지 고민하지 않았습니다. 지속 가능한 끈기도 부족했습니다.

내가 힘들면 남들도 똑같이 힘이 듭니다. 현재 1인 사업가로서 매번 새로운 일을 할 때마다 두려움이 옵니다. 특히 혼자서 해결해야 하는 경우가 많습니다. 잠을 못 자고 수시로 일어납니다. 그때마다 피하면 성장하지 못합니다. 그동안 해온 게 아까워서라도 포기 못 합니다. 저만의 두려움 해결 방법을 찾았습니다. 두려움이 올 때 마다 심호흡 크게 합니다. 순간적 피하기보다는 있는 그대로 받아들입니다. 신나는 노래 틀고 춤을 춥니다. 그러면 두려움 덜 느낍니다. 그래도 안 되면, 자기 체면을 걸어봅니다. '해식이는 할 수 있다.' 그도 한다. 그녀도 한다. 왜 나는 안 돼! 크게 소리칩니다. 그럼, 마음이 편안해집니다. 오늘은 수입차 알루미늄용접하러 대구 군위에 정비공장 갑니다. 일주일 전 정비과장이 연락이 왔습니다. 한 달 전 렉카 기사가 사장님 공장에 용접하고 마음에 들어 다시 연락드린다고 말합니다. 현장에 도착해 인사드린 후 커피 한잔하면서 수입차 엔진 작업 방식을 들었습니다. 장비를 차에서 내려 작업 준비를 합니다. 알루미늄 용접은 변형이 잘되고 용접도 일반용접 비해 까다롭습니다. 그래서 천천히 꼼꼼하게 용접합니다. 혹시 주변에 변형이 되는지 수시로 관찰도 합니다.

7년 전 생각납니다. 재질이 알루미늄 주물인지 모르고 덤벼들었습니다. 할수록 제품 모양이 안 좋아져 걱정이 많이 했습니다. 밤에도 잠을 못 자고 이것 어쩌나 고민이 많았습니다. 결국 전문가의 도움받아 해결한 기억이 납니다. 그 경험 덕분에 용접 기술에 자신감 되찾았습니다. 오래 하다 보니 돈도 벌고, 성장과 발전을 하고 있습니다.

학창 시절 친구들과 어울리지 못하고 공부로 인해 자존감이 아주 낮았습니다. 혼자서 무슨 일이든 알아서 하는 게 없었습니다. 그래서 소심한 성격에 자신감이 없는 나는 변화하고 싶었습니다. 직업 군인 특전사에 지원했습니다. 1년 중 6개월은 산속에서 훈련받았습니다. 혼자서 텐트 치기, 반합에 밥하기 등 모두 막내가 해야 했습니다. 하지만 많은 선배 앞에서 욕먹을까? 피해 다녔습니다. 결국 해야 할 일을 피하면 피할수록 자신이 작아지는 모습을 알게 되었습니다. 고개도 푹 숙여 땅만 보고 다녔습니다. 스스로에 한숨만 쉬고 다녔습니다. 매일 자신에게 칭찬 보다는 학대 하면 남과 비교 많이 했습니다. 소심한 제 모습이 너무 싫었습니다. 하지만 5년 군 생활 동안 많은 경험을 했습니다. 수중훈련, 천리 행군, 낙하산 훈련, 해외파병(동티모르) 등 다양한 경험을 했습니다. 혼자서는 절대 불가능한데 함께 하니 가능합니다. 군대도 사람 사는 곳이라 무섭지는 않았습니다. 하지만 선배와 후배 관계가 힘들었습니다. 후배가 나 보다 칭찬 많이 받다 보니 질투가 난 적도 있습니다. 훈련 마치고 점심식사 하는데 선배가 한마디합니다. 함해식은 중사답지 못하다 말을 들었습니다. 후배가 더 고참처럼 보인다는 말에 그 날 오후 아무것도 손에 잡히지가 않았습니다. 25년 지난 지금도 그 말이 잊지 않고 있습니다.

군대 제대 날짜가 다가오자, 무엇을 하면 살지 고민했습니다. 군대 동기들은 자격증, 대학교 입학, 취업 등 준비했습니다. 바깥 훈련 있을 시에도 마음이 불안해서인지 공부했습니다. 나는 말년 휴가 나올 때, 처음으로 영천에 MBTI(적성검사) 하였습니다. 나의 적성 찾기 위해 센터 갔습니다. 1시간 걸쳐 종이에 체크하는 것입니다. 결과는 기계 건축 기술자가 나왔습니다. 그 분야가 적성에 맞다고 나옵니다.

사촌 형님 소개로 대기업 하청업체 취직했습니다. 10년 동안 다니면서 몸은 편한데, 계속 다녀서는 월급이 오르지 않았습니다. 언제 정리 해고 될지 모른다는 생각이 들었습니다. 그래서 퇴사했습니다. 그래서 영천에 김치 공장 다녔습니다. 6개월 만에 바로 위 팀장님과 사이좋지 않아 퇴사했습니다. 결국 내 사업하고 싶어 용접기술을 배웠습니다. 그리고 주택 마구간 창고 용접 사무실 만들어 창업했습니다. 아침, 저녁 현수막 걸고 명함도 돌렸습니다. 처음 잠시 동안 일이 잘되고, 돈도 잘 벌었습니다. 내 사업하니 기분 좋았습니다. 하지만 일이 꾸준히 없어서 돈은 모으지 못했습니다. 그래서 공장 사면 어떨까? 일이 없는 날에 제작도 하고, 용접 개발도 하고 출장용접도 할 수 있겠다 싶어서 구입했습니다. 2019년 9월 구입 후 5개월 뒤 대상포진 확정 받았습니다. 1년 동안 밖에 나가지 못하고 누워 있었습니다. 매달 은행이자 생활비 공과금 걱정했습니다. 병이 더 많이 악화하였습니다. 생각을 바꿔 먹기로 시작했습니다. 집에 누워 있는 동안 책 보기와 일기 적었습니다. 위로도 받았습니다. 그때 처음 알았습니다. 사람에 말로 위로도 받지만, 책으로도 위로받는다는 사실도 알았습니다. 1년 뒤 치료가 모두 되었습니다. 이제 매출을 늘리기 위해 현수막을 공장에 붙여 두었습니다. 2020년 1월에 매출 5배 만들기, 나와 약속해봅니다.

6개월 뒤 아무런 변화가 없습니다. 결국 지인 소개로 서울에 마케팅 교육 들으러 갑니다. 교육 들으면서 새로운 세계를 알게 됩니다. 사업하시는 분의 성공 사례 얘기도 듣습니다. 그러면서 나는 더욱 성공하고 싶다는 생각이 들었습니다. 용접하면서 책 쓰고 싶다는 생각도 들었습니다.

요약하자면 항상 무언가 도전하면서 두려움이 옵니다. 생각도 많이 합니다. 그러면서 내 생각이 나를 가둡니다. 또 생각이 나를 아주 힘들게 합니다. 그럴 때 성공도 실패도 모두 안고 가려고 합니다. 스스로에 외쳐도 봅니다. 뭐든지 와라. 모두 밟고 간다고 말합니다. 그리고 돌아가신 부모님을 떠올려 봅니다. 생각 많이 해서 성공보다는 많은 도전과 실패 속에서 위인이 됐다고 생각도 합니다. 사람들에게 해보지 않고 된다고, 안 된다고 하지 말라고 합니다. 된다고 생각하고 시작하라고 합니다. 일을 쉽게 생각하라고 합니다. 무언가 선택했다고 해봅시다. 시간이 지나 봐야 합니다. 좋은 선택이 나중에 나쁠 수 있고 나쁜 선택은 나중에 좋은 선택이 있을 수 있습니다. 그러니 앞으로 나는 선택에 오래 두지 않으려고 합니다. 뭐든지 해보고 나중에 결과를 겸허히 받아들이려고 합니다. 오늘도 새로운 일에 도전하고 선택합니다.

6.

직업의 철학

오늘은 같은 분야에 일하는 용접 사장과 같이 점심식사 했습니다. 집은 안동입니다. 2년간 통화만 하다가 직접 만났습니다. 만나기 전 어떤 생각으로 일을 하는지 철학과 비전이 궁금해서 한번 만나고 싶었습니다. 만나서 산책 하면서 그 동안 살아온 이야기와 창업 시작된 이유를 같이 이야기 했습니다. 서로 같은 분야에 일하다 보니 공감대가 많이 느껴졌습니다. 고객 관리 어떻게 하는지 일하다 힘든 부분 어떻게 해결하는지 공유했습니다. 이야기 하면서 궁금하거나 배울 점 있으면 물어보고 배웠습니다. 그중에 가장 기억남은 부분은 큰 공사 계약 후 처음 해본 작업이었습니다. 관공서 발판 작업인데 공사 들어가기 전에 엄청 공부했다고 합니다. 공사가 잘못 되면 어떡하지 고민도 많이 했다고 합니다. 그래서 저녁 늦게까지 주변 분들에게 물어보고, 컴퓨터 관련 영상도 공부했습니다. 다행히 공사는 마무리가 잘되었습니다. a/s는 혼자서 두 번 가서 수리 하고 왔다고 합니다. 그러면서 이번에 발판 작업 배워서 좋았다고 합니다. 이제는 자신감이 생겨서 그 작업만큼 견적서 잘 낸다고 합니다.

골프장 배관 용접 의뢰 들어옵니다. 담당님과 통화 후 1년 전 생각합니다. 보일러 배관 용접 갔다가 몇 시간에 포기하고 왔습니다. 몇 개월 지나고도 끝까지 못한 내 마음이 불편했습니다. 그 작업 누군가 잘했겠지. 스스로 위로했습니다. 1년 지난 지금 이번에 꼭 해결하고 고객에게 기쁨과 만족감을 주고 싶었습니다. 현장에 방문해 작업 상황 확인 후 견적서 낮추어 보냈습니다. 이메일 문서 보내고, 1시간 뒤 금액이 싸다고 말을 합니다. 웃으면서 작년에 작업 마무리 짓지 못해 미안하고 이번에 꼭 내 능력을 보이기 싫다고 말했습니다. 3일 뒤 작업 결정이 나고 필요한 자재 사고 수요일 아침 7시 30분에 도착했습니다. 작업을 들어갑니다. 수도배관과 에어배관 25a 부분 교체입니다. 작업은 아크 용접했습니다. 먼저 에어 배관 자르고 3포인트 하는데 한 포인트 공간이 협소해 용접에 사용하는 네모 거울 보고 했습니다. 자세가 너무 안 나와서 웃었습니다. 그런 후 테스트 후 거울보고 한 곳에 에어가 샙니다. 담당자에게 이번에는 용접하고 배관 식으면 테스트 하자고 말을 했습니다. 내 경험상 에어배관, 물 배관 용접하고 바로 테스트하면 불량률이 높다고 했습니다. 그런 뒤 차근차근 물 배관도 아크용접 했습니다. 점심시간에도 밥만 먹고 혼자서 계속 작업을 했습니다. 오후 3시가 되자 잠시 작업을 멈추고 앉아서 쉽니다. 스스로에게 생각합니다. 이번에도 작업 잘하고 고객에게 감동을 주고 싶었는데 생각처럼 잘되지 않네. 이번에도 뭔가 불안합니다. 하지만 마무리 잘 짓고 말 것이다. 다짐하고 다시 작업했습니다. 오후 5시 되자. 에어배관, 물 배관 테스트 합니다. 여러 군데 물이 샙니다. 다행히 에어배관 모두 잡았습니다. 다시 크게 웃고 새는 부분 체크하고 다시 시작합니다. 그 순간 담당자에게 미안했습니다. 하나씩 하나씩 정성스럽게 용접했습니다. 오후 5시 넘어가자 집중력도 떨어지고 기운도 빠집니다. 담당자에게 내일 아침에 마무리 짓자고 말했습니다. 대답은 오늘 꼭 해야 한다고 말합니다. 내일은 골프장 고객이 이곳에 사용해야 한다고 말합니다. 다시 마음을 다 잡고 이번에는 꼭 마무리 짓고 간다고 스스로에게 다짐 후 일에 집중을 합니다. 작업한 지 12시간 만에 작업이 끝났습니다. 담당자에게 끝까지 도와줘서 고맙다. 말한 뒤 장비 싣고 공장으로 왔습니다. 운전하고 오면서 생각했습니다. 이번에는 일에 끝까지 포기하지 않고 마무리 짓게 되어 기분이 좋았습니다. 스스로에게 칭찬했습니다.

금요일 오후 일 마치고 집에 와서 씻고 쉬고 있는데 모르는 전화가 옵니다. 경남 김해 사는 고객인데, 오토바이 라디에이터 용접하고 싶다고 합니다. 재질은 알루미늄이라고 합니다. 용접은 되긴 한데 어렵다고 말했습니다. 웬만하면 라지에타 비용이 얼마 하지 않으니 교체하라고 했습니다. 고객이 이번 사고 나서 구입하려니 비용이 60만 원이고, 결제하면 몇 개월 걸린다고 합니다. 그러니 제발 해달라고 합니다. 용접 비용이 얼마인지 묻습니다. 비용은 오만 원이면 된다고 말하니 너무 싸다고 말한 뒤 다시 연락한다고 합니다. 고객에게 말합니다. 작년에도 대구에서 자동차 상사에서 수입차 사고 난 라디에이터 용접하고 공장에서 확인할 때 잘 되었습니다. 하지만 차량에 장착하고 물이 샌다고 말했습니다. 그러고는 만약 보낸다면 시간이 걸릴 수 있다고 말했습니다. 왜냐면 테스트하기 위한 장비 따로 만들어야 한다고 말했습니다. 불편하더라도 기다려줄 수 있냐고 물어도 봅니다. 고객은 알겠다고 말한 뒤 통화를 끝냈습니다. 다음 날 오전 9시 30분 서울 가기 위해 지하철 타고 가는데 오토바이 고객이 연락 옵니다. 평일에 본인 직접 가지고 오는데 가능한 날짜가 언제인지 묻습니다. 택배 보내려니 파손될까 봐 걱정합니다. 그럼 화요일 오전 11시에 가지고 오라고 했습니다. 전화 통화 후 잠시 생각을 합니다. 1년에 한두 번 있는 일인데, 그리고 다섯 번 중 한 번 되는데 못한다고 할까? 멀리서 찾아오는데, 못해 드리면 미안하기도 하다는 생각도 했습니다. 그래도 하기로 했습니다. 만나기 하루 전 전화가 옵니다. 고객이 아닌 자동차 수리 사장이 전화 와서 본인이 직접 가지고 온다고 합니다. 고객은 평일에 교대 근무라 못 온다고 합니다. 다음 날 아침에 일찍 도착해 라디에이터 용접 연습합니다. 오랜만에 하는 거라 고객에게 실망감을 주고 싶지 않았습니다. 몇 시간 걸쳐 이 방법 저 방법 해보고 유튜브 영상 보고 공부도 했습니다. 몇 시간 뒤 오토바이 사장이 도착하고 만나서 반갑다고 인사 후 사무실에 가서 커피 한잔 드립니다. 먼 길 오신다고 고생했다고 말합니다. 이번 알루미늄 라디에이터 용접 시간이 걸리 수 있고, 안 될 수 있다고 말도 합니다. 연습한 대로 용접을 해봅니다. 소재가 다른 거라 쉽게 붙지 않습니다. 그래서 다른 방법도 해보니 이번에 용접이 됩니다. 물을 넣고 테스트합니다. 다른 부분이 물이 샙니다. 또다시 하고 또다시 합니다. 한 시간이 지나도 되지 않습니다. 그래서 고객에게 용접 어렵겠다고 말합니다. 멀리서 왔는데 해결하지 못해 미안하다고 했습니다. 그런데 가면서 수고했다고 돈 3만 원 주고 갑니다. 저는 안 받는다니 하니 용접해 주니 마음이 고맙다고 합니다. 돈을 받고 명함 받고 다음에 만나게 되면 서비스 더 해준다고 말했습니다. 고객을 보내고 며칠째 라디에이터 용접을 합니다. 풀리지 않는 숙제 계속 하다 보면 내일은 반드시 된다고 생각합니다. 실패하면 마음이 아픕니다. 하지만 내일 다른 방법으로 시도합니다. 지금까지 그래 듯이 꾸준히 지속하면 문제가 해결된다고 확신을 합니다.

사업 성공은 그 사람의 생각과 마음이 중요하다고 생각합니다. 할 수 있다는 마음만 있으면 위기 속에서 기회를 봅니다. 제가 경험해보니 그렇습니다. 처음 사업할 때 생각이 납니다. 어떻게 해야 할지 모르지만 일단 시작했습니다. 매일 현수막과 전단지 붙이고 영업하러 다녔습니다. 우리 회사 노출을 위해 명함을 들고 중소기업도 찾아다녔습니다. 반응이 별로 없지만 분명 필요한 회사가 있을 거라 마음으로 했습니다. 그런 반복 속에 미래의 희망을 끈을 놓지 않고 계속 노력하다 보니 사업이 번창할 수 있었습니다.

7.

무식한 게 용감하다

지금 나에게는 남들이 하지 않는 용접 기술력과 공장이 있어서 너무 좋습니다. 매일 아침 일어나 나에게 주문합니다. 나는 반드시 성공한다. 마음속으로 다짐합니다. 오늘도 행복을 선택합니다. 가진 것에 감사합니다.

7년 전 아무것도 없었습니다. 직장에 나와서 특별한 기술이 없었습니다. 새벽 인력회사 출근했습니다. 아침 6시 넘어서 출근하면 일하러 가지 못했습니다. 기다리는 순번이 있었습니다. 어제 일하러 갔다 일 못한다는 말을 들으면 일을 주지 않았습니다. 그래서 하루하루 최선을 다해야 합니다. 오늘 아파트 공사장 현장 가서 일하고, 다음날은 시골에 나무 톱으로 잘라서 장작을 만들었습니다. 매일 현장이 다릅니다. 하루 인건비 11만 원입니다. 그 돈으로 가장으로 가족을 지키기에 어려웠습니다. 일이 없는 날에는 친형 공장에 가서 일을 했습니다. 그 당시 의식 수준도 낮았습니다. 순간적 감정에 욱하는 경우가 많았습니다. 무언가 하고 싶은 것 있어도 며칠 하다 포기했습니다. 수시로 우선순위가 바뀌었습니다. 그 예로 이번 주 만드는 일에 계속 해야 한다고 다짐합니다. 며칠 뒤에 다른 것 하고 있습니다.

10년 다닌 퇴직금으로 용접 기술 배웠습니다. 미래를 위해 투자했습니다. 덕분에 지금은 남들보다 특별한 기술을 가지고 있습니다. 앞으로 할 수 있다는 신념도 가지고 있습니다. 사업 3년하고 공장을 구입했습니다. 아무것도 없으면서 있으면 좋겠다. 상상했습니다. 공장 가지고 있는 친형을 봤습니다. 돈이 있어서 사는 것이 아니라 빚으로 샀습니다. 열심히 일하다 보니 공장이 자리 잡아 가는 모습을 봤습니다. 공장 있는 것과 없는 것은 사람에게 신뢰감도 느껴졌습니다. 그래서 친형님도 하는데 왜 나는 못 하지 하는 마음으로 공장 샀습니다. 앞으로 잘될 거라 자신감으로 샀습니다. 근데 세월이 지나다 보니 빚은 늘어나는데, 버티는 능력도 생겼습니다. 주변에 일도 잘한다는 소문도 났습니다. 매년 조금씩 일이 들어오고 있다는 것을 느낍니다. 몇 년 뒤에는 크게 성공할 수 있겠다는 느낌과 자신감도 생깁니다.

글쓰기 하는 것도 그 이유입니다. 다른 사람들은 현장에서 열심히 용접하면 홍보가 되는데, 그것을 왜 하느냐? 말합니다. 돈도 되지 않는데 왜 하냐고? 합니다. 하지만 개인 저서 책으로 5년 후 더 많이 성장하기 위해서입니다. 나의 경험과 지식으로 누구를 돕고 싶은 이유이기도 합니다. 작년에는 그날 그날 돈 벌기 위해 하루 살았습니다. 이제는 더 많은 사람에게 도움 주고 돈을 벌고 싶습니다. 친구들은 기술이 있는 나를 부러워합니다. '무식하면 용감하다. 거기다 신념이 있으면 더 무섭다'는 말이 있습니다.

저녁 잠자기 전 침대 누워서 내일 해야 할 것 생각합니다. 다음 날 아침에 출근합니다. 도착해 강아지 밥을 줍니다. 주변에 사물을 관찰합니다. 지저분하고 눈에 거슬리는 게 있으면 청소합니다. 한다고 해 놓고 다음 날 하지 않는 경우가 많습니다. 오늘 해야 할 게 많거나 생각이 많아지면 안 하게 됩니다.

작은 것부터 시작합니다. 공장 정리정돈 합니다. 이것 정리하다 보면 다른 것도 하게 됩니다. 참 재미있습니다. 처음 하기까지 귀찮은데, 하다 보면 내 몸이 움직입니다. 단순하게 사는 것이 좋습니다. 매일 하는 일에 호기심을 가지려고 합니다. 호기심은 열정입니다. 얼마 전 고객이 자동차 라디에이터 용접 문의를 해서 직접 용접했습니다. 전에도 잘되지 않아서 오기 몇 시간 전에 연습을 했습니다. 하지만 오늘도 2시간 동안 연습해도 해결하지 못했습니다. 벌써 이번이 3번째 실패입니다. 다음 날 오전 혼자 알루미늄 라지에이터 연습합니다. 용접 방법 바꿔서 해봅니다. 산소용접, 알곤용접, 납땜용접, 미그용접 등 다양하게 합니다. 기존 하던 방식 모두 바꿔서 해봅니다. 스스로에 할 수 있다고 확신합니다. 지금은 되지 않지만, 내일이면 반드시 된다고 신념을 가져 봅니다. 용접하는 작업 영상 만들어 유튜브 채널 〈특수함TV〉에 올립니다. 새로운 방법으로 용접하니 좀 하기가 힘들지만, 연습하면 되겠다는 내 생각도 올립니다. 작업에 대하는 태도와 기분도 같이 올립니다. 그럼, 다음날 유튜브 구독자 60대 후반 남성이 내 동영상 보고 칭찬을 합니다. 계속 지켜보고 있는데 도전정신이 강하다고 댓글을 남깁니다. 잠시 그 짧은 댓글에 용기도 얻고 감동도 받습니다. 앞으로 알고 있는 지식과 경험을 한 사람이라도 도움 주고 싶다는 생각도 합니다. 처음부터 잘하는 사람이 없습니다. 반복된 습관이 자신을 만들어 갑니다. 용접 사업 시작할 때 생각납니다. 일단 저질렀습니다. 용접 장비 구입 후, 돌아가신 부모님 시골 주택 창고에 두고 전단지 붙였습니다. 주말에는 현수막을 보이는 거리마다 붙였습니다. 친구가 저녁에 전화 와서 이제 그만 붙이라고 말도 합니다. 영천 시내 모두 용접 현수막만 보인다고 말합니다. 하지만 나는 자리 잡기 위해 계속 붙였습니다. 용접 사업하다 힘든 시기도 있었습니다. 용접 사업 2년 차 오후 4시 한 통에 전화가 옵니다. 경산에 주물 공장 대표인데 특수용접할 것이 있다고 합니다. 전화상으로 친절하고 예의 있게 말도 합니다. 그 예로 좋은 기술 있어서 좋겠다. 성씨가 함 씨인데 귀한 성이라고 좋은 말을 많이 합니다. 전화 통화 후 특별한 기분이 들어서 다음날 경산 회사에 방문합니다. 공장도 있고 사무실도 옆에 있었습니다. 회사 규모가 약간 커 보였습니다, 차량을 주차하고 사무실에 가서 대표님을 만납니다. 근데 내 겉모습에 씩 웃으면 밑에 있는 사람 소개합니다. 그 사람과 이야기하라고 말을 합니다. 그 모습에 내 감정 욱하면서도 참고 짧게 이야기하고 나왔습니다. 그리고 나 스스로 다짐했습니다. '지금은 성공으로 가는 과정이다. 너무 나쁜 감정 가지기보다는 더 열심히 살아보는 거다.' 좋은 의미 두려고 노력을 했습니다. 5년 뒤 지금보다 더 크게 성장한다고 다짐을 했습니다. 그렇게 하루하루 주어진 일에 살다보니 좋은 날은 왔습니다.

실행력이 강한 사람은 자신의 마음 주인이 됩니다. 할 수 있다는 마음가짐도 가지고 있습니다. 그 예로 『파리에서 도시락 파는 여자』저자 켈리 최 회장은 일본 초밥 스승의 제자가 되기 위해 3번 찾아갑니다. 처음 식당에 가서 초밥을 먹고 나오면서 초밥 기술을 배우고 싶다고 말을 합니다. 가르쳐 달라고 말을 합니다. 2번째 찾아갑니다. 이번에는 초밥 기술을 배워 많은 사람들에게 행복을 주고 싶다고 말을 합니다. 지금은 돈이 없지만 앞으로 잘 되면 갚겠다고 말도 합니다. 초밥 스승님처럼 성공해서 많은 사람들에게 도와주고 싶다고 말을 합니다. 그 말에 잠시 생각해본다고 말을 합니다. 드디어 세 번째 만남에 제자로 받아 줍니다.

단순하게 생각하고 움직입니다. 그리고 배우려고 노력합니다. 하지만 무모한 도전 속에 단점이 있습니다. 실천을 자주 하되 궁리를 많이 하지 않습니다. 그 예로 사업 초창기 용접 발전기 구입했습니다. 큰 금액주고 활용하려고 고민한 적이 없었습니다. 계속 공장에 두고만 있었습니다. 그 기계를 가지고 있다고 홍보도 하지 않았습니다. 용접 장비 마찬가지입니다. 구입하고 어떻게 홍보하고 사용할지 몰랐습니다. 그냥 가지고만 있었습니다. 앞으로는 도전도 하고 배울 점도 찾고 개선도 해야겠습니다.

의심하면 의심하는 만큼밖에 못 합니다. 나는 왜 일하지? 어떻게 이 일을 시작했지? 일은 나에게 어떤 의미지? 오늘 하루는 어떻게 하루 부여하지? 스스로 자주 질문합니다. 하지만 며칠 지나면 우선순위가 바뀌는 경험 많이 했습니다. 그 분야에 성공한 사람일수록 원하는 곳에 집중하고 가까이 가기 위해 자주 질문합니다. 믿기로 선택합니다.

매일 꾸준히 한다는 지겹습니다. 하지만 그 차이가 그 사람을 만듭니다.

8.

미소 지어라

아침 일어나 거울 보면서 스스로에게 입꼬리 위로 올립니다. 미소 보이면 칭찬합니다. 순간적 감정이 좋아지면서 기분이 좋아집니다. 노래도 부르고 춤도 춥니다. 할 수 있다고 힘내라 외쳐봅니다. 그럼, 하루가 즐겁고 특별하게 느껴집니다.

과거에 거울 보고 미소 짓기 전에는 긴장의 연속이었습니다. 일어나 피곤하다 말만 계속했고, 얼굴도 찌푸리면서 하루 시작했습니다. 옆에 있던 아내도 똑같이 자고 일어나면 피곤하다고 말만 했습니다. 출근해서도 좋은 생각보다 나쁜 생각만 많이 했습니다. 오늘도 일이 없으면 어떡하지? 앞으로 사업이 잘못되면 어떡하지? 남들은 잘하는데 왜 나만 사업 진척이 없지? 등 하루 종일 나쁜 감정에 파묻혀 보냈습니다. 미소에 대해 배우거나 생각해 본 적 없던 것 같습니다. 고등학교 2학년 때 3대3 미팅 하러 간 적이 있습니다. 토요일 오후 3시에 수업 마치고 커피숍에서 만났습니다.

미팅에 경험이 많지 않아서 긴장된 모습으로 친구 3명과 같이 갔습니다. 만나서 자기소개와 취미 이야기했습니다. 1시간 정도 이야기하고 근처 분식집으로 이동했습니다. 김밥이랑 떡볶이 먹으면 편안하게 이야기 했습니다. 어느 정도 분위가 좋아 노래방으로 가서 노래 불렀습니다. 나는 김건모 스피드 노래 부르고, 친구들은 손뼉 치고 음료수 마시면 같이 재미나게 놀았습니다. 다음날 학교에 가서 같은 반 친구에게 물어봅니다. 나는 2번 여자 좋은데, 어떤지 물어 보라고 했습니다. 친구는 웃으면 모두 너무 무서워서 싫다고 말합니다. 그리고 친구는 누구 만날 때 웃으면 말해야지 좋아한다고 말했습니다. 특히 나보고는 첫인상이 너무 무섭다고 말합니다. 친구는 자주 봐서 못 느꼈는데, 여자 친구 입장에서는 대다수 그런 말을 했다고 합니다.

20대 중반 5년 군 생활하고 첫 직장 생활했습니다. 3개월 지나고 일 마치고 회식했습니다. 같이 일하는 두 살 많은 명수 형이 일할 때 웃으면 일하고 부탁합니다. 출근해 인상 쓰면 같이 일하는 형이 부담스럽다고 합니다. 직업군인 5년 동안 해서 그런지 아직 군인처럼 느껴진다고 말합니다. 군대 있을 때 모습 떠올려 봅니다. 고등학교 졸업하고 군입대하고 웃는 모습을 보고 선배가 많이 혼을 냅니다. 여기다 놀러 온 게 아니다. 여기는 단체 생활이다 한 사람이라도 말과 행동을 실수하면 운동장 빽빽이 돌렸습니다. 특히 특전사 출신이랑 더욱 심했던 것 같습니다. 이렇게 배우다 보니 웃는 날 보다 긴장하면 눈치 보고 군생활한 것 같습니다. 전역하고도 빨리 성공하고 싶은 마음에 자신에게 칭찬보다 원망했습니다. 주변 사람과 비교하고 자책만 했습니다.

매일 아침 거울 보고 미소 보내면 칭찬한 지 2년이 지났습니다. 새벽에 일어나 이빨 닦고 세수를 처음 합니다. 그리고 거울 보면 심호흡하면서 진심으로 칭찬합니다. '해식아! 네가 있어 참 행복하다. 나는 똑똑하고 천재다. 남들이 뭐라 해도 있는 그대로 모습이 내가 좋다.' 등 좋은 말로 잠재의식에게 보냅니다. 덕분에 지금은 하루가 나쁜날 보다 즐거운 날이 더 많습니다. 미소 지으면 5년 후 모습도 상상합니다. 어떤 집에 살고, 주변에 이웃은 누구고, 어떤 차를 타고 고객 만나는지 등 매일 평범한 하루 어떤 생각을 하고 행동하는지도 상상하면 기분이 좋습니다. 내 마음속 주문합니다. 반드시 하고 있는 분야에 성공한다고 말하고 신념을 가집니다. 때론 걱정과 불안하게 느껴진다면, 여유로운 모습으로 가져봅니다. 입꼬리도 올리면서 휘파람도 불어도 봅니다. 그런 모습에 아내 얼굴도 밝아집니다. 아내도 몇 개월 전만 해도 일어나면, 피곤하다고 말만 하고 했습니다. 인상을 쓰면서 회사 가는 걱정했습니다. 지금은 내 모습을 보고 변해갑니다. 어제도 오전 동물 병원 가서 직원들에게 좋은 아침입니다. 밝은 미소로 인사했습니다. 여직원이 내 모습에 미소로 받아줍니다. 몰래 커피도 뽑아줍니다. 아침부터 서로 간 기분이 좋아 행복합니다. 용접 일할 때도 당연히 그렇게 고객에게 미소 지으면 인사합니다. 그럼, 고객이 부러진 기계 보여줍니다. 마지막에 고맙다고 말합니다. 일을 하다 예상치 상황이 발생해도 한번 웃고 하던 일을 계속합니다. 휘파람 불면 더 좋은 방법이 없는지 한번 더 생각하면 해결점을 찾아봅니다.

그 예로 성공한 천호식품 김영식 회장『10미터만 더 뛰어봐』를 보면 그는 '영식아! 넌 정말 멋지다. 영식아! 넌 성공하기 위해 태어난 사람이다. 오늘도 웃으며 하루 시작하자.' 등 매일 자신에게 희망찬 말을 했습니다. 그렇게 소리 지르다 보면 힘들다는 생각이 없어진다고 합니다.

스스로 오늘 한 일에 칭찬과 격려도 합니다. 내가 즐거워야 주변에도 행복해집니다. 당신이 먼저 웃어 준다면 그 웃음은 결국 다시 돌아올 것이다.

7년 전에는 아침에 일어나 한숨 쉬었습니다. 일이 없고 무엇부터 해야 할지 몰랐습니다. 직장 다니다 그만두고 시간이 너무 많았습니다. 매일 일이 없으면 걱정만 했습니다. 처음 보는 사람들도 웃음이 없으니 무섭다 말을 들었습니다. 나쁜 생각을 많고 긴장하고 인상을 쓰고 다녔습니다. 사업이 처음이다 보니 예민한 성격 소유자였습니다. 10대에도 친구들 사이에 웃음이 별로 없었습니다. 20대 초반에 군대 입대했습니다. 6개월 하사관 교육 마치고 전북 익산 배치받았습니다. 선배들이 누군가 말 한마디에 웃으면 저녁에 잔소리 엄청나게 했습니다. 잠도 못 자게 했습니다. 어떤 선배는 일부로 옆구리 간질여 웃음을 얼마나 참는지 시험했습니다. 항상 긴장을 강요했습니다. 그 뒤로 웃음이 더 없었던 것 같습니다.

매일 아침에 일어나 거울 보면 칭찬하고 휘파람 불어봅니다. 미친 사람처럼 혼자서 웃고 다닙니다. 새로운 거래처 사장님과 H빔 용접 계약을 했습니다. 서로 안 지가 얼마 되지 않아서 통화하면서 말 한마디에 상처를 받았습니다. 전화 통화 후에도 그 말이 계속 생각이 납니다. 순간적 나쁜 생각합니다. 그럼 인지하고 스스로에게 크게 웃어봅니다. 그리고 관점을 바꾸기 위해 노트에 끄적끄적 적어봅니다. 영화감독이자 시나리오 작가처럼 이 상황을 좋은 글로 만들어 보려고 합니다. 그리고 웃어봅니다.

TV 속 주인공들은 항상 끝지점 해피엔딩으로 끝이 납니다. 하지만 중간마다 힘든 고비 오고 피눈물 흘리는 경우가 많습니다. 지금 제 마음도 주인공처럼 누군가 고통을 주지만 웃음 통해 무언가 배우면 더 강해집니다. 3년 전에만 해도 매일 문제에만 집중했습니다. 부족한 부분에 집중했습니다. 얼굴에는 심각한 표정만 가지고 다녔습니다. 내 안에 즐거움이 없고 칭찬도 할 줄 몰랐습니다. 항상 장점보다 단점을 보려고 했습니다. 지나고 보니 인생이 좋아지지도 않았습니다.

성공한 사람일수록 아침에 기분 좋게 일어납니다. 파산 위기에 웃음 슬로건으로 인해 극복한 회사도 있습니다. 직원들에게 자주 웃도록 했습니다. 회사 내 웃음이 많아서 좋은 에너지가 들어오고 일이 많아졌다는 사례도 있습니다. 그래서 사장은 웃음을 주변 사람들에 전파하고 다닙니다.

그래서 저도 자주 많이 웃으려고 노력합니다. 특별함 하루 보다 평범한 하루가 더 많습니다. 웃으면 즐겁게 일하면 복이 온다고 믿습니다.

나는 밤낮으로 무서운 긴장이 생겼기 때문에, 만일 내가 웃지 않는다면 나는 이미 죽은 지가 오래 되었을 것이다. 당신이 웃어 준다면 그 웃음은 결국 다시 돌아올 것입니다.

제4장

인생의 봄날은 지금부터다

"나는 앞으로 하고 싶은 게 많습니다."

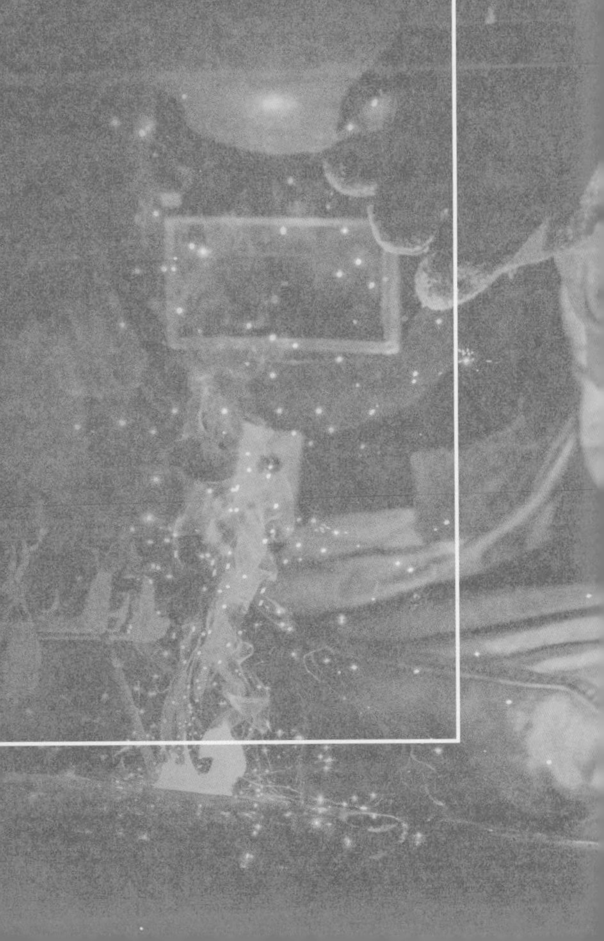

1.

사장이 되고 싶다

군대 전역 후 2003년 대학교 입학했습니다. 2학년 1학기부터 삼성, LG, 포스코 등 대기업에 입사 지원서 모두 냈습니다. 1차 서류전형에서 모두 떨어졌습니다. 기계과 동생들은 1차 서류 전형 모두 합격했습니다. 답답한 마음에 교수님 찾아가 물어 보니, 나이가 너무 많아서 아무래도 떨어진 것 같다는 말씀을 하셨습니다. 그때 내 나이 26세, 직업 군인 5년 하고 나오니 많았습니다.

1998년 1월 중순에 특전사 하사관 들어갔습니다. 군 생활은 단체 생활이었습니다. 통제받다 보니 적응 하기가 쉽지가 않았습니다. 그 해 8월 달 부사관 임관 뒤 천마 부대 배치 받았습니다. 전라도 익산역에서 내려 군용 버스 타고 동기들과 같이 부대로 이동했습니다. 내가 소속된 대대는 모두 제주도 훈련 갔습니다. 그래서 자대에서 첫날밤 동기들과 샤워하고 장난을 쳤습니다. 갑자기 선배가 성난 눈빛으로 한마디합니다. 여기는 놀러 온

데가 아니라고 긴장감을 조성했습니다. 눈빛으로 공포감도 느껴졌습니다. 나는 그때 깨달았습니다. 이게 군 생활이구나. 밤마다 군 생활이 적응되지 않아서 울었습니다. 그리고 누군가 지시를 받았습니다. 말과 행동할 때도 선배들 눈치를 봤습니다. 이런 식이 반복될수록 가슴이 답답했습니다.

대학교 2학년 말에 계속 취업이 생각처럼 되지 않았습니다. 자취방에서 저녁에 남이 적어 놓은 자기소개서, 이력서 각 회사별 양식에 맞게 수정하고 고치면서 이메일을 보냈습니다. 1년 정도 계속 떨어졌습니다. 내 마음과 열정이 조금씩 지쳐갔습니다. 그러면서 내가 좋아하는 현대 (고) 정주영회장처럼 되고 싶다는 생각을 했습니다. 나도 사장이 되고 싶습니다. 정주영 회장이 자주 했던 말을 자주 따라 했습니다. "이봐 해보긴 해봤어?" 도전하기도 전에 안 된다. 말을 들을 때면, 임원들에게 말했습니다. 그 당시 그 말이 좋았습니다. 대학교 2학년 9월 달에 기술을 배우고 창업하기 원했습니다. 그 말에 실천하기 위해 아무 조건도 따지지 않고 정비공장 판금부에 일을 했습니다. 3년 뒤 내 모습을 상상도 했습니다. 부모님과 주변 친구들이 모두 반대했습니다. 비싼 대학 등록금 내고 정비공장 가냐고 했습니다. 나는 꿈이 있기에 선택했습니다. 그리고 실행에 옮겼습니다. 하지만 대구 정비공장 6개월 정도 일하고 배우면서 어떤 자동차가 들어오고, 나가는지 보면서 내 미래를 설계했습니다. 막상 해 보니 점점 불안감이 듭니다. 창업하기까지 생각보다 시간이 걸리겠다는 생각도 듭니다. 같이 일하는 동료들과 약간 마음이 맞지 않았습니다. 그래서 1년 6개월 정비 공장 퇴사했습니다. 원룸에서 혼자서 저녁 늦게까지 많은 생각을 했습니다. 정비 공장 다니면서 무엇을 배웠지? 사람과의 관계는 어땠는지? 내가 잘하는 게 무엇인지? 내가 못 하는 게 무엇인지 노트에 적었습니다. 성실 하지만 창의성 없습니다. 오기가 끈기도 남들 비해 부족했습니다. 문제 해결 능력도 부족했고, 믿음도 부족했습니다.

지금은 주어진 일에 긍정적으로 바라보려고 합니다. 자신을 관찰자 입장으로 보려고 합니다. 갑자기 일이 많아지거나 일이 생각처럼 잘되지 않을 때 신경이 예민해졌습니다. 고객이 일에 대한 지적을 하면 기분 나쁘게 대답하고 했습니다. 지나고 보면 아무것도 아닌데 매번 후회합니다. 결국 그렇게 하면 고객에게 신뢰 주지 못했습니다. 그래서 다음번 똑같이 실수 하지 않으려고 책을 봅니다. 저자 김상운 『왓칭』에 나오는 '걸림돌을 미리 바라보면 넘어지지 않는다. if~then(만일~하면, 그럼~하면 되지)' 공식입니다. 예로 들어보겠습니다. 만일 일 하러 갔다가 고객에게 불편한 말을 들으면, '그럼, 그 말을 흘려보내야지.' 만일 어려운 일과 마주치면, '그럼, 난 할 수 있다고 다짐해야지.' 등이라고 하는 것입니다. 목표를 실행가는 과정에서 풀기 어려운 장애물이 나타나더라도 그 장애물에 대한 마음까지 상상해 두라는 말입니다. 사업 연차가 쌓이고 사장으로서 사고방식 좋은 습관으로 바뀌고 있습니다. 사업하다 보면 성공보다 실패를 더 많이 합니다. 그때 다시 어떤 의미를 두고 일어나는지 중요합니다.

웅진 그룹 윤석금 회장이 말했습니다. "나는 사업하다 한순간에 몇 조원 잊어버린 적이 있습니다. 그 순간 죽음을 선택할 수도 있지만, 가진 것에 감사함을 더 많이 느끼고 지냈습니다. 노트에 감사 일기 적었습니다." 유튜브 영상 통해 어려움 극복한 사람과 시련에 이겨낸 사람을 보고 했다고 합니다. 그리고 산책 하면서도 좋은 것만 보고 생각했다고 합니다. 그리고 다시 사업에 재기 했습니다. 책 내용을 보고 입장 바꿔 생각해봅니다. 과연 나는 그 상황에 어떤 선택을 했을지 잠시 멈춰서 생각해봅니다. 아무래도 부정적인 생각으로 가득 차고, 아무것도 못 했습니다. 그래서 그 내용을 배운다는 생각으로 노트에 적고, 머릿속에 저장해둡니다.

나는 아침마다 책을 보는 이유도 그런 목적입니다. 순간순간 책에서 메시지 읽고, 좋은 습관을 따라 하기 위해서입니다. 좋은 문장을 노트에 적어봅니다. 걱정과 두려움이 오면 달리기합니다. 공장에서 신발을 갈아 신고 20분 뛰었습니다. 몸에서 땀이 흘리면서 중얼중얼합니다. 나는 할 수 있다. 이번 일도 모두 잘된다. 버티자. 버티자. 그렇게 자주 반복해서 말합니다. 이것을 자기 암시라고 합니다. 그래도 불안하다면 5분간 미친 듯이 웃습니다. 주변에 신경 쓰지 않고 웃습니다. 새로운 일이 들어오면 단점보다 장점을 먼저 보려고 합니다. 큰 문제도 사소하게 생각하려고 합니다. 할 수 있다는 신념을 가집니다. 웃음은 나에게 어떤 의미? 생각도 해봅니다. 이제는 문제에 빠져 허우적거리지 않습니다. 자기 연민에 빠져들지 않습니다. 모든 상황을 객관적으로 보려고 합니다. 한번 웃고 즐거운 마음으로 다시 시작합니다.

5년 전 고난과 역경이 오면 숨어 지냈습니다. 사무실에서 아무것도 안 하고 잠을 자거나 TV만 봤습니다. 자기 연민에 빠져 허우적거렸습니다. 움직이기에 귀찮고 생각도 귀찮고 먹는 음식에만 욕심이 많았습니다. 그때 낮 시간 계속 먹고 잠만 잤습니다. 새로운 용접 문의가 오면 하기 전부터 걱정을 많이 했습니다. 시작 전부터 잠을 못자고 장점보다 단점을 보게 되었습니다. 걱정이 내 인생에 아무런 도움이 되지 않았습니다. 잡생각만 많았습니다. 그래서 노트에 적기 시작합니다. 걱정, 불안 모두 적었습니다. 최악의 상황을 모두 받아들이기로 노력도 합니다.

두려움 덕분에 오늘도 새벽 3시에 벌떡 일어납니다. 밖에 나가서 혼자서 신나게 춤을 춰봅니다. 혼자서 많이 웃어도 봅니다. 지인이 선물해 준 책을 봅니다. 저자 샤넬서는 『감사의 힘』에서 말합니다. 좋은 문장은 읽고 또 읽습니다. 그리고 노트에 적어봅니다. 지금 내 감정은 어떻고 어제 무슨 일 있었지? 그리고 배울 점이 뭐지? 두 번 다시 똑같은 실수 하지 말자. 다짐하고 적어봅니다. 사업하면서 많은 어려움이 찾아옵니다. 내가 힘들면, 다른 사람도 힘들겠다는 생각이 듭니다. 자영업, 농부, 음식, 분식 등 그분들의 마음도 이해가 됩니다. 그 덕분에 저는 이번 위기가 성장의 기회 바라봅니다. 세상에는 두 분류 사람이 있습니다. A 부류는 자기 연민에 빠져 현재보다 과거와 미래에 걱정 많이 합니다. B 부류는 항상 오늘에만 초점을 둡니다. 매일 새로운 인생이 시작되었다고 생각하면 열심히 행위에 집중합니다. 오로지 선택은 본인의 몫입니다.

누구나 위기는 옵니다. 그 상황 속에서 감정은 본인이 선택합니다. 고난과 역경 속에서 다른 사람들을 이해하는 마음도 생깁니다.

2.

창업의 시작

모든 일이 가능하다고 생각하는 사람만이 해낼 수 있습니다. 용접 사업을 30대 후반에 시작했습니다. 20대 중반부터 하고 싶었지만, 스스로 믿음과 경험 없다는 핑계로 하지 않았습니다. 그래서 이번에 결심을 했습니다. 나의 꿈을 위해서 창업을 선언했습니다. 처음 광고부터 시작했습니다. 포터 차량에 회사 상호 스티커 붙였습니다. 거리에는 현수막과 전단지 붙이고 다녔습니다. 틈틈이 업체마다 명함을 돌렸습니다. 빨리 자리 잡기 위해 잠을 줄여가면서 아침과 낮 시간 정해 주기적으로 붙이고 돌렸습니다. 그때 참 재미가 있었습니다. 스스로 무언가 새로운 것을 시작 한다는 것이 즐거웠습니다. 직장 생활 할 때 누군가 시켜서 할 때는 재미가 없었는데, 내 사업이다 생각하니 재미가 있었습니다. 3개월 뒤 현수막 보고 첫 상담 전화가 왔습니다. 2016년 9월에 영천 화산면 위치한 산속입니다. 임목 파쇄기 건설 장비가 작업 중 기름통에 기름이 샌다고 문의가 왔습니다. 다급

한 목소리에 내일은 다른 곳으로 이동해야 한다고 말했습니다. 나는 전화 끊고 현장으로 이동했습니다. 휴대전화 내비게이션 이용해 15분 정도 운전해 도착했습니다. 산속이라 그런지 길이 없어서 걸어서 현장까지 갔고, 전기도 없었습니다. 작업 주변 살피고 건설 장비 기름통도 얼마만큼 금이 갔고, 두께가 어느 정도지 눈으로 보고 생각했습니다. 이것은 급하게 해서는 되지 않습니다. 시간이 좀 걸리겠다고 말했습니다. 그리고 될 수도 있고, 안 될 수 있다는 생각을 들었습니다. 하지만 건설 장비 사장님 보니 나에게 부탁한다는 간절함이 느껴졌습니다. 그 모습에 하기로 결정했습니다. 나는 다시 필요한 장비 챙기려 주택 창고에 가서 싣고, 공구 상가에 가서 전기 발전기 임대해서 다시 산속으로 들어갔습니다. 장비 세팅하고 용접 할 부위 오염된 것을 주방 세정제 퐁퐁으로 깨끗이 씻어서 작업을 시작했습니다. 철판이 얇고 발전기 전기가 고르지 않아서 잘 되지 않아서 4시간가량 작업을 했습니다. 어려웠지만 된다는 생각하니 힘이 생겨 할 수가 있었습니다. 정말 신기했습니다. 스스로 대한 자신감도 생겼습니다. 용접 작업을 마치고, 건설 장비에 시동을 걸어서 테스트 시작했습니다. 한 번에 기름 한 방울도 새지 않고 마무리되었습니다. 사장님이 내게 고맙다 말하면서, 돈 100만 원 줘도 아깝지 않다고 말합니다. 나는 더 이상 받지 못하고 미리 말했던 금액 55만 원도 청구했습니다. 장비 사장이 말합니다. 사실은 일주일전에 다른 곳에서 용접 했는데, 금방 샜다고 합니다. 근데 이번에 작업을 꼼꼼하게 하는 것을 보고, 잘된 것 같다면 생각을 했다고 합니다. 계속 나에 대한 칭찬합니다. 서로 웃으면서 장비 챙겨서 창고로 왔습니다. 다음 날 오전 다시 사장님이 전화가 옵니다. 덕분에 어제 야간작업 다하고 이제 다른 곳으로 이동한다고, 정말 고맙다고 말합니다. 그 한 통 전화로 정말 기분 좋았고, 나도 잘 할 수 있다.는 확신도 들었습니다. 지금까지 살아오면서 스스로 혼자서 무슨 문제 해결하고 칭찬받았던 기억이 없었습니다. 너무 기분 좋아 하늘을 날아가는 느낌이 들었습니다.

현대 (고) 정주영 회장은 울산 조선소 지을 때 가능다고 먼저 생각하고 실행했습니다. 한 번도 해본 경험이 없지만 할 수 있다는 생각에 도전했습니다. 큰 배를 만들기 위해 돈이 필요했습니다. 일본, 유럽, 미국 등 8천 달러 얻기 위해 노력했습니다. 하지만 외국 은행직원들은 너희들은 그렇게 큰 배를 만들어 본 경험도 없고 기술자도 없어서 할 수 없다고 말했습니다. 그래도 정주영 회장은 만들 수 있다고 믿었습니다. 몇 개월 뒤 결국 돈을 구하고 울산에 조선소 짓기 시작했습니다.

2016년 창업하고 낮 시간 혼자 있는 시간이 너무 힘들었습니다. 학교, 직장생활 모두 시키는 일만 하다 혼자서 할 줄 아는 게 없었습니다. 남들은 혼자 있는 시간이 부럽다고 말합니다. 하지만 나는 즐거움보다 두려움과 근심이 많았습니다. 매달 생활비 걱정과 일 걱정만 했습니다. 세상에 이런 일이 TV 프로그램 속 주인공들은 혼자서 놀이 빠져 사는 모습을 보았습니다. 종이학 접기, 그림그리기, 운동 등 하루 종일 빠져 지내는 사람들 부러웠습니다. 그 모습 실천하기 위해 텔레비전 끄고 밖으로 나갑니다.

할 수 있는 일에 집중합니다. 용접 연습 몇 번 하다 싫증 나서 되지 않습니다. 나쁜 생각이 듭니다. 지금 이렇게 한다고 달라질 게 없다는 의심합니다. 남과 비교도 합니다. 그러면서 그 시간에 일 하러 가서 돈이나 더 벌자는 생각만 계속합니다. 지금은 과거 혼자 있는 시간 실패 덕분에 오늘 하루 더 열심히 하려고 노력합니다. 첫째, 스스로에게 자주 질문합니다. '하루는 어떤 의미지? 하루는 어떤 가치 주는 거지?' 등 질문을 통해 답을 찾으려고 노력합니다. 그럼 다른 곳에 생각이 빠져들지 않습니다. 피겨 선수 김연아 선수도 매일 하루 반복 훈련 통해 세계 정상 1위가 되었습니다. 둘째, 과거 경험 통해 현재 모습을 만족하는지 물어봅니다. 지금의 모습은 과거의 생각과 행동으로 이뤄졌습니다. 더 나은 인생 살기 위해 방법을 바꿔 행동합니다. 포항 목욕탕 용접 견적서 내려고 하니 머리가 아픕니다. 생각보다 비용이 많이 나옵니다. 그러면 고객 입장에서 부담스러울 것 같습니다. 고객입장에 생각하니, 머리 아프고 아무것도 못하겠습니다. 과거 경주 목욕탕 용접하고 마무리가 좋지 않았습니다. 일하면서 시간, 사람, 야간작업 등으로 인해 약속을 지키기 못하니 고객에게 미안했습니다. 몸도 피곤했습니다. 예산 더 뽑지 못하고 손해만 봤습니다. 나는 글쓰는 작가입니다. 모든 상황을 글을 적으면 객관적으로 보려고 합니다. 제 3자 입장에서 보려고 노력도 합니다. 존경하는 멘토 생각도 합니다. '이 상황에 그분들이라면 어떻게 생각하고 행동할까? 이 책에 저자라면, 지금 내가 겪고 있는 상황 놓였다면 어떻게 대처할까?' 등 생각도 합니다. 7년 동안 사업하니 돈 보다 고객에게 신뢰가 더 중요합니다. 큰 비용이 부르면 부담도 생깁니다. 연락이 되지 않는 경우고 있습니다. 이만큼 오는 과정에서 방해물이 많았습니다. 하지만 정주영 회장도 처음 하는 일 모두 실패했습니다. 배우고 깨닫고 다시 했습니다. 일 자체 집중하려고 합니다. 마진보다 물량에 집중합니다. 돈 보다 경험을 쌓으려고 합니다. 돈을 쫓지 않습니다. 얼마 전 H빔 용접 및 도색을 했습니다. 생각처럼 돈이 되지 않았습니다. 일당 다니고 편하게 일하고 싶습니다. 마진이 적습니다. 통장 잔액이 얼마 없었습니다. 그럼에도 불구하고 풍족함과 번영에 집중했습니다. 지금은 배우는 단계입니다. 일이 없어 걱정보다는 일이 많아 불편함이 더 좋습니다. 입장을 바꿔서 생각을 합니다. 혼자 있는 낮 시간 사무실에서 글을 씁니다. 몸은 움직이고 싶고 마음이 불안합니다. 심호흡 하면서 책을 보고 흔들리는 마음 잡으려고 합니다. 7년 전 창업하고 혼자 있는 시간 외로웠습니다. 누구 만나 수다 떨고 싶고 놀러도 다니고 싶었습니다. 그때는 시간의 중요성 모르고 흥청망청 썼습니다.

사업하는 사람들은 혼자만의 시간 미래를 위해 준비합니다. 부족한 부분 공부하고 책을 봅니다. 주변 사무실에 청소하면서 자리도 바꿔봅니다. 근심 걱정보다는 할 수 있는 일에 집중합니다. 우리 아버지도 농사 지으면서 비가 오면 집에 누워 있기 보다는 겨울에 할 수 있는 일 준비했습니다. 그 예로 들자면 아버지는 겨울에 뻥튀기 했습니다. 기계 꺼내어 청소하고 기름칠도 했습니다. 어머니는 일을 관찰하면서 궁리를 잘 냈습니다. 어떻게 하면 일을 잘 할 수 있는지 생각했습니다. 수시로 뇌에게 질문을 했습니다.

웃음으로 혼자 있는 시간 즐거운 생각하고 스스로에 질문을 합니다. 나는 왜 이것을 하지? 어떻게 이것을 시작했는지? 원하는 삶이 무엇인지? 묻고 적어도 봅니다. 그리고 다시 하는 일에 합니다. 이제는 혼자 있는 시간 피하기보다는 부족한 부분 받아들이고 노력합니다. 상품 가치를 높이겠습니다. 지금처럼 금액에 맞춰서 일하고 싶지 않습니다. 차별성을 가지고 일하고 싶습니다. 1년 전 혼자 있는 시간 흥청망청 쓰고 싶지 않습니다. 지금 그 시간 실패 덕분에 낮 시간에 자신에게 투자합니다. 책을 보고 글을 씁니다. 용접 연습도 합니다. 기분이 다운되지 않게 의도적으로 웃기도 합니다. 순간적 나쁜 감정에 빠지기 않기 위해 심호흡하면 마음도 다잡아 봅니다.

무슨 일이든 간에 된다는 확신 90퍼센트와 반드시 되게 할 수 있다는 10퍼센트만 있으면 무슨 일이든 다 됩니다. '나는 안 된다'는 식의 생각을 단 1퍼센트도 하지 않으려고 노력중입니다. 담담함을 마음을 가져봅니다. 담담한 마음은 당신을 굳세고 바르고 총명하게 만들 것입니다.

3.

퇴직금으로 공부를 시작하다

2021년 12월, 사무실에 8월에 계약한 고객이 찾아왔습니다. 상수도 배관 용접 공사 내년 1월에 해 달라고 합니다. 원래 10월 달에 해야 하는데 바빠서 못했다고 지금 해 달라고 합니다. 추운 겨울 1월은 공사하기가 좀 불편한데, 일단 알겠다고 했습니다. 고객을 보내고 잠시 생각합니다. 할 것인지 말 것인지 선택해야 합니다. 공사가 잘될지 두려움과 걱정이 옵니다. 하지만 나는 공사 시작하기로 선택했습니다. 새로운 일에 시도하려면 두려움이 생깁니다. 부정적 생각에 사로잡혀 아무것도 못 합니다. 하지만 일단 결단하고 나면 할 수 있다는 마음으로 힘이 생깁니다. 자꾸 할수록 자신감도 생깁니다. 원하는 목표 달성했을 시 주변 사람들에게 칭찬과 박수도 받습니다. 나는 지금까지 살아오면서 누군가에게 도움 요청 하지 못 했습니다. 특히 사업 하면서 나 보다 먼저 앞서간 선배나 사장님에게 궁금한 이야기 많을 건데 찾아서 물어 본 적이 없었습니다. 혼자서 해결하려고 하니 시간이 더 걸렸습니다. 포기 할까? 말까? 고민 될 때 조금만 더 하자는 마음으로 자신을 믿고 응원해 봅니다. 쉽게 포기하지 않고 노력하다 보면 자신감 생깁니다. 용기도 얻을 수 있습니다. 2016년 사업 시작하고 들어가는 돈이 많았습니다. 그 당시 한 달 수입은 20만 원이었습니다. 현장에 필요한 장비도 사야하고, 집에 생활비도 줘야 했습니다. 돈에 부족함을 항상 느꼈습니다. 채우기 위해 열심히 살려고 노력했습니다. 하지만 형편이 좋아지지 않았습니다.

돈으로 인해 생각이 복잡할 때 책을 봅니다. 저자 론다 번은『더 시크릿』에서 풍요함과 번영에 집중하라고 합니다. 책 속에 보통 사람들은 일시적으로 내년에 수입이 두 배 되면 좋겠다. 말을 하는 사람이 엄청나게 많다고 합니다. 하지만 하는 행동을 보면 수입 두 배가 되도록 움직이지 않는다고 합니다. 사람들은 뒤돌아서서 '형편이 안 되네.'라고 말을 합니다. 돈이 부족함을 느낄 때 마다 책을 봅니다. 그리고 풍요에 집중합니다. 번영에 집중합니다. 현재 일이 없어도 고객들에게 칭찬받는 상상도 합니다. 귀인이 나타나는 모습도 상상합니다. 사업이 번창하는 모습도 상상합니다. 생각을 다르게 하려고 합니다. 견적을 내고도 마음이 편치 않을 때도 있습니다. 생각을 다르게도 해봅니다. 고객이 돈 더 줄 테니 꼭 해달라고 상상을 합니다. 기분 좋은 감정도 느껴봅니다. 평상시 무의식적으로 나쁜 생각과 돈에 부족함을 느낄 때 다음 달 더 좋은 일이 온다고 상상합니다. 지금

보다 더 성장하고 기술력이 나아지는 모습도 상상합니다. 그 목표에 가까이 가기 위해 행위에 집중합니다. 스스로에게 질문을 합니다. '지금 이 순간 용접 연습했는가? 오늘은 호기심 가지고 개선한 것이 무엇인가?' 등 질문도 합니다. 작가로써 사물을 다르게 보고 생각도 좀 더 깊게 하려고 노력을 합니다.

성공하기 위해서는 두려움과 걱정도 와도 내가 끌어안고 가야 한다. 고 스스로에게 주문을 걸어 봅니다. 자기 체면을 합니다. 이 공사 통해 앞으로 내 사업에 도움도 된다고 생각을 합니다. 눈앞에 주어진 일에 사랑을 하려고 합니다. 그럼, 일은 나에게 성취감과 물질적 보상도 줍니다. 무슨 일이든 상황이든 어디에 초점을 주고 의미를 주는지가 중요한 것 같습니다. 『내 안에 잠든 거인을 깨워라』에서 저자 토니 로빈스는 이런 이야기를 했습니다.

어린 시절 주인공이 11살 되던 해 12월의 연말이었다고 합니다. 저녁에 엄마와 새 아빠의 부부싸움이 심하게 있었습니다. 그 당시 새 아빠와 토니 로빈스는 서로 친하게 지냈다고 합니다. 토니 로빈스는 배가 고파 방에 누워 있었습니다. 저녁 시간에 초인종이 울리면서 칠면조 2마리를 이웃 아저씨가 주려고 했다고 합니다. 새 아빠는 아저씨에게 우리는 주문하지 않았고 필요 없다고 했습니다. 이웃 아저씨는 그냥 주는 거라 했습니다. 그래서 토니가 받아서 맛있게 먹는 것에 집중했다고 합니다. 새 아버지는 부부싸움 하다 그날 저녁에 집 나가서 그 다음날부터 오지 않았다고 합니다. 토니는 새 아버지가 보고 싶었지만, 칠면조 주신 이웃 아저씨에게 집중했다고 합니다. 그리고 나중에 본인도 성인이 되면 어려운 사람 도와줘야 한다고 했습니다. 상황이 좋지 않아도 어디에 집중하느냐가 중요한 것 같습니다.

회사 그만 두고 퇴직금으로 용접 기술 배울 때 생각이 납니다. 특수 용접 기술 배우는데 금액이 많다 보니 조금 고민했습니다. 하지만 내가 변해야 하기에 누군가 도움받기로 선택합니다. 용접 교육 5일 차 교육 중 오전 9시에 아버지 교통사고로 중환자실에 가셨습니다. 얼마 살지 못한다고 의사 선생님이 말합니다. 장례 준비 하라고 말도 합니다. 친형은 나에게 회사에 이야기하라고 합니다. 난 회사 그만 두고 용접 기술 학원에서 배우고 있다고 했습니다. 금액도 이야기했습니다. 형님은 고액 금액에 놀라며 돈 회수하라고 합니다. 그러면서 공장 와서 배우고 일하라고 합니다. 나는 살짝 고민했습니다. 하지만 특수용접 배워서 창업한다고 했습니다. 그렇게 천천히 선택한 길을 가고 있습니다. 만약 내가 형님 공장에 일했다면, 얼마 하지 못하고 그만두고 나왔을 거라고 생각합니다.

글쓰기도 극복하기 위해 새벽에 일어나 적고 있습니다. 출근해서도 사무실에 의자 앉아 적어봅니다. 한 곳에 집중하기가 쉽지 않습니다. 하지만 마음속으로 나는 베스트셀러 작가라 생각하고 적어봅니다. 적다가 막히면 글쓰기 관련된 책을 보고 또 적어봅니다. 그렇게 습관을 들이기 위해 노력을 합니다. 위대한 작가들은 글 솜씨가 좋아서 작가되기 보다는 적다보니 좋은 글이 나왔습니다. 모두 작은 실천 덕분에 성공한 것입니다. 넷플릭스 〈타고난 재능〉 영화를 봤습니다. 흑인 소년 가난한 환경에 태어납니다. 초등학교 가서도 흑인이라는 이유로 친구와 선생님에게 차별받습니다. 흑인 소년 주말에 교회에 참석하고 목사 통해 외과 의사에 좋은 점을 듣고 장래 희망 의사라는 꿈을 가집니다. 하지만 소년은 꿈만 가지고 환경을 만들지 못하고, 작은 실천도 안합니다. 수업 마치고 집에 와서 친형과 같이 매일 TV만 봅니다. 엄마는 설거지하면서 아이들 모습에 한숨을 쉽니다. 그리고 방으로 들어갑니다. 엄마는 생각합니다. 아이들도 성인이 되어서 엄마처럼 가정부와 청소부가 될까봐. 걱정을 합니다. 사회에 나와서 아무짝에 쓸모없는 인간이 될까 봐 걱정을 합니다. 엄마는 결단을 내립니다. TV 대신 도서관에서 공부하도록 합니다. 아이들은 처음 엄마의 강요를 싫어합니다. 하지만 천천히 따라 해봅니다. 대형 도서관에 들어가 사회, 과학, 음악 등 다양하게 책을 보며 호기심을 가지게 됩니다.

용접을 좋아하는 1인 사업가입니다. 작가, 강연가, 사업가 되기 위해 매일 책을 보고 글을 씁니다. 낮에는 일을 합니다. 하나를 배우고 깨우치는데 남들보다 많이 늦습니다. 똑같이 수업을 들어도 이해 속도가 늦은 편입니다. 하지만 남들보다 잘하는 한 가지가 있습니다. 끈기와 성실성을 가지고 있습니다. 매일 남과 비교 하지 않습니다. 어제보다 더 나은 오늘에 초점을 가지려고 노력합니다.

내가 할 수 있는 일부터 시작했습니다. 명함 돌리고 길거리에 현수막 많이 붙였습니다. 그리고 일이 들어오면 시작했습니다. 회사에서 다닐 때 일하는 방식과 모두 달라서 두려웠습니다. 할 수 있다는 생각으로 했습니다. 일하다가 못하는 경우도 있었습니다. 마음은 좀 속상했지만, 그것은 배움에 과정이라 생각하고 긍정적으로 생각했습니다.

실패에는 두 가지 이득이 있습니다. 하나는 어떤 것이 잘 되지 않은 방법인지를 배울 수 있다는 것이고, 다른 하나는 다른 방법으로 새롭게 시도할 수 있다는 기회가 주어진다는 것입니다.

4.

내 인생의 봄날은 지금부터다

일하기 전 나쁜 생각, 부정적 생각을 많이 했습니다. 학창 시절 무슨 일을 해도 내가 알아서 하기보다는 남들이 해주기를 바랐습니다. 나쁜 생각이 날 때마다 명상으로 좋은 생각을 많이 하려고 합니다. 5년 후 내 모습 상상합니다. 100억 자산가로 누리는 삶. 내 말에 힘이 있고 돈에 눈치 보면 일하고 싶지 않습니다. 하고 싶은 것에 과감히 투자하고 성공한 기업가로 살고 싶습니다. 이런 생각이 분명 누군가에게 도움이 될 거라 확신합니다. 상품개발, 투자도 합니다. 목표에 가까이 가기 위해 내가 하는 일에 호기심을 많이 가지려고 노력도 합니다.

일이 생각처럼 되지 않는다면 본인이 화내면 본인만 손해입니다. 그 예로 들자면 일하다 고객에게 화내면 계속 안 좋은 생각만 나고 집에 와서도 나쁜 생각으로 아무것도 못 합니다. 소중한 시간 나쁜 감정에 에너지 쓰고

맙니다. 결국 본인이 손해입니다. 요즘 힘든 상황이 오면 지금 가진 것에 감사하고 있음에 집중하려고 합니다. 노트에 적어봅니다. 지금 감사할 일에 뭔지도 생각합니다. 거기에 초점을 두고 좋은 상상도 합니다. 좋은 감정도 느껴봅니다. 현재 일이 없어도 잠시 쉴 수 있다는 것에도 감사함을 느껴봅니다. 감사함을 뇌에 입력하세요. 그럼 뇌는 그에 맞는 운의 흐름을 선택하게 합니다. 그 예로 돈이 부족해 축협에 대출 내러 간 적이 있습니다. 대출 직원이 이번에 안 된다고 말합니다. 그 말에 이번에 파산 신청하려고 했습니다. 하지만 희망을 가지고 다른 은행 갔습니다. 농협에 가니 직원이 갈아타기 알아본다고 말합니다. 얼마까지 되는지 조회부터 한다고 말합니다. 1억 천만 원 가능하다고 했습니다. 그 말에 잠시 사업하는 데 버틸 수 있음에 감사했습니다. 미리 돈 빌린 친구와 업체에 갚을 수 있음에 감사했습니다. 결론적으로 좋은 생각을 하니 좋은 운이 내게로 온 것 같습니다.

나는 오늘도 하루 행복을 선택합니다. 기분 좋은 마음으로 출근해 병 용접 시도합니다. 첫 번째 박카스 병 철에 용접합니다. 붙이다 실패했습니다. 갑자기 병에 열이 받아 깨어져서 눈이 다칠 뻔했습니다. 며 칠 뒤 두 번째 양주병을 용접했습니다. 이번에는 병이 잘 깨어지지 않지만, 붙지도 않습니다. 이렇게도 해보고 저렇게도 해봅니다. 퇴근해서도 계속 고민합니다. 또 종이에 피드백 얻기 위해 적어도 봅니다. 저자 이나모리 가즈오는『왜 일하는가?』에서 이런 말을 했습니다. 지금은 일이 안 될 수 있습니다. 그러나 그건 지금의 일입니다. 지금 할 수 없는 것도 내일이면 할 수 있습니다. 여러분은 그만한 능력을 가지고 있습니다. 할 수 있다고 믿고 노력하면 반드시 할 수 있습니다. 저는 항상 일이 잘되지 않을시 수시로 책 보면서 내 마음을 다 잡아 봅니다. 일주일 뒤 다시 기분 좋게 출근해 다시 해봅니다. 3차 박카스 병 용접 시 모든 방법을 바꿔서 병뚜껑을 열고 용접기에 전기 약간 낮추어 해봅니다. 이번에 됩니다. 무지 기분이 좋습니다. 그리고 혼자 알기가 너무 아까운 것 같아 블로그, 유튜브, SNS 등에 올립니다. 국내 최초 철판에 병을 붙입니다. 그리고 용접 방법을 하나부터 열까지 쭉 설명합니다. 나는 이 방법을 알기 위해 한 달가량 시도하고 수정하고 성공했습니다. 그리고 터득한 내용을 나만의 기술 방법을 영상으로 남깁니다.

간혹 어떤 분이 내 영상 보고 불만을 내는 사람이 있습니다. 그분도 특수용접하는데, 자기는 그 기술을 알려고 몇 년이 걸렸습니다. 그런데 너무 쉽게 영상 제공하는 것 아니냐 하면서 더 이상 영상 공개해 주지 않았으면 좋겠다. 라고 말합니다. 하지만 나는 그분과 생각이 다릅니다. 내가 하지 않는다고, 그 기술이 남들도 모를까요? 몇 년이 지나면 다 알게 됩니다. 길게 보면 누구나 압니다. 휴대전화 시장도 매년 개발 하고 업그레이드가 됩니다. 나는 용접이라는 직업이 좋습니다. 불꽃 보는 것도 좋지만 일을 통해 고객에 만족감을 주려고 노력합니다. 일을 통해 고객에게 내 마음을 보이려고 합니다. 일을 노동이라 생각하지 않고 가치와 성장을 초점을 둡니다. 사업 초반에는 고객의 중요성을 몰랐습니다. 내 기술만 좋으면 알아서 찾아오는 줄 알았습니다. 눈앞에 돈만 보고 따라갔습니다. 고객에게 감동 주는 일에는 관심이 없었습니다. 사업 기준이 없다 보니, 내 생각과 행동이 그날에 감정에 따라 들쑥날쑥했습니다.

경주 천북 공단 용접하러 갔습니다. 일 하는 도중 머리가 기계에 부딪혔습니다. 잠시 어지러웠습니다. 순간적으로 그만두고 갈까. 라는 생각도 했습니다. 현장 분위기가 안 좋고 사람들도 많이 바빠 보입니다. 다음 날 새벽에 일어나는데 머리 통증이 아직 있습니다. 잠이 오고 책을 봐도 집중이 되지 않습니다. 호흡으로 마음을 다듬으면서 책상에 다시 앉아봅니다. 감사의 책을 다시 봅니다. 노트에 어제 일하면서 감사함을 느낌 점을 찾아 적어봅니다. 1. 일 끝내고 고생했다고 점심밥을 대접받아서 감사합니다. 2. 일 끝내고 남은 자재 가져옴에 감사합니다. 3. 용접으로 누군가 도와 줄 수 있는 하루가 되어 감사합니다. 4. 새벽에 감사 책 속에 링컨 대통령 사연을 볼 수 있어서 감사합니다. 노트에 감사함을 적다보니 기분이 좋아집니다. 손끝에서 지혜을 주는 것 같습니다.

현대 (고) 정주영 회장도 큰아들의 교통사고로 마음이 많이 힘든 시기가 있었습니다. 그것을 극복하기 위해 고속도로 터널 공사 24시간 일하면 현장에서 먹고 자고 지냈습니다. 그러면서 아들에 아픔을 감정적으로 빠지지 않기 위해 노력했습니다. 예전 고객으로 인해 부정적인 감정에 빠져 몇 주간 자기 연민에 빠져 지낸 적 있습니다. 공장 구입할 때 부동산 사장님과 말다툼으로 인해 신경 쓰다 일주일 뒤 아파서 드러 누운 적 있습니다. 굴삭기 고객이 일 끝나고 그냥 아무 생각 없이 했던 말인데, 그 말에 상처받아서 혼자서 잠자면서 고민한 적도 많았습니다. '갑자기 돈이 많이 나가서 내가 살림을 못 하나?' 하는 생각 등으로 혼자서 나쁜 생각도 했습니다.

지금은 사업 7년 차로써 면역력이 강해졌습니다. 내 감정이 힘들다고 자기 연민에 빠지지 않습니다. 오늘 해야 할 일에 합니다. 내가 할 수 있는 일에 집중합니다. 내가 할 수 있는 일은 용접과 글쓰기입니다. 책을 보고 공부도 합니다. 고객의 불편함을 해결하기 위해 생각도 다르게 해봅니다.

지금은 시간 나는 대로 자주 책을 봅니다. 2년 전 대상포진 병을 걸려서 1년 동안 방에 누워 있었습니다. 공장에 빚내어 구입 후 매달 돈 걱정에 건강하던 내 몸이 무너졌습니다. 그 병 덕분에 지금은 감사 일기도 적고 책을 통해 위로도 받습니다. 내 사무실에 건강의 명언이 액자에 걸어 두었습니다. 힘들 때 마다 건강의 소중함을 알고 어떤 위기가 와도 긍정적으로 생각하려고 한다. 우리 어머니는 65세부터 몸에 힘이 없어서 신발이 무거워서 고무신을 신고 다녔습니다. 밥 먹을 때도 손이 힘이 없어서 나무 숟가락과 젓가락으로 식사 하셨습니다. 그 모습을 보는 나는 지혜롭게 일하고 싶습니다. 나이 50부터 경제적 자유를 가져 해외여행도 많이 하고 내가 가진 재능으로 누군가에게 도와주고 싶습니다.

2026년 100억 자산가도 되는 게 꿈입니다. 나는 앞으로 하고 싶은 게 많습니다. 국내 용접 체인점 만들고 해외 진출해서 사업가투자가로 성장하고 싶습니다. 내가 알고 있는 정보 지식 알리는 사회에 공헌하는 사람도 되고 싶습니다.

5.

성공한 사람의 좋은 습관 따라 하기

고정 관념에 있으면 아무것도 안 됩니다. 내가 시대에 따라 변해야 부자도 되고 기여도 할 수 있다. 과거에는 혼자서 무언가 척척하지 못했습니다. 일을 하다 문제가 생기면 진듯하게 보지 못했습니다. 몇 번 시도 하다가 포기 하는 경우가 많았습니다. 그 예로 블로그 글 올리는 것도 매일 적어야지 다짐했습니다. 하지만 몇 번 하다 포기한 경우가 많습니다. 그 뒤 자신에게 원망을 했습니다. 아침에 일찍 일어나는 것도 마음대로 하지 못했습니다. 몇 번 시도 하다 나는 무엇해도 안 되는 사람이라고 생각했습니다. 일, 취미, 대인관계 등 문제가 생겨도 해결하기보다 피하기 바빴습니다.

용접 사업 2년 차 알루미늄 둥근 모형 용접 문의가 옵니다. 여러 업체 알아보니 모두 못 한다고 말을 합니다. 그래서 정말 안 되는 줄 알고 믿었는데, 다음날 방법을 찾아보자고 결심했습니다. 생각을 바꾸니 아이디어가 나옵니다. 전에 알던 용접 사장에게 전화 걸어봅니다. 현시점에서 애로사항을 말합니다. 용접사장은 할 수 있다. 고 합니다. 며칠 뒤 함께 3일 만에 용접해서 울산업체에 납품했습니다. 지게차 주물 기어 케이스도 대구 북성로에서 문의 들어온 적 있습니다. 일단 해보자고 했습니다. 일주일 만에 완성품이 나왔습니다. 알루미늄 주물대문도 부딪혀가면서 문제를 해결했습니다.

할 수 있다는 신념을 가지려고 노력합니다. 매일 새벽 4시에 기상합니다. 새벽 기상 모를 때 마음은 일어나 출근하기 바빴습니다. 내면의 감정을 알려고 노력도 하지 않았습니다. 생각 없이 바쁘게 많이 하려고 했습니다. 스트레스 받는 대로 살아왔습니다. 새벽 기상 실천 후 마음은 어제 기분이 어땠는지? 어제 무엇 할 때 기분이 좋았는지? 물어봅니다. 목표도 적어봅니다. 우선순위로 정해 놓고 변동되지 않게 합니다. 또 갑자기 마음이 답답하거나 기분이 좋지 않으면 책을 봅니다. 할 수 있다는 말을 합니다. 자기 최면 걸어둡니다. 간절함이 있으면 끈기 인내 욱하는 감정도 참았습니다. 집중할 수 있는 시간도 늘어나고 재미도 나기 시작했습니다. 몇 년 전만 해도 무엇을 할 때 100퍼센트 확신을 가지고 올인한 적이 없습니다. 낮 시간 이요셉 웃음 치료사 동영상을 들었습니다. 성공한 사람들 공통점은 무엇을 시작할 때 100퍼센트 자기 확신 가지고 시작한다고 합니다. 그 말에 그럼 나는 지금 글쓰기 100퍼센트 집중하는지 의문을 던져 봅니다. 처음 시작보다 약간 집중력이 떨어진 것 같습니다. 작년의 경험을 떠올려

봅니다. 그때도 이것저것 하면서 바쁘게 지냈는데, 해 놓은 게 없습니다. 아무 생각 없이 바쁘게 지냈습니다. 좁고 깊게 땅을 파기보다 여기 저기 땅만 파다 말았습니다. 사람에게 두 가지 타입이 있습니다. A타입: 비전을 가지고 확실히 믿고 실행했습니다. B타입 유형: 비전만 가지되 매일 지나면 지날수록 확신이 낮아졌습니다. 오늘은 100% 내일은 80% 모레는 50% 계속 확신 줄어듭니다. 그래서 나는 A타입 유형 되기 위해 3년 동안 자신감과 신념을 공부하고 자기 자신을 바꾸려고 노력 중입니다.

용접 사업 7년 차입니다. 수입이 들쑥날쑥합니다. 수입이 많은 달이 있으면 수입이 없는 달도 있습니다. 일이 많은 날에는 좋은데, 일이 없는 날에는 걱정입니다. 생계가 어려운 적도 많았습니다. 1년 전 적었던 노트를 봅니다. 매일 걱정과 고민이 많습니다. 하지만 지나고 보면 순간적 나쁜 감정 하나도 생각나지 않습니다. 방법을 바꿔 좋은 감정을 가지기 위해 노력합니다. 그리고 당장 할 수 있는 일에 집중합니다. 한 가지 일에 오랫동안 붙들고 집중하려고 마음을 다잡아 봅니다. 고민하고 개선하려고 노력도 합니다. 이렇게 하지 않으면 다른 생각이 들어와 우선순위 바꾸어 버립니다. 한 가지 예를 들자면 저는 수시로 일정을 체크합니다. 오늘 용접 연습했나? 오늘 일하면서 개선한 게 있나? 책을 보고 노트에 적었나? 다음 달에 있을 상황에 좋은 생각 많이 했나? 등 잠시 생각이 아닌 행위에도 집중합니다.

오늘은 제조업 20년 대표와 저녁 식사 후 커피 한잔했습니다. 좋은 감정을 가지기 위한 노력하는 경험담을 들었습니다. 얼마 전 지게차 임대 후 무리한 금액 요구에 머리가 아팠다고 합니다. 신경이 쓰여 여기 저기 조언을 구했다고 합니다. 그리고 좋은 감정 가지기 위해 유튜브 동영상 자주 봤다고 합니다. 동기 부여받기 위함입니다. 바라보는 관점을 바꾸니, 마음이 편하다고 합니다. 그래야 내일은 더 좋은 일이 온다고 믿습니다. 저는 사장이 기분이 나쁘면, 직원과 고객이 불편하다고 말했습니다. 그 내용은 『시크릿』 내용과 동일합니다. 대표는 책 내용과 같고, 정말 사업가에게 감정이 중요함을 강조합니다. 그래서 저는 따라 하기 위해 노트에 적습니다. 내일부터 실천하기 위해 다짐도 합니다.

이미 성공한 지인분 중 아내가 입원해도 부모님이 큰 수술해도 오늘 해야 할에 집중했습니다. 일하다 머리가 다쳐도 지금 당장 본인이 할 수 있는 일에 집중했습니다. 나머지 걱정은 전문 병원에 맡겼습니다. 그렇게 나쁜 감정에 노예가 되기보다는 주도적으로 감정을 선택했습니다. 『돈의 속성』, 『파리에서 도시락 파는 여자』 모두 나쁜 감정에 빠지기보다 원하는 목표에 집중했습니다. 가까이 가기 위해 실행을 했습니다. 그래도 뭐 해야 할지 생각나지 않으면 노트에 누구처럼 되겠다. 적어봅니다. '누구처럼 살아 보겠다.' 등 반복적으로 적고 또 적어봅니다. 우리의 일상생활에서 조심해야 할 것은 사소한 감정에 어떻게 처리하느냐 하는 것입니다.

주변에 인테리어 하시는 분은 적게 받고 소문난다고 합니다. 일이 꾸준히 있다고 합니다. 많이 받고 일할 때 보다 적게 받고 일하니 편한 시간대 일할 수 있어 좋다고 합니다. 나도 따라 해봅니다. 글쓰기 수업도 매주 2번 듣고 있습니다. 강의 들은 후 혼자서 노트에 적어봅니다. 몇 글자 쓰다 멈추는 경우가 많습니다. 독서 잘 되는데, 글쓰기가 처음이다 보니 길게 적지 못했습니다. 3년 넘게 이은대 작가 수업 듣고, 글 쓰는 습관을 따라 해봅니다. 처음이 어려운데 계속 습관을 들이다 보니 모니터 쳐봅니다. 노트에도 끄적끄적거립니다. 갑자기 일상생활하다 문제거리, 경험한 이야기, 고민거리 적어봅니다. 혼자서 잡생각 많던 내가 지금은 노트에 모두 적어봅니다. 시간이 지난 후 다시 펼쳐 봅니다. 그리고는 당시 나쁜 감정이 그냥 흘러 지나가는 것 처럼 아무것도 아닙니다. 노트에 적기 전 나는 항상 걱정이 넘쳤습니다. 일어나지 않는 걱정까지 했습니다. 과거 걱정도 했습니다. 중요한 현재에 아무것도 못했습니다. 오늘 해야 일들도 문득 나쁜 생각 때문 빠져버려 그만두는 경우도 많았습니다. 하지만 글쓰기 후 습관 덕분에 매일 노트에 자주 기분 적어봅니다. 일주일 뒤 다시 그 감정 볼 수 있어서 좋습니다. 어느 걱정을 많이 하는 줄 압니다. 적은 노트 통해 나쁜 생각을 좋은 생각 많이 하려고 노력도 합니다.

습관이란 인간이란 하여금 그 어떤 일도 할 수 있게 만들어줍니다.

6.

성장, 행복, 배움, 행복

용접기가 고장 나서 대구 북성로 공구 수리 집에 맡기고 왔습니다. 왕복 2시간 운전했습니다. 신호등이 많고 차량이 많아서 오는 중간에 피곤함을 느꼈습니다. 사무실 도착해 의자에 앉아 명상을 했습니다. 10분 정도 들숨과 날숨 하니 피곤함이 많이 사라집니다. 기분도 좋아지고 몸도 가벼워서 좋습니다. 벽에 비전 보드도 봅니다. 사진을 보면 5년 뒤 원하는 결과를 상상합니다. 풍족함을 느끼며 내 마음도 더 밝아집니다. 만약 내가 쓴글이 책이 돼서 세상 밖으로 나온다고 상상도 합니다. 독자 한 분이 도움받아서 고맙다. 말을 듣는 모습도 상상합니다. 내 기분이 더 즐거워집니다. 어떤 생각하고 어떤 말과 행동하는지 상상합니다. 부자처럼 여유 있게 표정도 지어봅니다. 눈빛, 입술, 머리 스타일, 옷, 피부 등 지금보다 더 이쁘게 꾸미고 관리도 합니다.

매달 생활비, 은행에 이자 납기일 다가오면 기분이 다운됩니다. 일은 없으니 수입도 없습니다. 마음이 조급해집니다. 나쁜 생각이 많아집니다. 일이 들어오면 돈을 더 받기 위해 견적을 높게 부릅니다. 그럼, 일을 한 번 하고 거기서 끝입니다. 다시는 연락이 없고 단골도 되기 어렵습니다.

'나는 이미 100억 부자다.' 마음속으로 최면을 걸어봅니다. 안 좋은 상황 일어나거나 나쁜 생각 날 때 15초간 웃어봅니다. 그럼 웃는 동안 나쁜 생각이 나지 않습니다. 근심, 걱정도 들지 않습니다. 지금, 이 순간에도 감사한 부분도 찾아봅니다. 아님 과거에 고마워한 부분도 찾아봅니다. 누군가에게 칭찬받은 기억도 좋습니다. 저는 얼마 전 고객에게 일하고 고맙다는 표시로 소고기 받은 적이 있습니다. 저녁에 고객 덕분에 맛있게 구워 먹었습니다. 의식적으로 좋은 생각을 하려고 노력을 합니다. 다음 주 더 좋은 일들이 분명 온다고 상상도 합니다. 가까이 가기 위해 준비도 합니다. 고객에게 견적을 내더라도 베푼다는 마음으로 적게 받으려고도 합니다. 이것이 생각처럼 쉽지 않습니다. 하지만 실천하지 않으면 또 사업이 실패할 거라 생각도 듭니다. 이번만큼은 용접 사업 다르게 해보고 싶습니다.

우리 아버지도 농사를 70년 했습니다. 매일 꾸준히 새벽 4시에 일어나 처음 한 것은 대문부터 열었습니다. 복이 받기 위함입니다. 빗자루로 마당 청소했습니다. 그다음 경운기 타고 논에 일하러 갔습니다. 하루 종일 일하고 저녁에도 밥 먹고 논에 갑니다. 논에 물이 얼마나 들어왔는지 확인합니다. 만약 물이 부족하면 돗자리 깔고 거기서 잠을 자고 했습니다. 미래 희망을 보고 일했습니다. 지금, 이 순간 바라지 않고 일했습니다.

오늘 대구 온수 탱크 철 용접 문의가 옵니다. 고객이 요구사항이 많습니다. 순간적으로 돈을 더 많이 받으려고 했습니다. 전화 통화 후 초심 마음이 없어진 것 같습니다. 고객을 돕기 위함보다 돈을 따라갑니다. 안 되는 것 알면서 실천하기는 쉽지가 않습니다. 잠시 뒤 경남 진주에서 화물로 용접할 것 보낸다고 연락을 옵니다. 혼자서 더 받을까? 적게 받을까? 고민도 합니다. 머리가 아픕니다. 잠시 심호흡하고 책을 보고 마음을 가다듬고 스스로에게 혼을 냅니다. '내 그릇이 작다. 더 키워야 한다. 돈보다 사람 마음 얻자. 돈보다 신용 얻자. 돈보다 경험 쌓아 전문가 되면 돈이 알아서 따라 온다.' 등 좋은 말로 최면을 걸어봅니다. 이미 성공한 위대한 인물들은 보상을 생각하지 말고 일했습니다. 그 예로 카네기. 찰리슈왑, 나폴레옹 힐, 석수자원 등 모두 그렇게 말했습니다.

저자 조성희의 『뜨겁게 나를 응원한다』를 보면 'day 73 잠재의식에 완전히 맡긴 증거'라는 내용이 있습니다 문제가 생겼다면 자신에게 무슨 생각을 하는지 자각하고 문제 해결에 집중하라고 합니다. 그 예로 용접하다 문의가 들어 온 적이 있습니다. 일하기 전 걱정부터 합니다. 일하다 잘못되면 어떡하지 등 문제만 볼수록 계속 문제가 나옵니다. 장점보다 단점 보니 일에 자신감이 없어집니다. 결국 일을 못한 경우가 많습니다. 마라톤 하다 3개월 뒤 무릎 부상 입었습니다. 염증이 생기니 회복 속도가 늦어집니다.

통증이 오니 나쁜 생각을 합니다. '지금도 이렇게 아픈데 나이 먹고 무릎 수술 하면 어떡하지? 앞으로 걷지도 못한다면?' 등 그 문제만 바라봅니다. 새로운 일을 선택할 때도 단점부터 보고 늦게 결단을 내렸습니다. 아하~ 소리치면 이제 책의 말이 무슨 말인지 알겠습니다. 깨달음 통해 기분 좋습니다. 어제 모르던 문제도 오늘 알 때 행복합니다. 배고파 밥 먹을 때 감정과 맛난 음식 먹을 때 감정은 다릅니다. 누군가 가르쳐 줄 때 기분과 다릅니다. 내 노력에 의해 깨달음은 몇 년이 지나도 잊지 않습니다. 통찰은 우리를 움직이게 합니다. '단순히 해야지. 해야만 해'라고 생각하는 것은 쉽게 행동으로 이어지지 않습니다. 가슴 깊이 깨달은 것은 큰 노력 없이도 자연스럽게 행동으로 이어집니다. 책 내용을 적용해 봅니다. 문제보다 해결 되었을 시 기분 마음껏 느껴봅니다. 그리고 해결하기 위해 지금 무엇 할지 위해 생각합니다. 문제만 바라보다 해결책 생각하니 쉽게 풀릴 것 같습니다. 가까이 가기 위해 3가지 행동도 노트에 적어봅니다. 지금 당장 할 수 있는 것 적습니다. 성공한 사람일수록 실행력이 높습니다.

7년 전 직장생활 할 때 매일 성장한다는 것을 느끼지 못했습니다. 반복적 일상생활 연속이었습니다. 때가 되면 출근하고 점심 먹고 퇴근 했습니다. 직장 상사가 시키는 일만 했습니다. 생각하면서 일하기보다 아무 생각 없이 했습니다. 책임감 없다 보니 매일 지루함을 연속이었습니다. 매일 아침 일어나 열심히 살아봐야겠다고 생각을 안 했습니다. 내가 하고 싶은 말은 직장 상사 눈치를 보면서 지냈습니다. 일하다 내가 좀 더 일 하면 싫어했습니다.

고등학교 시험 기간 암기 과목이 힘들었습니다. 국사, 한문, 일본어 등 수업 시간 별표 치고 중요한 부분 선생님이 체크 해주셨습니다. 수업 마치고 도서관이나 집에서 암기를 했습니다. 다음 날 시험 치면 성적이 좋지 않았습니다. 하지만 지금은 힘든 시기 책을 보고 위로 받습니다. 사업 하다 보니 지금은 자기계발서 보고 좋은 습관 따라 합니다. 이미 그 분야에 성공한 사람 책을 자주 봅니다. 책 속에서 필요한 글을 보고 밑줄 치고 수시로 내 것을 만들기 위해 노력합니다. 그 예로 저자 장정현의『액션 테이커』에서는 이런 이야기가 나옵니다. 행동하지 않는 사람은 인생의 파도를 넘을 수 없습니다. 뛰어난 지능과 능력을 갖추고도 성취를 이루지 못하는 사람들에게는 이유가 있습니다. 실패할까 봐 두려워하고, 남들이 비난할까 봐. 걱정이 되어서 행동으로 옮기지 못하는 탓입니다.

성공한 사람일수록 모두 생각하고 실행을 했습니다. 실패하면 다시 수정하고 실행했습니다. 포기하지 않고 될 때까지 했습니다. 오늘도 자주 도전하고 모험을 합니다. 노력을 이기는 재능은 없습니다. 노력 없는 재능은 열매를 맺지 못하는 꽃과 같습니다.

7.

두려움이 선택이다

생각이 많으면 선택이 늦습니다. 2022년 10월 미국 혼자 여행 가려고 했습니다. 해외 진출 및 몇 해 전부터 주변 사람에게 선언했습니다. 근데 한 해가 갈수록 진출 방법 몰라 제자리걸음이었습니다. 어떤 방법 생각나지 않아 일단 실행하자 마음먹었습니다. 몇 개월 지내 내 생각을 아내에게 말했습니다. 아내가 혼자 가는걸 반대합니다. 미국 가면 총 맞을 수 있다고 합니다. 위험하다고 가려면 용접 학원 통해 가라고 합니다. 취업 통해 해외 나가라고 합니다. 그 말에 나도 생각 많아지면서 아무 판단 서지 못했습니다.

사업 3년 차 울산에 용접하려고 계약금 받았습니다. 다음 날 아침 일어나서부터 안 되는 것만 보이는 것입니다. 일도 하기 전 걱정이 되고 장점보다 단점이 보입니다. 용접 하다가 안 되면 어떡하지? 작업이 잘못되어 손해 보면 어떡하지? 하나 마나 똑같은 생각이 났습니다. 걱정과 두려움이 인해 머릿속이 복잡했습니다. 결국 울산 사무실에 전화해 못한다고 했습니다.

포항에 펌프 주물 용접 견적 내려 갔습니다. 현장에 도착해 보고, 펌프 용접보다 소방 배관 라인 교체 권해드렸습니다. 고객은 나에게 소방 배관 용접해 줄 수 있는지 물어봅니다. 순간 나는 많이 해보지 않아서 못한다고 했습니다. 지나고 보니 해보지 않고 안 된다는 생각이 먼저 한 것 같습니다.

오후 3시 30분에 울산 공단에서 연락이 옵니다. 지금 용접해 줄 수 있냐고. 그리고 본인 소개합니다. 1년 전 영천 공장에서 방문해 요소수 주유구 바닥 용접한 업체라고 말을 합니다. 기억이 납니다. 그래서 서로 반갑게 인사합니다. 지금 지게차 기사님이 제품 설치하다 잘못해서 철판이 떨어졌다고 합니다. 많은 걱정을 합니다. 그럼 사진과 주소 보내달라고 했습니다. 잠시 뒤 받고 보니 큰 문제가 아닌 것 같아 울산 근처 용접업체 불러서 해결하라고 했습니다. 나는 영천에서 가려면 거리도 멀고 출장비도 비싸다고 말을 했습니다. 5분 뒤 다시 전화 와서 급하니 다시 부탁합니다. 전화 통화 후 고민을 했습니다. 갈까? 말까? 지금 해야 할 일이 있는데, 분명 작업이 끝나면 저녁 늦게 도착하고 해야 할 것도 못하는데 어쩌지? 그리고 다시 자신에게 질문합니다. 나는 어떻게 용접을 시작했지? 도와주기 위해서 시작했다는 질문에 답이 나왔습니다. 하던 일 멈추고 차량에 필요한 장비 챙겨서 울산으로 갔습니다. 1시 30분 걸렸습니다. 오후 5시 도착해 현장을 보고 용접 했습니다. 근데 철판이 부글부글 끓습니다. 고객에게 무엇이 있는지 물어도 봅니다. 안에 기름이 있다고 합니다. 구멍 생기면 안 된다고 합니다. 새 제품이라 걱정하면서 지켜봅니다. 그 말에 약간 부담감이 옵니다. 그래서 다시 용접 방법을 바꿨습니다. 며칠 전 새로 구입한 최신 용접기 꺼내서 다시 천천히 용접해 드렸습니다. 정성스럽게 한방씩 꼼꼼하게 했습니다. 30분 만에 작업이 끝내고, 테스트 후 요소수 기계 설치했습니다.

잠시 뒤 고객이 커피 주면서 고맙다고 말을 합니다. 그리고 1년 전 정말 고마웠다고 말을 합니다. 전화 번호저장 후 다시 전화 하고 싶었다고 말을 합니다. 그 말에 너무 감동받았고, 오랜만에 만나서 기뻤습니다. 다음에 식사 같이 한번 하자고 합니다. 그리고 조만간 공장 지을 때도 용접 부탁한다고 합니다.

“무슨 일을 하든지 반드시 그 일에 어려움 하나씩 따라옵니다.” 현대 (고) 정주영 회장이 한 말입니다. 그 예로 나는 초등학교 특수반 출신이라 초등 2학년부터 5학년까지 형과 누나 등 10명이 함께 공부했습니다. 20대 직업군인 선택하고 동기와 선배들 비교하고 열등감에 빠져 지냈습니다. 30대 사촌 형님 소개로 철강회사 협력업체 취직해 10년간 정규직과 비정규직 차별화받고 지냈습니다. 무슨 일이든 좋은 게 있으면 나쁜 게 있는 것 같습니다.

무식하면서 신념을 가지면 더 용감해집니다. 사업하고 7년이 지난 지금 일단 저지르고 시작했습니다. 매일 현실에 부딪혀 가면 실패 투성이었습니다. 지금도 실패하고 있습니다. 하지만 두 번 다시 똑같은 실수 않기 위해 배울 점 찾는데 노력을 합니다. 하나하나 분석을 하려고 합니다. 연차 쌓일수록 열심히 하는 데 빚만 계속 늘어납니다. 어제 아내에게 이야기했습니다. 내 사업이 잘못되어 파산할 수 있다고 말했습니다. 그때 놀라지 말고 겸허히 받아들이자고 말을 했습니다. 파산하면 분명 누군가 좋아하는 사람이 있습니다. 주변 친구, 친척, 은행원 좋아합니다. 이 상황에 최악은 경우 교도소도 갈 수 있다고 했습니다. 하지만 일시적 실패일 뿐 나는 영원히 승리 한다고 말했습니다. 내가 가지고 있는 지식과 경험, 마음속 신념은 누군가 빼앗아갈 수 없다고 했습니다. 또 용접 기술 있기에 해외 가도 취직은 가능하다고 했습니다. 아니면 회사에 취직해도 금방 취업이 된다고 했습니다. 45년 살아오면서 지금보다 더 힘든 것도 이겨냈다고 말했습니다.

3년 전 대상포진 왔을 때도 1년간 수입이 없어서 책과 일기 쓰기 통해 마음에 위로받고 다시 일어났습니다. 확진 판정 받고 3개월까지 받아들이기 힘들었습니다. 매일매일 자신에 원망과 부정적 생각만 가득했습니다. 지금은 실패한 사람들 많은 책을 보고 나보다 더 힘든 사람이 많다고 느끼고 있습니다. 해결 방법도 책을 통해 찾아 볼 수 있고 주변에 아는 사람들도 많아 물어볼 수 있습니다. 기분이 답답할 때 노트에 글을 쓰고 기분 좋은 감정도 가지려고 노력도 합니다. 집중력도 작년보다 높아져 결과는 보이지 않지만 일하는 동안만큼은 세상에서 가장 행복합니다. 이렇게 일에 몰두할 수 있다는 것만으로 감사와 사랑을 느낍니다.

그 예로 저는 용접공입니다. 현장에 나가 일을 하고 해결되는 경우도 있지만 해결 못 하는 경우도 생깁니다. 해결 못한 경우 좋은 경험 했다 생각하고 그 속에서 배우려는 태도가 중요합니다. 스스로 나는 왜 하는 일 마다 잘 되지 않지? 자책하거나 부끄러워하면 안 됩니다. 그럼, 다음에 똑같은 일이 들어오면 피하거나 트라우마에 빠집니다. 결국 일을 못하는 경우가 생깁니다.

두려움의 반대말은 믿음입니다. 새로운 일을 시작할 때는 할 수 있다는 믿음과 신념이 필요합니다. 두려움을 이겨 내지 못하면 두려움의 노예가 되어 살아갑니다. 그래서 일단 먼저 눈앞에 놓인 일에 행동을 합니다.

8.

고난도 행운도 영원하지 않다

2022년 8월 초에 건물 지하실에 배관용접 하였습니다. 월요일 출근하자마자 용접 의뢰가 들어왔습니다. 며칠 전 공장에 찾아와 상담한 고객입니다. 현장에 도착해 배관을 보니 15년 된 노후 배관입니다. 그래서 새는 부위 자르고 새 배관을 연결해야 합니다. 하지만 작업 공간이 협소하니 용접 자세가 나오지 않습니다. 하루 종일 이 방법 저 방법을 했지만, 보이지 않는 부분 용접되지 않습니다. 다음 날 다시 해도 되지 않습니다. 결국 다른 업체 불러 용접을 합니다. 모든 비용을 더 주더라도 마무리 짓습니다. 믿음과 신용을 주기 위해 합니다. 1년 전에는 일하다 생각처럼 되지 않으면, 포기하고 그냥 갔습니다. 다른 일에 집중을 했습니다. 그렇게 해야 하는지 알았습니다. 하지만 멀리 보면 한 사람을 감동을 줘야 소문도 나고 소개가 들어온다는 걸 알았습니다.

대구 수입 오토바이 용접하러 영천으로 왔습니다. 작업하기 2시간 전 사진을 봤습니다. 사진으로 모르겠고 직접 가지고 오라고 했습니다. 몇 시간 뒤 도착해 확인했습니다. 오토바이 크기도 더 크고, 무게도 많이 나갔습니다. 그래서 고객에게 죄송한데 못 한다고 말을 했습니다. 이유는 용접하는 부분이 하중 100킬로 이상 받기에 앞뒤로 해야 한다고 했습니다. 지금 이 자세로 못하고, 하더라도 용접부분 분해해야 한다고 했습니다. 고객은 멀리서 왔는데 되는 방향으로 용접 부탁을 합니다. 사정을 듣고 보니 안쓰러워서 해주기로 합니다. 3시간 걸쳐 용접했습니다. 오토바이를 끈을 묶고 크레인을 이용해 들어서도 용접하고 누워서도 용접했습니다. 하지만 한쪽만 용접해서 다시 떨어졌습니다. 결국 하지 못하고 보냈습니다. 다음 날 다른 방법이 생각이 납니다. 하루도 더 시간 주면 할 것 같은데, 못해 아쉽다는 생각이 듭니다. 아님 다른 업체 소개해 주지 못해 미안한 마음도 듭니다.

일을 하다 생각처럼 되지 않는 경우가 있습니다. 마음이 속상하면서 그냥 흘려보내려고 합니다. 하지만 생각처럼 쉽지가 않습니다. 오늘은 되지 않지만 내일은 되는 경우도 많습니다. 그럴 때면 신기하게 일에 재미가 있습니다. 오늘도 그 경험을 했습니다. 배관 용접 몇 개월 전 할 때는 이쁘게 되지 않았습니다. 용접 자세도 안 나왔습니다. 10개월 지난 지금은 방법을 터득했습니다. 안 될 때는 기분이 속상하고 남들은 잘 되는데 왜 나만 이렇지 답답했습니다. 자기 계발서에서 나오는 장사에 관한 책도 그렇습니다. 2년 전에는 가격을 적게 받고 단골을 늘려라. 이 말이 이해가 되지 않았습니다. 딴 세상에 사는 글 읽는 것처럼 느꼈습니다. 하지만 지금은 보면 이 뜻이 이 말이었구나? 생각이 듭니다. 그러면서 내용이 전에 비해 마음속에 와닿고 재미도 있습니다. 이제는 책에서 자신에게 매일 한 번씩 칭찬하세요. 글을 보면실천도 합니다. 머리로는 이해가 되지 않지만, 먼저 앞서간 선배 글을 보고 따라 해봅니다. 어제의 나쁜 습관을 버립니다. 오늘은 더 좋은 습관 만들기 위해 노력합니다.

내성 발톱 치료 받았습니다. 오늘은 두 번째입니다. 1시간 동안 양쪽 발톱에 자르고, 이물질을 제거합니다. 예를 들자면 이빨 사이 치석이 낀 것 제거하는 것과 동일합니다. 하지만 제거하는 동안 아픕니다. 2년 전 피부과 가서 10개월 약 먹고 해도 치료가 되었습니다. 하지만 몇 개월 뒤 재발했습니다. 발톱이 점점 아팠습니다. 아내가 네일 아트 가서 치료 받아보자고 했어 다시 갔습니다. 근데 더 심해져 신발 신기도 못했습니다. 다시 전문병원 갔습니다. 약으로 해결하려고 합니다. 의사 선생님은 발톱을 보고 자신 있게 치료 할 수 있다고 말을 합니다. 믿고 치료받았습니다. 하지만 2주가 지나도 효과 보지 못했습니다. 결국 발톱 빼야 한다고 합니다. 그 말을 듣고 병원 나오면서 마음속 다른 병원 알아봐야겠다는 생각을 했습니다. 집에 와서 아내에게 이야기 했습니다. 그럼 이번에 다른 네일 아트 가서 치료받자고 합니다. 안되면 수술 하자고 말을 합니다. 수술하면 몇 개월 일도 못하고, 아파서 신발도 신지 못한다고 말합니다. 최후에 하자고 합니다. 그 말에 겁이 납니다.

어린 시절 어머니 발톱이 심해서 안쓰러웠습니다. 손과 발 모두 그랬습니다. 내 나이 40대 후반 되어 보니 얼마나 아팠을까? 하는 생각이 듭니다. 자식들 키우고 사느라 아프다는 말도 못하고 신경도 쓰지 못했습니다. 아버지도 발톱으로 힘들어하는 모습을 보았습니다. 70세 넘어서도 발톱이 아파 걷기가 힘들었습니다. 고추밭에 일하고 걸으면서 아프다고 말을 들었습니다. 그때 그 만큼 고통이 따르는 줄 몰랐습니다. 네일숍 사장이 내 성 발톱도 유전이라고 합니다. 같이 이야기 하다 보니 예전 왼쪽 엄지발가락 아팠던 생각이 납니다. 26세에 정비공장에서 일한 적 있습니다. 비가 오는데 그날 발톱이 많이 아팠습니다. 너무 아파서 절뚝절뚝 걸었습니다. 안전화가 작아서 그런지 많이 아팠던 기억이 납니다. 얼마 전 머리도 부딪혀 병원에 간 적도 있습니다. 낮에 일하다 보지 못하고 계단 올라가다가 다쳤습니다. 용접할 때 몰랐는데, 끝나고 집에 와서 보니 두통이 심했습니다. 저녁에 응급실에 가서 사진 찍었습니다. 초기 뇌진탕 증상이라면 약을 먹고 치료도 했습니다.

요즘 용접일도 하면서, 새벽시간에 책 내용 한 가지씩 배우고 실천합니다. 좋은 습관을 들여 내 것으로 만들기 위해 노력합니다. 미국에 동기 부여가 토니 로빈스가 말을 했습니다. 많은 것 아는 것과 실천하는 것은 다르다고 했습니다. 생각만 하고 실천하지 않는 사람은 미래도 똑같다고 했습니다. 그 예로 저자 노만택의『웃음의 건강학』책을 보고 따라 했습니다. 책에서 웃음은 운동이라도 자주 말합니다. 그래서 아침에 일어나서 11초간 거울 보고 웃었습니다. 혼자 있는 시간 많이 웃으려고 노력도 했습니다.

몇 년 전 웃음이 없이 하루 시작했습니다. 고객을 만나도 무표정이었습니다. 경계하고 지냈습니다. 혼자 있는 시간 안 좋은 생각만 했습니다. 지금은 많이 웃기 위해 매일 출근해 10분씩 동영상을 봅니다. 따라서 크게 웃어도 봅니다. 웃음은 나에게 특별한 의미가 있습니다. 첫째 안 좋은 상황을 크게 웃고 자기 연민에 빠지지 않습니다. 둘째 그 상황을 객관적으로 보고 창조하려고 합니다. 셋째 배울 점을 찾고 다음번 다르게 행동합니다. 넷째 안 좋은 상황 감사함을 찾으려고 노트에도 적어봅니다.

인간은 실패와 실수를 되풀이하며 성장합니다. 실패해도 괜찮습니다. 실수해도 괜찮습니다. 실패도 하고 반성도 하면서 그것을 교훈 삼아 새로운 행동에 도전하면 됩니다. 그런 사람만이 설사 궁지에 몰리더라도 나중에 반드시 성공을 이룰 수 있습니다.

처음 사업 시작할 때도 걱정과 불안이 많았습니다. 하지만 단점이 있으면 장점도 있었습니다. 개인 사업장점 다섯 가지 적어보겠습니다.

첫째: 책임감 가지고 있어 재미가 있습니다.

둘째: 혼자서 모두 상황을 판단합니다.

셋째: 일 하기 싫으면 안 하면 됩니다.

넷째: 공부 통해 의식 수준이 높아집니다.

다섯째: 연차가 쌓일수록 마음속 할 수 있다는 신념이 생깁니다.

7년 전 사업 시작할 때 지금처럼 할 수 있다는 신념이 부족했습니다. 내 선택보다 남의 말에 더 기울었습니다. 과거의 경험을 들어보겠습니다. 용접 창업 후 점포 임대할 때도 친형님에게 하나하나 물어보고 맡겼습니다. 집을 살 때 의심만 가득해서 선택하는 데 시간만 흘렀습니다. 걱정을 너무 많이 내 몸이 아팠습니다. 미련하게 아파 가면서 신경을 쓴 것입니다. 돈보다 내 걱정이 최고인데 말입니다. 마음이 흐르는 대로 판단합니다. 힘든 순간이 오면 심호흡과 글쓰기로 흘려보냅니다. 그럼 금방 기분이 전환이 됩니다.

스스로에게 자기 체면도 걸어봅니다. 나는 운이 좋은 사람입니다. 그리고 더 열심히 일하면 할수록 더 많은 운을 갖게 된다는 것도 알고 있습니다.

제5장

세상에 늦은 때란 없다

"아직 보지 못한 것을 믿는 것입니다."

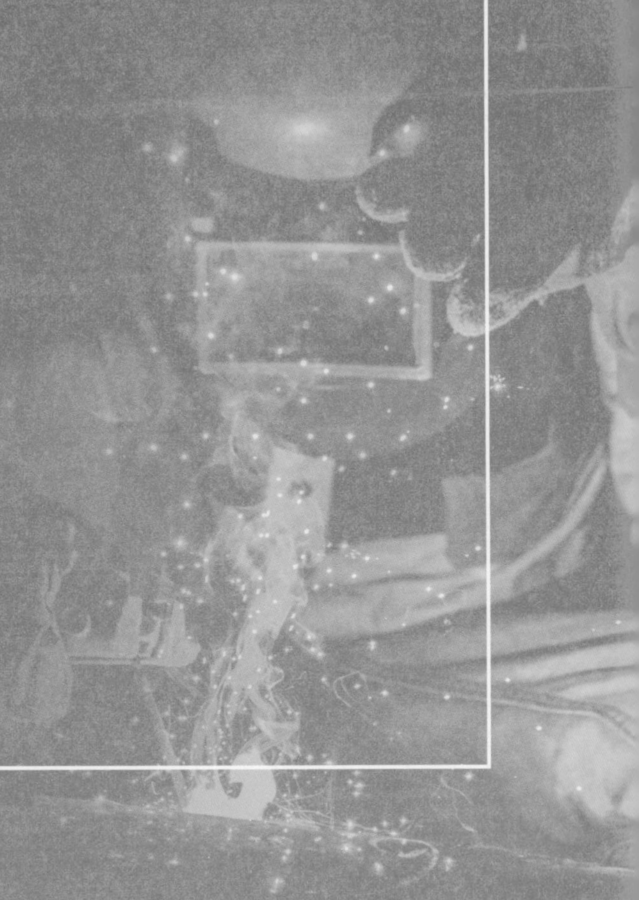

1.

해외에서 견적문의가 빗발치다

2018년 영국에서 모르는 국제 전화가 옵니다. 나는 해외 전화번호 발신자 뜨기에 보이스피싱인 줄 알았습니다. 잠시 뒤 카카오톡으로 문자가 옵니다. 회사 명함에 부러진 기계 영상 보냅니다. 10분 뒤 전화가 옵니다. 본인 소개 후 인터넷 블로그에 작업 사진과 유튜브 작업 영상 보고 궁금한게 있어서 물어봅니다. 그래서 나는 보내진 기계가 이름과 용도, 연식이 어떻게 되는지 물어봅니다. 기계 강도는 어느 정도인지 물어 봅니다. 고객은 해외 현대 자동차공장이고, 사출기계프레스 가격은 20억이라고 합니다. 기계 연식은 15년 정도 된 것이라고 말합니다. 아무래도 내가 전라도 광주 기아 자동차 공장 특수용접하고 올린 자료 본 것 같습니다. 2019년 1월에 자동차 공장에 일하러 갔습니다. 현장에 도착해 부러진 기계 보고 매뉴얼대로 특수용접했습니다. 맨 처음 철과 철 사이 용접이 되지 않아 다양한 용접 방법에 적용했습니다. 현장 직원들이 용접 기술 배우기 위해 몇 십

명이 와서 구경하기도 했습니다. 하지만 다양한 용접 방법에 하다 보니 어려워서 1시간 뒤 직원들은 흩어졌습니다. 결국 배우기는 포기하고 다른 곳으로 이동했습니다.

3년 전 이 기술 배우기 위해 노력하던 내 모습이 생각났습니다. 용접 선생님에게 배우기 위해 현장에서 작업비 모두 포기했습니다. 자주 만났습니다. 수시로 맛있는 음식 대접하고 용접 정보도 얻고 했습니다. 3년 가까이 따라 다녔습니다. 항상 배우려고 노력했습니다. 3년 전 경험 이야기입니다. 경주 자동차공장에 사출기 기계 특수용접 선생님과 함께 갔습니다. 기계가 오래되다 보니 마모가 되어 살을 채우는 작업입니다. 공장 직원이 직접 용접하다 생각처럼 잘되지 않고, 자신감이 없어서 특수용접 전문 업체인 우리를 불렀습니다. 이런 일을 하다 보면 어느 공장마다 공무팀 직원들이 있습니다. 특수용접 시도하는 경우가 있습니다. 몇 번 하다 실패 후 문의가 옵니다. 현장에 도착해 선생님 보조 작업하면 특수용접하는 것을 용접면 보면서 구경을 했습니다. 나도 할 수 있겠다는 생각이 들어서 직접 해봤습니다. 하지만 생각처럼 용접이 잘되지 않았습니다. 그럼, 선생님 다시 그 부분 그라인더로 갈아내고 용접했습니다. 역시 보는 것과 하는 것은 차이가 많이 났습니다. 몇 시간이 지나자 나도 조금씩 용접할 수 있었습니다.

6개월 뒤 대구 지게차 기어부분 부러져서 고객이 영천으로 가지고 왔습니다. 대구 북성로 공단에는 할 수 있는 사람이 없다면, 통화 후 급하게 가지고 왔습니다. 이번에는 누구의 도움 없이 혼자 해결 해봅니다. 1일 차 용접 재질 종류가 다양하다 보니 잘 붙지 않았습니다. 2일 차 용접에도 잘되지 않아서, 내가 가지고 있는 자재로 다양하게 했습니다. 3일 차에는 좋은 아이디어가 떠올라 새벽 5시에 용접하니 조금씩 해결되어 갔습니다. 고객도 걱정 되어서 자주 작업장에 와서 용접 진행 여부 확인합니다. 일주일 뒤 작업 완료된 것을 확인 후 감사하다면서 물건을 가지고 갔습니다. 특수용접 혼자서는 해결하는 경우는 이번이 처음이라서 기쁘고 행복했습니다.

초등학교 2학년 시절 공부 못해서 특수반 다녔습니다. 선생님이 외우라는 암기 공부도 싫었습니다. 받아쓰기 구구단 숙제 내 준 것도 집에 안했습니다. 그냥 놀고 싶었습니다. 그래서 혼자서 놀았습니다. 자존감이 낮고 친구들 만나도 자신감이 없었습니다. 스스로 알아서 하는 게 없었습니다. 시키는 것도 겨우 하고 했습니다. 지금은 과거에 비하면 현재는 내 삶과 사업을 주도적으로 기획하려고 합니다. 아침마다 일어나 목표 가까이 가기 위해 성공한 부자 습관을 따라 합니다. 좋아하는 멘토가 있으면 그 분야에 책을 보거나 동영상 세미나 참석합니다. 그리고 배우고 실행합니다.

지금은 코로나 시대임에도 불구하고 출장용접 및 특수용접 문의가 꾸준히 들어옵니다. 매년 매출이 꾸준히 늘어나고 있습니다. 소개로 들어오는 경우가 더 많아졌습니다. 공사 금액도 자꾸 커지고 있습니다. 현재 2월 겨울에는 일이 별로 없는 달인데도 문의가 계속 들어오고 계약률도 높아집니다.

이번 겨울부터 나만의 사업 시스템 기획하고 있다. 세계에 진출도 하고 나만의 상품화하는 것 추진 중입니다. 그래서 책 출간도 하고 유튜브 영상도 찍습니다. 나를 알리려고 합니다. 그 속에서 무언가 계속 배워서 더 큰 사람이 되는 것이 꿈입니다. 앞으로는 휴대전화 하나로 어디 가서도 일을 할 수 있고, 알릴 수 있는 시대가 왔습니다. 장소에 구애받지 않고 어디 가서도 일을 할 수 있습니다. 그 예로 나는 일하다 필요한 업체 있으면, 알아보기 휴대전화 하나로 검색을 합니다. 회사 상호와 리뷰 등을 보고 사무실 와서 인터넷으로 다시 유튜브도 봅니다. 여행 가서 맛집 검색도 휴대전화 합니다. 그 만큼 나를 홍보하고 브랜드 할 수 있는 시대가 왔습니다.

과거 7년 전 사업 시작하기 전에는 내 자신을 믿지 않고 누군가 말에 움직이고 행동했습니다. 나는 내 인생에 주인공인데 그러지 못했습니다. 아무래도 초등학교 1학년 때부터 받아쓰기 한글 읽기 등 또래 친구들에게 뒤처지다 보니 선생님과 함께 오후 늦게까지 남아서 공부했습니다. 공부로 인해 자신감이 없었습니다. 나는 뭐든지 할 수 없다는 생각이 마음속에 자리 잡은 것 같습니다. 10대부터 30대 중반까지 그런 마음이 자리 잡은 것 같습니다. 이제는 내가 주인공으로 살아가도록 노력 중입니다.

손 발 없는 화가가 있습니다. 그녀는 여고 시절 언니와 자주 수영하고 했습니다. 어느 날 다이빙하다 바위에 머리에 부딪혀 사지 마비가 되었습니다. 평생 팔다리 움직이지 못했습니다. 그리고 스스로에게 불행한 사람이라고 말을 하고 생각을 했습니다. 지도 교사가 처음 붓을 입에 물려주며 그림을 그리는 법을 가르쳤을 때 그녀는 자신도 모르게 붓을 거칠게 내뱉었습니다. 그러다 자기보다 더 못 한 장애인이 연필을 입에 물고 알파벳을 힘겹게 써 내려가는 모습을 목격했습니다. 호흡기에 의지한 채 입조차 제대로 움직이지 못했습니다. 그런데 얼굴에는 평화와 감사가 가득했다고 합니다. 그를 보기 전까지 그녀는 자신이 남들이 없는 것만 보고 살았습니다. 혼자서 일어 날 수 없고, 먹을 수 없고, 이를 닦을 수 없다고 생각했습니다. 그러다 팔다리가 전부가 아니라는 깨닫고는 내면의 무한한 가능성을 보게 되었다고 합니다.

나는 매번 같은 문제 생각을 반복하는 것 좋아하는 것 같습니다. 내일 출장 용접하러 갑니다. 매번 갈 때마다 미리 부정적 생각을 하거나 좋은 에너지가 빠져나가는 것 같습니다. 1년 전 일하러 갈 때도 똑같은 생각만 하다가 당일에 일을 조금만 해도 피곤함을 빠져듭니다. 미리 근심, 걱정으로 에너지 낭비했습니다. 지나고 나면 아무것도 아닙니다. 나쁜 습관을 고치기 쉽지 않았습니다. 앞으로 일에 대한 생각을 감사, 행복 가지고 웃는 얼굴로 일을 해야겠습니다. 노트에 감사 일기를 적어봅니다. 없는 것보다 가진 것이 무엇인지 적어봅니다. 그 속에 자신이 하는 일에 대한 사랑에 의미도 둡니다. 노트에 글을 쓰고 있음에 감사합니다. 이렇게 사소한 일상을 글로 쓰므로 더 큰 행운과 행복이 온다는 것을 알고 있습니다.

자신의 가능성을 믿고 꿈을 향해 나아갑니다. 지금은 개인 저서 집필 중입니다. 이 시간만큼은 오로지 의자에 앉아 노트북에 글을 보고 적습니다. 5년 10년 뒤의 모습을 상상합니다. 이 책으로 인해 고맙다는 독자와 싸인도 해주고 팬이 생기는 모습도 그려봅니다. 찾아주는 독자가 많습니다. 시간이 지날수록 강의도 많이 하고 수입도 더 많이 생기고 나의 가치도 올라갑니다. 다양한 계층의 독자도 만날 거라 확신합니다.

2.

후회로 인생을 살기엔
내 인생은 찬란하다

2021년 연말이라 친구 2명과 같이 점심식사를 했습니다. 한 명은 직장이고, 다른 한 명은 컴퓨터 사업을 합니다. 고등학교 동창입니다. 점심 메뉴는 어탕 국수 먹으면서 또 한 살 먹는다는 직장친구가 말합니다. 그러면서 한숨 크게 쉬면서 시간이 참 빠르다고 이야기합니다. 우리는 이제 40대 중반이 되었습니다. 고등학교 2학년 여름 방학 생각이 납니다. 친구 2명과 같이 포항 바닷가에 버스를 타고 갔습니다. 1박 2일로 갈 거라 텐트랑 이불 등 기타 생필품 챙겨 갔습니다. 8월 초 여름방학 보충수업 가지 않았습니다. 첫 여행이다 보니 더운 줄도 모르고, 무거운 짐을 메고 버스 타고 같이 움직였습니다. 저녁에 텐트 안에서 함께 모여 학교생활 이야기도 하고 기타도 치면서 놀았습니다. 그 당시 학생 신분 그 자체가 즐거웠습니다. 부모님 그늘이 있기에 돈 걱정 없이 먹고 싶은 것 먹었습니다. 또 세상에 바라보는 시야도 모두 신기하고 호기심이 가득 찼습니다. 나는 그 시기에 학교생활 하면서 공부에 관심 없지만 친구랑 노는 것 좋아하고 관심을 받기 좋아했습니다. 또 미래에 희망을 품는 것도 좋아했습니다. 학생이어서 새로운 친구도 사귀고 웃음이 많았던 시기였습니다. 희망과 꿈이 많던 나는 어른이 되면 최고가 되고 싶었습니다. 그래서 군 생활도 남들과 다르게 직업군인을 선택했습니다. 덕분에 군 생활을 하면서 스키훈련 낙하산 훈련 수영 등 모두 공짜로 배울 수 있었습니다. 누군가에도 여기 나왔다는 말을 할 수 있어서 좋습니다. 혼자서 힘들지만, 함께 하면 할 수 있다는 자신감도 배웠습니다.

오늘은 새해 일출 보고 왔습니다. 집 근처에 공원에 소원을 빌었습니다. 코로나 인해 사람들이 별로 없습니다. 올 한 해도 가족 건강과 사업번창 행복을 빌었습니다. 매년 새해 일출 보러 옵니다. 올 때마다 새벽 차가운 공기 마시면 걷고 잠이 깨고 소원 빌며 우주에 에너지도 받고 갑니다. 코로나 이전에는 항상 이곳에 아내랑 같이 와서 새해 떡국도 먹고 일출 보는 사람이 많았습니다. 아침에 이곳은 가족의 웃음소리가 많았습니다. 그래서 나는 새해 아침 일출 보는 것도 좋았지만 이런 가족 같은 분위기에 같이 떡국 먹는 것도 좋았습니다. 지나고 보니 그때는 몰랐지만, 지금은 그리운 추억이 된 것 같습니다. 어릴 적 설날에는 새 옷을 입고 친척분들이랑 새 배 지내고 떡국 먹었습니다. 따뜻한 국물에 이제 나이 한 살 더 먹는다는 기분이 좋았습니다. 초등학교 시절 나이 먹는 것이 왜 그리 즐거웠는지 모르겠습니다. 아무래도 어른이 빨리 되기를 바랐던 것 같습니다. 그 이유를 생각하면 어른들은 잘하는 게 많고 할 수 있는 것이 많아서 그런 것 같습니다.

초등학교 시절 공부 못해 친구에게 놀림당하고 여자 친구들에게 머리가 크다는 말도 들었습니다. 선생님에게 듣는 "머리는 장식이 아니라 생각하라고 있는 것이다." 등 이런 말들 자신감 떨어지게 했습니다. 하지만 지금은 해마다 용접 사업이 번창해 갑니다. 누군가에게 도움이 필요한 사람이 되어 가고 있습니다. 매달 고등학교 장학금 주고 연말에 독거노인에게 기부도 하고 있습니다. 그리고 좀 더 누군가에게 도움 주기 싶어서 이번에 마라톤 동호회 가입했습니다. 오늘은 퇴근 하면서 마라톤 회원들이랑 공원에 10킬로 돌고 왔습니다. 몇 년 전부터 가입하고 싶었지만 미루고 있다가 이번에 혼자서 등산하다가 현수막 보고 연락했습니다. 이번이 3번째 참석하고 같이 달리면서 이야기도 하니 기분이 좋습니다. 좋은 에너지와 감정을 가지고 가는 것 같습니다. 진즉에 가입 하지 못해 좀 아쉽다는 생각이 들고 합니다. 그리고 올 한 해도 사업과 개인적으로 많이 성장할 수밖에 없다는 확신이 생겼습니다.

2019년 연말에는 아내와 해외여행 가서 새해 일출을 봤습니다. 국내에서 구경하다 처음 해외에서 구경하니 분위기가 달랐습니다. 나에게 이런 날이 찾아오네. 살다 보니 이렇게 좋은 날이다. 생각이 들었습니다. 해외여행 기간 아내와 맛있는 음식을 먹으면서 유명한 관광지 구경도 했습니다. 그리고 앞으로 내 사업이 해외 진출해야겠다는 목표를 가졌습니다. 세상이 이렇게 넓고 배울 것이 많은데 한 곳에 있기보다는 다양한 경험을 하고 싶다는 생각했습니다. 초등학교 2학년 때 TV에서 세계일주하는 여행 프로그램을 본 적이 있습니다. 소년, 소녀 몇 명이 풍선 기구 타고 나라별 여행하는 프로그램이었습니다. 나라별 특색이 모두 다르다 보니 신기하고 재미있었습니다. 나와 사는 게 다르게 보였습니다. 그때 마음속 다짐했습니다. 어른이 되면 세계 일주하면 여행을 다닌다고 했습니다. 30년이 지난 지금도 꿈을 간직하고 있습니다.

"여보. 내 소원 세계 일주 알지?" 잠자기 전 아내에게 이야기합니다. 그럼 아내는 빨리 같이 가자고 공감을 해줍니다. 같이 산 지 10년 넘었습니다. 자꾸 세계여행 말하다 보니 아내도 당연히 가는 줄 알고 있습니다. 여행 다니면서 미국이나 유럽에 정착하고 싶습니다. 왜냐하면 큰 도시 살다 보면 배울 점이 많고, 일거리도 많을 거라 생각하기 때문입니다. 얼마 전 해외 노동자와 같이 일한 적 있습니다. 사는 도시는 동남아 방글라데시고, 나이는 32세이었습니다. 25세에 해외에 나가고 싶은 생각을 했습니다. 그래서 인터넷 통해 비자 잘 주는 나라가 어디고 근무 환경 등을 검색했다고 합니다. 한국이라는 나라가 좋다는 글을 보고 선택을 했습니다. 혼자서 한국에 와서 3개월 동안 사전 조사하면서 살아봅니다. 근무환경과 본인이 원하는 꿈과 일치한 지 생활했습니다. 3개월 뒤 다시 방글라데시로 가서 잠시 생각했다고 합니다. 그리고 얼마 뒤 한국에 비자를 받고 일을 했습니다. 지금은 한국 온지 6년이 넘었습니다. 여기 있는 동안 돈 벌어 장가도 가고 아이도 있다고 말을 합니다. 외국인 청년이 꿈이 있다고 말합니다. 더 돈 벌어서 자기 나라 가서 폐차장 사업 하고 싶다고 합니다. 하지만 가까이 가기 위해 고통이 있다고 합니다. 첫째 가족이 보고 싶고 둘째 혼자 있으니 밤이 외롭다고 합니다. 셋째 언어가 통하지 않으니 불편하다고 합니다. 꿈과 희망이 있기에 참고 노력한다고 합니다. 그 이야기 듣는 동안 기분 좋아 나도 따라 하고 싶은 마음이 들었습니다.

처음 용접 사업할 때 생각납니다. 퇴직금으로 용접 기술을 배우고 창업했습니다. 그때 목표는 돈 많이 벌고 성공하고 싶었습니다. 새로운 일에 설렘과 기대가 컸습니다. 그 만큼 재미도 있었습니다. 하지만 시련도 있었습니다.

"다음 주 목요일 영주에 용접 가능하세요?" 고객이 연락이 옵니다. 네 가능하다고 말하고 금액도 이야기했습니다. 알겠다고 말 한 후 통화 끝냈습니다. 당일 아침 6시에 공장에 와서 필요한 장비 챙겨 출발했습니다. 2시간 달려 군부대 입구에 도착했습니다. 신분증과 연락처 주고 출입증을 받고 들어갔습니다. 신축 식당에 현장 담당자랑 인사 후 작업 사항 이야기 들었습니다. 차량에 필요한 장비 내리고 용접했습니다. 관리자가 중간중간 작업을 확인 하고 갔습니다. 점심시간 같이 식당에 밥 먹으러 갔습니다. 아무래도 오늘 끝날 것 같지 않다고 말했습니다. 오후 4시 넘어 작업을 마쳤습니다. 담당자에게 결제 이야기하니, 저녁에 송금한다고 말합니다. 나는 그 말을 믿고 집으로 왔습니다. 하지만 며칠째 준다고 하고 주지 않고 연락도 되지 않았습니다.

지금을 산다는 것은 결과를 두려워하지 않고 행동으로 옮긴다는 의미입니다. 언제쯤 보상받을까. 조바심 내지 않고 다만 무엇인가 몰두합니다. 그것은 지금을 사는 지혜입니다. 매일 결과와 상관없이 일어난 일들에 고민과 연구한 덕분에 저를 성장하게 한 상황들에 감사함을 느껴봅니다.

3.

행복은 성적순이 아니잖아요

오후에 고객의 견적 문의를 해서 자동차 사출기 공장에 갔습니다. 현장에 도착해 사출 기계가 확인 후 담당자에게 금액 말하니 비싸다고 합니다. 그 말을 듣고 차량 타고 오면서 갑자기 기분이 별로입니다. 내 감정이 왜 별로인지 생각을 해봅니다. 아무래도 견적 내려 간 2시간과 차량 기름 낭비했다는 생각이 나서 그런 것 같습니다. 그리고 보니 1년 전에도 약간 먼 거리 견적 내려갔다 계약되지 않아 하루 동안 나쁜 기분이 들었던 것 같습니다. 그래도 시간이 지날수록 찾아 주는 고객들이 많다는 상상해봅니다. 기분 좋은 감정을 가져봅니다. 결과만 생각합니다. 지금은 성공으로 가는 과정이라고 말을 하면서 스스로에게 위로합니다.

내가 가진 기술 인해 장점도 생각합니다. 분명 자영업 하고 싶은데 기술이 없는 사람, 사업하고 1년 만에 폐업한 사람, 우유부단함에 결단 못한 사람, 직장생활 하면 눈치 보면 언제 나올지 모르는 사람 등 그들에 비해 나는 사업 7년 차에 계속 성장하고 있습니다. 매년에 일이 행복하고 즐겁습니다. 과거에는 가만히 노력 안 하고 쓸데없는 생각이 많았습니다. 혼자 있는 시간에는 나쁜 생각과 감정에 파묻혀 아무것도 못했습니다. 그 시간이 발전하는데 아무런 의미도 없고 도움도 주지 못 했습니다.

앞으로 50년을 사업을 해야 합니다. 지금처럼 나쁜 생각과 감정에 빠져 지내고 싶지 않습니다. 그래서 관점을 바꾸어 봅니다. 질문을 합니다. '오늘 하루는 나에게 어떤 의미지? 꿈은 뭐지? 가까이 가기 위해 지금 무엇을 하지?' 등 호기심을 가져봅니다. 과거처럼 아무짝에도 쓸모없는 인생 살고 싶지 않습니다. 돈 때문에 하기 싫은 일을 하고, 즐겁지 않는 일에 참석해서 눈치 보면 살았습니다. 항상 누군가 말에 끌려다녔습니다. 상대방 싫은 소리 아무 말도 못 했습니다. 소중한 하루 사용할 수 있는 에너지 그 사람들 신경 쓰느라 내 것에 집중 못했습니다. 남이 시키는 일에만 했습니다. 이제 바꾸고 싶습니다. 좋은 감정 가지기 위해 일부러 뇌를 속여 봅니다. 불가능한 일을 가능하게 생각도 합니다. 종이에 소망을 적어봅니다. 작가로서 점점 독자들에게 사랑받는 모습도 상상합니다. 강연도 하고 동기부여도 합니다. 더 많은 사람 돕기 위해 상상하고 실행도 합니다. 혼자 있는 시간 오만 가지 잡생각에 빠집니다. 그럴 때마다 책을 봅니다. 좋은 문장을 보고 노트에 따라 쓰기도 합니다. 좋은 습관 내 것으로 만들기 위해 노력도 합니다. 지금처럼 살지 싶지 않다면 해야 합니다.

오시마 준이치의 『커피 한잔 명상으로 10억을 번 사람들』에는 알코올 중

독자 사례가 있습니다. 술 끊기 위해 노력하기 위해 자신을 다그치지만, 매번 실패를 합니다. 조셉 머피 박사는 그 방법이 잘못됨을 알립니다. 그리고 이렇게 하라고 합니다. 편안한 의자에 앉아 들숨 날숨 한 후, 마음이 편안해지면 술 끊고 딸이나 아내에게 칭찬받는 상상을 하라고 합니다. 좋은 습관은 이렇게 만드는 것이라 말을 합니다. 주인공은 실제로 술 생각 날 때 마다 의자에 앉아서 칭찬받는 상상으로 술도 끊고 사업도 그렇게 했다고 합니다. 3년 전 성공한 사람 말에 따라 한 적이 있습니다. 아침 확언입니다. 아침마다 따라 했습니다. 6개월 지나도 변화도 없고 좋은 감정도 느끼지 못했습니다. 포기했습니다. 하지만 지금 지나 다시 생각하니 이것 하지 않으면 오만 가지 나쁜 생각 계속한다는 것을 알게 되었습니다. 이제는 수시로 나쁜 생각해 올 때마다 미리 좋은 생각을 가지기 위해 확언을 합니다. 확언 내용 글쓰기도 합니다. 염송을 외우듯이 합니다. 그 감정도 느껴보기 위해 노력도 합니다. 소름 날 정도 상상도 합니다. 나는 내 생각의 주인입니다. 자기 주도적 삶을 살고 싶습니다. 직장생활을 하면서 시키는 일만 하고 끌려만 다녔습니다. 그러다 보니 자신감과 자기 확신이 부족했습니다. 일하다 화장실 가는 것도 물어보고 갔습니다. 입사한 지 얼마 되지 않아 회식을 했습니다. 회사 근처 고깃집에 가니 직영과 협력업체 함께 있습니다. 자리에 앉으니 분위기가 좋지 않습니다. 직영 계장이 협력업체 주임에게 오늘 잘못한 일에 험담을 합니다. 10분가량 이야기하다 앞으로도 잘해보자고 건배 제의도 합니다. 나는 그 분위기 취해 많이 먹었습니다. 몇 시간 뒤 2차 자리도 이동합니다. 몇 사람들은 집에 가고 싶어 합니다. 하지만 분위기 끌려 같이 이동합니다. 호프집에서 회사 있었던 이야기 계속합니다. 좋은 점보다 나쁜 이야기 많이 합니다. 나쁜 마음에 계속 건배 제의를 합니다. 밤 11시 넘어서 헤어집니다. 다음 날 아침 근처 모텔에 일어납니다. 시간은 아침 7시입니다. 잠이 깨지 않아 샤워합니다. 옷을 입고 식당 근처 콩나물국밥을 먹습니다. 속이 좋지 않아 편의점 숙취해소 음료도 먹어도 봅니다.

그래서 지금은 자신감과 관련된 책을 봅니다. 좋은 문장이 있으면 글로 적고 호기심도 가져봅니다. 문장과 하루 종일 자문자답도 합니다. 내 경험과 적용도 해봅니다. 다르게도 보려고 노력도 해봅니다.

매일 새벽 10분 독서를 합니다. 마음에 드는 문장을 노트에 적습니다. 내 것으로 만들기 위해 잠시 궁리도 합니다. 그 내용을 블로그에 올립니다.

책 덕분에 부족함 가지기보다는 가진 것에 더 집중하고 감사함도 느껴봅니다. 안 좋은 상황이 일어날 때는 피하기보다는 조용히 책상에 앉아 감사일기도 적습니다. 현재 있는 모습 그대로 좋고 행복합니다. 성공해서 행복한 게 아니라 행복해서 성공하는 것입니다. 가까이 있을 때는 소중함을 모르지만, 멀어지면 소중함이 느껴지는 것이 바로 행복입니다. 행복한 사람이 누구인가요? 스스로에게 물어봅니다. 행복을 주어서 행복한 게 아니라 별일 아닌 것에 감사하고, 별일 아닌 것에 감동합니다. 의도적으로 좋은 생각을 많이 하고 누구를 도와주기 위해 노력해 봅니다. 그것이 행복이라고 느껴집니다.

아침 4시 30분에 일어납니다. 양치질과 세수 시작합니다. 거울 보고 자기 자신에게 칭찬합니다. '나는 내가 좋다' '나는 내가 너무 좋다.', '나는 나를 사랑한다' 잠도 완전히 깨기 전 몽롱한 상황에서 하면 내 감정에 흡입이 잘 됩니다. 그리고 기분도 좋아집니다.

10대 시절 나는 학교 가면 선생님이 이름보다 수학 성적 5점 더 많이 부르고 했습니다. 아이들도 저를 5점수 불렀습니다. 처음에 그 말이 듣기 싫고 기분도 좋지 않았습니다. 하지만 자꾸 듣다 보니 점점 적응이 되었습니다. 내 자신도 5점이 말이 익숙해졌습니다. 중학교 2학년 점심시간 친구들이 운동장에서 축구하고 있었습니다. 저도 같이 축구 하고 싶어서 노는데 한 친구가 "점수 5점 빠져."라고 놀려대고 했습니다. 그때 기억은 아직까지 잠에서 꿈꾸고 합니다. 두 번 다시 듣고 싶지 않습니다.

오늘은 아내에 생일 기념으로 돌 반지 1돈 선물했습니다. 몇 주 전부터 옷 선물보다 금을 가지고 싶다고 말을 합니다. 작년에는 현금으로 주면 옷을 사거나 맛난 것 사 먹고 했는데 이제는 금을 모아서 나중에 돈이 필요할 때 판다고 합니다. 그래서 나는 퇴근을 일찍 해서 집에서 만나 같이 차를 타고 금은방으로 갔습니다. 금값 시세가 지금 세계 전쟁으로 올랐다고 가게 주인이 말합니다. 생각 했던 것보다 비싸지만 구입했습니다. 집에 와서 아내가 기분 좋아 사진 찍어 인스타에 올린다고 합니다. 아내가 이렇게 기분 좋은 줄 몰랐습니다. 그런 모습에 내가 점점 능력 있는 남자가 되는 기분을 느꼈습니다. 10년 다니던 회사를 퇴사했습니다. 용접 사업한다고 아내에게 말했을 때, 누구보다 더 응원했습니다. 하지만 사업 초기 일이 없어 용역회사 다니고, 친형님 공장에도 일당 받고 일했습니다. 중간중간 힘든 시기에 그냥 회사 들어갈까 하는 생각도 난 적도 있습니다. 하지만 내 꿈을 믿기에 물질적으로 힘들어도 희망과 기회에 집중하면서 살았습니다. 매달 나가야 하는 생활비 걱정에 밤에 잠도 자지 못했습니다. 매일 초조와 불안한 마음이 가득했습니다. 그래서 더 열심히 살기 위해 새벽 일찍 일어나 명상하고 자기 계발 공부를 했습니다. 또 사업에 필요한 교육이 듣고 싶어 서울에도 갔습니다. 성공한 사람 좋은 습관 따라 하고 세상을 바라보는 관점도 바꾸기도 했습니다.

모든 면에서 사업이 점점 좋아지고 있습니다. 지금 하는 사업에 오래 동안 하고 있으니 찾아주는 고객도 늘어납니다. 누군가에게 인정받은 느낌이 들고 거래처도 늘어납니다. 돈을 따라가기보다는 돈이 따라 오게 했습니다. 그러니 단골 고객이 늘어나고 새로운 사업도 계속 추진하고 있습니다. 내 수입이 계속 늘어나게 되고 돈도 쉽게 벌게 되었습니다. 책 덕분에 내 인생이 좋아진 것 같습니다.

4.

지금 시작해도 늦지 않았다

오늘은 주식을 배우고 싶어서 등록하고 왔습니다. 몇 년 전부터 배우고 싶어 미루고 있다가 어제 거리에 운전하다 현수막을 봤습니다. 당일 오후에 등록하고 왔습니다. 평소에 주변 지인 중 주식을 아는 사람이 없어서 걱정을 했습니다. 수업 방식은 매주 수요일 저녁 7시에 강의실에서 합니다. 첫 수업은 주식 그래프와 흐름을 공부하는데, 생각처럼 잘되지 않습니다. 1시간 수업 지나자 재미도 없고 그만두고 싶은 마음도 있었습니다. 하지만 여기서 그만둔다면 선택한 것에 후회할 것처럼 느껴집니다. 크게 호흡을 들어 마시고, 들으려고 노력을 합니다. 미래도 모습도 상상합니다. 고등학교 시절 생각납니다. 수업 시간 공부 싫어 책상에 기대어 잠을 잤습니다. 수업 내용이 이해도 되지 않고 재미도 없었습니다. 하지만 옆자리에 공부 잘하는 친구 부러워했습니다. 점심시간 친하게 지내고 싶어 밥 같이 먹자고 말도 했습니다. 하지만 친구는 내 말에 무시하면서 어울리고 싶지 않다고 표정을 하고 했습니다. 주식 수업 6개월째 듣고 있습니다. 이제는 수업 내용이 조금 이해가 됩니다. 처음보다 부담감이 적습니다. 습관이 참 중요한 것 같습니다. 아내가 물어봅니다. 왜 주식을 수업을 듣냐고? 저는 자신 있게 대답했습니다. 아무래도 몇 년 뒤 큰돈이 올 것 같다고 했습니다. 그 돈을 계획적으로 쓰고 싶다고 했습니다. 그러기 위해서 미리 배워야 한다고 말했습니다. 과거에 갑자기 목돈이 생기면 계획 없이 쓰는 경우 봤습니다. 그 돈이 가치 있는 곳에 쓰기보다는 충동적으로 사고 싶은 것에 사용했습니다.

"앞으로 부자 소리 많이 듣겠습니다."

2020년 1월에 관상 보는 할머니가 말을 합니다. 돌아가신 할머니가 많이 도와주는 얼굴입니다. 좋은 마음으로 사업하면 잘될 것입니다. 지금은 사업 배우는 단계니, 조급함 가지지 마시고 천천히 배우세요. 몇 년 뒤 모두가 부러워하는 부자가 됩니다. 지금도 부자지만, 앞으로도 더 큰 부자가 된다기에 기분이 좋습니다. 저는 참 운이 좋은 사람인 것 같습니다.

지금 당장 쓸 수 있는 돈이 있어서 좋습니다. 그 돈이 누군가에게 도와 줄 수 있고 다시 돈이 친구들 데리고 나에게 와서 감사합니다. 열심히 공부해 많이 버는 만큼 많이 도와주고 싶습니다. 내가 100만 원 벌어서 누구를 돕는 것과 1억을 벌어서 누구를 돕는 것이 엄청 큰 차이라고 알고 있습니다.

문득 이런 생각이 듭니다. 7년 전 특수용접 기술을 배우고 싶었습니다. 등록비용이 500만 원입니다. 결제까지 하기 고민을 많이 했습니다. 몇 주 고민하다 결단하고 수업을 듣습니다. 1년 뒤 수업료 투자한 만큼 회수했습니다. 지금은 그 기술 덕분에 개인 공장도 가지고 있습니다. 그 당시 주변 사람에게 용접 기술 수업 듣고 있다고 하니까 사기꾼이니 환불받으라고 했습니다. 그 용접 기술 본인이 공장에서 잘 가르쳐 준다고 했습니다. 그 말에 저는 약간 마음이 흔들린 적도 있었습니다. 하지만 내 선택에 믿고 끝까지 수업 듣고 사업 시작했습니다.

몇 년이 지난 후 생각해 봅니다. 그때 배움 선택이 잘한 것 같습니다. 앞으로 이 용접 기술로 자본금 만들어 재테크해서 돈 많이 벌고 싶습니다. 주식 수업 듣고 집으로 오면서 300만 원 투자했지만 1년 뒤 3,000만 원 그 이상 수익을 낼 거라고 다짐합니다. 10년 뒤에는 1조 자산가 되어 풍족하고 세계여행 하는 모습 상상 하니 기분이 좋습니다.

돌아가신 아버지가 했던 말이 생각이 납니다. 농사일 한 평생 돈 모아 부자가 되는 것보다 주식과 부동산이 하는 것이 더 빨리 부자가 된다고 했습니다. 그래서 나 보고는 꼭 돈 많이 벌게 되면 재테크하라고 했습니다. 20년 전에 이 말에 실천하지 못했는데 지금 선택했으니, 막내아들이 부자가 된 모습을 보여 드리고 싶습니다.

2020년 6월 용접 사업 매출을 더 내고 싶어, 서울 마케팅 수업 들으러 갔습니다. 강의 장소에는 소상공인 사업자들이 많았습니다. 마케팅 사고

법, 사업에 철학을 배웠습니다. 그 수업 덕분에 다른 수강 듣는 대표님과 같이 공부해 매출도 오르게 되었습니다. 또 독서 모임도 같이 했습니다. 몇 년이 지난 지금은 개인 저서 준비 중입니다. 돈은 정말로 좋은 것 같습니다. 배움에 투자 한 만큼 내가 성장하고 있다는 것을 느낍니다.

고민하고 결단을 미루기보다 빨리 선택하고 그 속에서 경험하고 배우는 것이 중요합니다. 결단 못 내리고 후회보다 지금 결단이 더 행복합니다. 이것을 배우고 1년 뒤 3년 뒤 내 모습 상상해 봅니다. 실행하고 느끼는 것도 중요합니다. 이제는 알 것 같습니다. 무언가 하고 싶다면 생각 많이 하기보다 많이 부딪혀 봅니다. 그 속에서 배울 점 찾고 똑같은 실수 하지 않는 것이 중요합니다.

'점점 풍족해진다.'
'점점 성장하고 있다.'
'점점 모든 면에서 좋아지고 있다.'

새벽에 일어나 거울 보고 자기최면을 합니다. 100번씩 말하고, 노트에 적어봅니다. 책 내용대로 따라 해봅니다. 변화를 원하기 때문입니다. 앞으로 좋은 습관을 만들기 위해 매일 노력할 것입니다. 2019년 봄에 생각의 비밀 김승호 저서 책을 봤습니다. 책 내용이 잘 읽히고, 나도 하면 되겠다는 자신감이 가적이 있습니다. 김승호 작가 알기 전에 성공한 사람들이 나와

아주 다르구나 하고 살았습니다. TV 속 〈세바시〉 그리고 〈생활의 달인〉, 〈서민 갑부〉 등 특별한 사람처럼 보였습니다. 하지만 지금은 천천히 좋은 습관을 따라 하고 실행합니다. 내 꿈이 이루어지고 있다는 것을 느낍니다.

10대부터 30대 후반 직장 퇴사하기 전까지 나의 모습 항상 보잘것없었습니다. 아무짝에도 쓸모없는 인간이었습니다. 수시로 남과 비교하고, 자신감이 없었습니다. 말도 잘 못하고, 말귀도 알아듣지 못했습니다. 얼굴도 못생기고, 걸어 다닐 때 땅만 보고 다녔습니다. 끈기와 오기도 없는 사람이었습니다. 하지만 지금은 다릅니다. 생각이 바뀌는 순간 현실도 바뀌고 미래도 바뀝니다. 매일 아침 4시에 일어나 스트레칭한 후 양치질과 세수 후 거울 보고 자기 칭찬합니다. '나는 내가 좋다.' '해식아 사랑해!' '많이많이 사랑해.' '내가 하는 일은 반드시 잘된다.' 이렇게 5분 정도 칭찬 후 아침 확언과 시각화도 시작합니다.

흔히 우리는 대단한 행위가 있어야만 성공할 수 있다고 확신합니다. 살을 빼고, 회사 설립하고, 글을 쓰고 작가되는 등 어떤 목표들을 이루려면 어마어마한 개선이 있어야 한다고 생각합니다. 그러나 1%의 성장한다는 마음가짐이 중요합니다. 가끔은 전혀 알아차리지 못할 때도 있습니다. 하지만 이는 무척이나 의미가 있습니다. 매일 반복된 하루 일상에 좋은 습관 만들면서 점점 좋은 인생으로 바뀝니다. 그 여러 순간이 모여 인생이 됩니다. 그 선택들은 지금 당신의 모습과 과거의 모습이 달라집니다. 남들과의 차이도 만들어냅니다. 그러니 지금 당장 어떤 방법이 성공적이든 성공적이지 않든 그것이 중요하지 않습니다. 우리가 가지고 있는 좋은 습관들이 성공으로 가는 경로에 있는지가 중요합니다.

5.

마음속 신념을 가져야 합니다

30대 후반 직장 그만두고 첫 사업을 시작했습니다. 나는 과연 잘 할 수 있을까? 두려움과 불안을 가지고 시작했습니다. 아침 출/퇴근 자유다 보니 어떻게 할 줄 몰랐습니다. 어떤 마인드로 일하고 고객 대해야 할 줄 몰랐습니다. 7년이 지난 지금 언제 이렇게 사업하고 왔는지 신기합니다. 그동안 다양한 용접 경험과 고객을 만나 웃는 날보다 우는 날이 더 많았습니다. 일이 없는 날에는 혼자 있는 시간, 나를 알아가는 소중한 시간이었습니다.

"용접한 곳에 기름이 샙니다."

며칠 전 화물차 기름통 용접했는데, 오후 2시 연락이 옵니다. "그래요. 분명 용접하고 테스트까지 했는데, 혹시 운행하면서 용접 부위 충격 주지 않았나요? 다른 부위 새는 곳은 없나요? 사진 다시 보내주세요. 화물차 운행하면서 진동이 있다 보니 새는 같습니다. 그럼 다시 가지고 오세요." 말한 후 통화를 끝냅니다. 처음이다 보니 용접 실패도 많았습니다.

일이 꾸준함이 없었습니다. 거래처도 늘지 않았습니다. 일이 없는 날에는 그냥 놀았습니다. 큰 기회가 오기는 만을 기다리고 있었습니다. 준비도 하지 않고 말입니다. 사장의 그릇을 키우기 위해 나도 그만한 그릇 키워야 하는지 모르고 했던 것 같습니다. 생각만 하고 행동하지 않으니 아무 일도 일어나지 않았습니다. 그 예로 내가 리어카 만들어 어려운 분에게 주고 싶다는 생각만 하고 추진 못하는 경우가 종종 있습니다. 수시로 나중에 하면 된다는 식으로 미루고 합니다. 보이지 않는 부분에 내부 세계 집중 못 했습니다. 1년이 지나고 보니 그 자리였습니다. 그래서 다른 업체는 어떻게 보냈는지 보았습니다. 무언가 계속 경험 쌓고 실패하고 수정 실행 모습을 보았습니다. 미움받는 용기로 추진하는 모습을 보았습니다.

나도 그렇게 따라 해보기로 했습니다. 해보지 않았지만 그 일이 흥분되는 일에는 일단 시작합니다. 실패하면 수정하기로 했습니다. 그 예로 대기업 용접 문의가 오면 일단 부딪혀봅니다. 잘못 용접해 몇백만 원 손해 본 적도 있습니다. 하지만 수업료 냈다 생각하고 앞으로 성공으로 가는 과정이라고 생각하고 스스로 위로합니다. 크게 실패한 용기가 있다면 크게 성공할 수 있다고 했습니다. 지금은 일단 부딪혀봅니다.

"스테인리스 용접이 되나요?"

공장에 일하는데 전화가 옵니다. 일단 가지고 오세요. 말한 후 문자로 주소 보냅니다. 10분 뒤 고객은 도착합니다. 파란색 포터에 60대 남자가 내리면서 긴 주사위 닮은 것을 가지고 옵니다. 인사 후 제품을 다시 한번 봅니다. 처음 알곤 용접기로 합니다. 한방 용접하는 순간 구멍이 더 커집니다. 스테인리스 재질이 아닌 것 같다며 말을 합니다. 근처 공구통 주변 자석을 가지고 붙나 안 붙나 체크도 해봅니다. 붙지 않습니다. 고객에게 한 마디 합니다. "이 제품은 일반 재질이 아니라 특수 재질입니다. 그러니 안 될 수 있는데, 할까요?" 물어봅니다. "그래도 해주세요." 말을 합니다. 다시 용접 시작합니다. 이번에는 방법을 바꿔봅니다. 알루미늄 용접기로 해봅니다. 또 되지 않습니다. 구멍 크기가 더 커집니다. 마음이 조급해집니다. 작업을 잠시 멈추고 생각을 합니다. 내 경험상 이것은 동 재질이고 동 용접해야 합니다. 다시 보니 색깔도 비슷합니다. 그래서 용접봉을 바꿔 용접을 합니다. 한방을 놓자 붙기 시작합니다. 안 되던 용접이 되기 시작하니 기분이 좋습니다. 이 맛에 이 직업을 좋습니다.

사업 시작 1년이 지나고, 저녁에 자동차 공장에서 산소용접 되냐고 전화가 옵니다. 그럼, 일단 제품 사진부터 보내 주세요. 말합니다. 사진을 보니 모양과 색깔이 황동 모양입니다. 처음 용접이라 걱정이 됩니다. 지금 고객은 근처에 있다고 말합니다. 잠시 뒤 공장으로 옵니다. 제품을 보니 두께가 사진에 보는 것보다 더 두껍습니다. 산소용접을 해봅니다. 이래도 해보고 저래도 해봐도 되지 않습니다. 결국 몇 번 하다 포기했습니다. 다음날 출근해서 혼자서 용접 연습해 봅니다. 비슷한 제품 근처 철물점 가서 구입 후 다시 산소 용접합니다. 이제 됩니다. 새로운 용접 기술 배워서 기분이 좋습니다.

스테인리스 주사위 용접하고 고객에게 보여줍니다. 고객은 만족한다면 미소를 보입니다. 이 제품은 사용하기가 편해서 다시 사려고 해도 나오지 않는다고 말합니다. 다시 사용하게 해줘서 고맙다고 말 하고 갑니다. 직장생활 10년 다닐 때는 정시 출근하고 일하고, 점심 먹고 퇴근하는 패턴이었습니다. 그 패턴이 적응되다 보니 퇴사하고 부터는 그렇게 되어서는 안 되었습니다. 내가 일하지 않으면 돈이 나오지 않았습니다. 내가 매달 성과 내지 못하면 가족을 지키지 못하겠다는 생각도 들었습니다.

사업 하고 매일 반복된 일상 혼자 있는 시간이 많았습니다. 생각이 많고 두려움이 많다 보니 무엇부터 할지 몰랐습니다. 그래서 어느 순간 이런 생각이 들었습니다. 마냥 힘들다. 두렵다. 말만 하지 말고 지금까지 좋은 경험 했다 생각하고 무엇이 잘못 되었는지 반성합니다. 두 번 다시 똑같은 실수하지 말자고 관점을 바꾸기로 했습니다. 현재 일에 지루함보다 즐기기로 했습니다. 스스로 긍정적 말로 위로를 합니다. '혼자 있으니 마음대로 할 수 있어서 좋다.' '누구 뭐라고 할 사람도 없고 너무 좋다.' '누군가와 함께 하면 하지 않아서 스트레스 받지 않아서 좋다.' 좋은 생각을 했습니다. 때론 혼자만의 시간이 지겹고 따분하지만, 지나고 나면 분명 오늘이 그리워질 수 있다는 생각도 합니다. 그러니 내가 할 수 있는 것에 집중해야겠습니다. TV 속 〈세상 이런 일이〉 프로 시청했습니다. 주인공 혼자서 조각 작품 그림 그리는 화가, 병뚜껑 수집하는 사람 등 모두 혼자만의 시간 의미 있게 만들어 냅니다. 또 먼저 간 자식을 잊기 위해 산에서 돌담을 쌓습니다. 이처럼 상황이 모두 다르지만 어디에 초점을 두고 의미 두는지 따라 자신의 하루가 재창조 됩니다.

피할 수 없으면 즐겨라. 이 말은 미국의 심장 전문 의사 로버트 엘리엇의 저서 『스트레스에서 건강으로-마음의 짐을 덜고 건강한 삶을 사는 법』에서 나온 말입니다. 그 예로 들어 보겠습니다. 30대 중반의 남자가 아침마다 지하철 타고 출퇴근하면서 사람이 붐비고 짜증나 지하철 타기가 많이 불편했다고 했습니다. 꿈속에서도 불편함 모습이 보였다고 합니다. 그래서 남성 본인이 그런 상황을 나쁘게 가져봐야 좋을 게 없다고 생각하고 관점을 바꿉니다. 이 지하철 주식을 삽니다. 그러니 내가 이 회사 주주다 생각 하니 출근할 때 사람이 많은 모습에 기분이 좋고 부자가 된다 생각했다고 합니다. 이처럼 그 상황을 역 이용하는 것도 살아가는데 도움이 됩니다.

신념은 인간에게 가장 중요합니다. 아직 보지 못한 것을 믿는 것입니다.

어떤 대가를 치르더라도 생명을 걸고서라도 반드시 자기의 신념을 발표하고 실천하는 용기가 필요합니다. 여기서 바로 신념이 생명을 갖게 되는 것입니다.

목표는 장기적이야 합니다. 단기적 목표는 일시적 장애물에 부딪혀도 쉽게 포기하게 됩니다. 하지만 장기적인 목표는 사소한 문제나 일시적 장애물에도 굴복하지 않고, 그것을 극복하여 성취할 수 있습니다.

6.

누구나 시작은 초보다

고객에게 연락이 옵니다. 울산업체데, 티타늄 등 특수금속 용접 가능하냐고 물어봅니다. 나는 '네.' 하고 대답하고 사진 찍어 보내면 다시 통화 하자고 했습니다. 그러면 사진 문자 확인 후 일단 가지고 오라고 합니다. 한 번 만에 용접이 되지 않을 수 있으니, 두고 가면 며칠 안에 한다고 말합니다. 며칠 뒤 고객이 옵니다. 아침 8시 30분에 들고 온 금속은 두껍고, 색깔도 약간 다르고, 무게도 나갑니다. 인사 후 고객이 가지고 온 이유를 말합니다. 대기업에서 주문이 오면 이전에 서울업체 맡겼다고 합니다. 하지만 중간마다 금속 불량이 생겨 다시 서울로 보냈다고 합니다. 자주 이런 일이 있다 보니 이번에 근처 업체 알아보기 위해 인터넷 검색했다고 합니다. 영천에 우창 특수용접이 보였다고 말합니다. 과거에 동일한 제품 용접 사진이 보여서 가지고 왔다고 합니다. 고객의 말 속에는 꼭 부탁드린다는 간절함이 있습니다.

"그럼 한번 해봅시다." 말한 뒤 공장에 가지고 있는 장비 모두 꺼내봅니다. 용접 매뉴얼대로 해봅니다. 작업 시작 전 산소로 예열하고 온도 체크 후 용접을 합니다. 몇 초 뒤 금이 갑니다. 다른 방법 모색합니다. 이번에는 가스 조절량을 높여서 용접합니다. 또 금이 갑니다. 일단 멈추고 알고 있는 거래처에 조언을 구하기 위해 전화 걸어봅니다. 작업 사진도 보내고 무엇이 잘못되었는지 물어봅니다. 사진을 본 협력업체 사장들도 안 한 지 오래되어서 생각나지 않는다고 말을 합니다. 생각나면 다시 연락한다고 합니다. 다른 업체도 전화하며 물어봅니다. 이번에는 용접 보조 장치가 없어서 금이 간다고 말을 합니다. 그 말 듣고 순간 생각이 났습니다. 과거에도 비슷한 용접을 못하고 주문한다고 못했습니다. 고객에게 양해를 구해봅니다. 지금은 안 되고 필요한 자재 있어야 하는데 기다려 줄 수 있는지 물어봅니다. 일단 생각 해보자고 말을 합니다. 다음 날 물건 구매하는데 주문하고 3주 이상 걸린다고 말을 합니다.

2016년 5월에 1인 창업자로 사업을 시작했습니다. 군 생활 5년과 직장인 12년에 사장은 처음입니다. 일하고 돈 못 받는 경우 많았습니다. 현장 가서 용접하다 안 되는 경우 종종 있었습니다. 실패투성이었습니다. 울산에 레미콘 공장에 갔습니다. 기계 바닥에 물이 샌다고 연락 옵니다. 주변에 소개로 연락한다고 합니다. 현장 사진 보고 약속 날짜 잡았습니다. 작업 하루 전 용접에 필요한 물건과 자재를 싣고 준비합니다. 다음 날 아침

출발하는데 비가 약간 옵니다. 용접이 되지 않을까? 걱정이 됩니다. 전화 걸어 물어봅니다. 비가 오는데, 작업 할 수 있는지, 괜찮다고 말을 합니다. 다시 하기로 마음먹고 이동합니다. 9시에 현장에 도착하니, 갑자기 비가 엄청 많이 옵니다. 사무실에 가서 담당자랑 인사 후 기다려봅니다. 혹시나 비가 멈출지 모른다는 기대도 해봅니다. 1시간이 지나도 계속 비가 오고, 휴대전화로 기상 일보도 보니 하루 종일 비소식이 있습니다. 결국 담당자랑 다음에 다시 날짜 잡는다고 말합니다. 장비 챙겨 집으로 돌아옵니다. 며칠 뒤 다시 현장에 가려는데, 자체적으로 해결했다고 말을 합니다. 미안하다면 전화기를 끊습니다. 그 말에 기분이 좋지 않았습니다. 왜냐하면 그동안 쓰인 시간과 정성이 도움 되지 못했기 때문입니다.

시간 있는 날에 명함과 현수막 돌렸습니다. 일이 꾸준히 없다 보니 수입이 없었습니다. 인력 회사 다닌 경우도 있었습니다. 12월 겨울 군부대 건설 현장에 일하러 갔습니다. 현장에 7시 도착하면 어두워 앞이 깜깜해서 보이지 않습니다. 건물 3층에 올라가 무거운 철근을 1층으로 옮깁니다. 계단 내려오다 발에 못이 찔리는 사람도 있습니다. 추운 겨울 장갑이 철근 딱딱 붙어서 떨어지지 않습니다.

우리 아버지도 겨울에 일이 없는 날에 다른 곳으로 일하러 갑니다. 저녁에 일하고 와서 하루 벌어온 돈으로 돼지고기 사 옵니다. 어머니는 가족들을 위해 부엌에 가서 김치랑 돼지고기 넣어 찌개를 끓어줍니다. 그때의 좋은 기억이 아직 납니다. 아버지 가족의 책임감을 보고 자란 덕분에 주어진 일에 성실히 하려고 합니다. 일이 없거나, 나쁜 생각이 많이 하는 경우 책을 봅니다. 글 속에 와닿는 문장 줄을 긋고 종이에 적어도 봅니다. 그럼, 기분이 좋아지고, 오늘 해야 할 일에도 집중합니다. 용접 연습 10분, 글쓰기 1장 적기, 1분씩 3번 웃어보기, 걷기 운동하면서 생각 연습하기 등 오늘 해야 하는 행위에 실천합니다.

1년 전 혼자 있는 시간 한 가지 집중하기보다 잡생각이 많았습니다. 내가 하는 일에 세상에서 제일 중요하다는 생각 못했습니다. 다른 사람 일에 끌려 다녔습니다. 지금은 내가 하는 일에 더 소중하다고 생각하고 해야 할 일에 집중하니 즐겁고 재미도 있습니다.

이렇게 매년 반복된 생활 속에 나만의 사업의 철학과 가지고 생활 방식도 조금씩 바꾸었습니다. 고객님에 대하는 요령도 생겼습니다. 점점 자신감이 생기면서 처음 하는 일에도 겁먹지 않고 이렇게 해보고 저렇게도 해보았습니다. 또 틈틈이 자기계발서 책을 읽고, 서울 세미나 참석해서 고객 응대 방법과 부자의 사고방식도 배웁니다. 만약 내가 이 사업 시작하기 전 문제만 보고 했다면 시작했을까?

한 번씩 나에게 물어 봅니다. 그 답은 절대 안 됩니다. 된다고 생각하고 생각했기에 지금의 내가 있습니다. 성공은 실패의 과정입니다. 이런 말이 있습니다. 사람들은 자유롭게 활동하면서 돈도 잘 버는 전문가를 부러워합니다. 자신도 그와 같은 사람이 되고 싶어 합니다. 그럴 때 잊지 말아야 하는 사실 하나 있습니다. 그들도 예전에 여러분과 같은 초보자였다는 사실입니다. 요즘 젊은이들은 대기업 취직을 위해 재수에 삼수까지 한다고 합니다. 고시 공부 위해 아까운 청춘을 비치는 사람들도 많습니다. 나름 의미가 있을 수 있지만 난 가능한 빠른 나이에 뭐라도 시작할 것을 권합니다. 시작이 가장 중요하다는 것입니다. 세상에 완벽한 때는 존재하지 않습니다. 완벽한 조직, 완벽한 개인 또한 존재 하지 않습니다. 다 일을 하면서 맞춰가고 배워가고 다듬어가면서 완벽을 향해 움직이는 것입니다. 특히 개인은 그렇습니다. 일을 해 보기 전에는 내가 어떤 사람인지 알 수 없습니다. 일을 해야만 내가 어떤 사람인지 알 수 있습니다. 중소기업이건 알바건 잡일이건 뭐라도 바로 시작해야 합니다.

처음이라 조금 어색할 수 있고, 부끄러울 수도 있습니다. 바보 같고 욕먹을 수도 있습니다. 하지만 시간이 지나고 조금씩 익숙해진다면, 그 누구보다 더 잘할 것이라. 확신을 합니다. 무엇이든 처음에 힘들지만, 계속 인내와 끈기 가지고 한다면 쉬워지기 마련입니다. 처음 자동차 운전 배울 때 생각하면 됩니다. 실수하고 긴장해서 운전 강사에게 욕먹고 마음에 상처도 받습니다. 하지만 계속 꾸준히 하다 보면 잘하게 됩니다. 첫 자동차 구입 후 혼자 운전할수록 경험이 쌓여 노래 듣고 커피 마시면서 목적지에 이동합니다. 우리의 고민은 어떤 일을 시작한 탓에 생기는 게 아니라 시작 전 주로 할까 말까 망설이는 데서 발생합니다. 이것인지 저것인지 오랫동안 생각한다고 해서 문제해결에 도움이 되는 건 아닙니다.

중요한 것을 무언가 하겠다고 결심하는 일입니다. 미리 실패를 예상하고 두려워할 필요는 없습니다. 성공하고 못하고는 하늘에 맡깁니다. 망설이는 것보다 불안전하더라도 일단 시작하는 것이 한 걸음 앞서가는 길입니다.

7.

내가 살아야 하는 이유

매일 아침 4시 30분에 일어나 하루를 시작합니다. 양치질, 세수, 거울 보면 칭찬합니다. 그 다음에는 팔굽혀펴기 10개 시작합니다. 의자 앉아 시각화, 확언, 명상을 합니다. 잠이 덜 깬 상황 하니 잠재의식이 전달도 잘 됩니다. 30분 정도 합니다. 아침 6시부터 독서 모임하고 글을 적습니다. 그러다 가끔 한 번씩 이런 생각이 들 때 있습니다. '난 왜 아침 일찍 일어나지? 남들처럼 편하게 살면 되는데 왜 나는 남이 시키지 않는 일에 이렇게 먼저 하지. 이유가 뭐지. 내 마음은 무엇을 원하고 있지. 내가 살아야 할 이유가 뭐지.' 이런 질문에 종이에 적어봅니다. 10대 시절 내 이름은 10점이었습니다. 중학교 수학 선생님이 불렀습니다. 그리고 선생님이 수학 시험 성적 점수 10점 나왔다는 이유로 칠판에 수학 풀이도 시키고 했습니다. 공부 잘하지 못하니 억울한 일도 있었습니다. 친구랑 짝꿍도 해주지 않고, 만만하게 보는 아이도 있었습니다. 점심시간 끝나고 수업 시간 10분 전 한

명이 책이 없다고 말합니다. 옆에 있는 친구가 나 보고 훔쳐 갔다고 합니다. 그 말에 순간적 참다 폭발해 주먹으로 친구 얼굴을 때렸습니다. 하지만 집에 와서는 때린 친구 걱정에 잠을 자지 못했습니다. 혹시 다음날 친구 부모님과 함께 학교 와서 선생님께 보고 하면 어떻게 하지 걱정도 했습니다. 공부 못하고 소심한 학생이니 친구도 그런 친구와 만나 지내게 되었습니다. 아마 그때 눈치 보는 것을 배운 것 같습니다.

"영어 점수 60점 이하 앞으로 나와?"

영어 선생님이 수업 들어오자, 밀대자루 가지고 왔습니다. 선생님이 점수를 부르면서 때립니다. 교실 분위기가 조용하고 앞으로 나온 아이들도 겁에 질린 표정에 맞을 준비를 하고 있습니다. 팍팍 맞는 아이들은 얼굴이 빨갛고 엉덩이를 만집니다. 잘못 맞는 아이는 허벅지 맞아 멍까지 든 친구도 있습니다. 하지만 영어 점수만큼 성적이 잘 나옵니다. 암기다 보니 쉬웠습니다.

20대 시절 특전사에 직업군인의 길을 선택했습니다. 지원한 이유는 자신감과 내면의 강인함을 키우기 위해서입니다. 하지만 5년이란 기간 동안 기대와 달리 자신감과 자존감이 더 떨어졌습니다. 단체생활 하다 보니 항상 무슨 일이든 잘하는 동기와 후배들 보니 자존감이 떨어졌습니다. '왜 남보다 잘하는 게 없을까?' 훈련 끝나고 잠자리 누워서 질문을 던져봅니다. 군대 지원한 이유가 남보다 더 강해지고 싶은 마음에 지원했는데, 잘하는 게 없습니다. 방법도 몰랐습니다. 주변에 칭찬하는 사람도 없습니다. 스스로 자책합니다. 집에 계신 부모님 떠올려봅니다. 막내아들이라 귀엽고 아낌없이 사랑 주신 모습이 생각납니다. 피곤함에 잠이 듭니다. 아침에 일어나 눈치부터 보기 시작합니다. 밥 먹거나, 훈련할 때 내무실에 있을 때도 기가 죽어 있습니다. 점점 소심한 성격이 되어 벌었습니다. 하지만 좋은 점도 있습니다. 남들이 하지 못한 훈련을 많이 합니다. 스키훈련, 낙하산 뛰어내리기입니다. 밖에서도 배우지 못한 것을 배웁니다. 여름에 바다 수영 배우려 전라도 변산반도 해수욕장 갔습니다. 처음 훈련이다 보니 기대감과 두려움이 있었습니다. 1년 선배가 수영 옷 갈아입고 해변에 모이라고 합니다. 우리는 얼른 수영 바지만 입고 모래해변에 줄을 서서 기다렸습니다. 고무 보트 타는법, 바다 수영하기 등을 배웠습니다. 처음이라 재미있으면서 긴장을 놓지 않았습니다. 며칠 연습 반복하다 고무보트 타고 바다 중간에 내려 수영도 했습니다. 파도가 없고 잔잔해 몸에 힘만 빼도 둥둥 떴습니다. 2주 동안 바다 훈련을 했습니다. 사촌 형도 특전사 출신이었습니다. 여름휴가 기간 군복 입고 베레모 쓰고 왔습니다. 고등학생이었던 저는 멋있어 보였습니다. 저녁에 밥을 먹고 군 생활 대개 재미있다고 말합니다. 훈련도 여러 가지 많이 받고 매달 봉급도 받는다고 합니다. 어머니는 외사촌 형의 모습에 말도 씩씩하게 잘한다고 남자답게 변했다고 합니다. 그 말에 나도 사촌형처럼 군대 가서 옷도 멋있는 것 입고 정신세계도 강인하게 만들고 싶다는 마음도 생겼습니다.

군 생활 3년차 나쁜 기억납니다. 중사 진급하고 얼마 되지 않았습니다. 점심식사 하고 식당 밖으로 나왔습니다. 선배가 이런 말을 한 적도 있습니다. 함해식 중사는 진급하고도 후배들보다 잘하는 게 없다. 선배답게 보이지 않는다. 말을 들었습니다. 그 말에 마음에 상처를 받았습니다. 저녁에 누어서 운 적도 많이 있습니다.

30대 시절에 나는 직장생활 12년 동안 내 스스로 무언가 찾아서 하기 보다는 누군가 시키는 일에만 했습니다. 내가 없어도 돌아가는 조직 문화였습니다.

지금은 내 인생의 주인공입니다. 너무 행복합니다. 살아가는 이유도 알았습니다. 2019년 대상포진 인해 방바닥에서 누워 있었습니다. 하루 종일 누워서 부정적 생각이 꼬리에 꼬리 물었습니다. 2개월 뒤 생각을 바꿔 일기 쓰고 책을 보았습니다. 책 속에서 위로도 받았습니다. 브랜드 버처드 『백만장자 메신저』입니다. 그 책 통해 유튜브 들어가 영상도 보았습니다. 더 큰 위로를 받았습니다. 그때 알았습니다. '사람 통해 위로받는 것보다 책이나 영상 통해 위로를 받는구나.' 나는 지금 처해 있는 상황을 위해 대상포진 영상을 만들어서 올렸습니다. 몸이 아파 만들기가 힘들었습니다. 하지만 누군가 도움이 된다는 마음으로 만들었습니다. 저자는 자기가 겪는 경험을 누군가에게 공유하라고 합니다. 다른 누군가 한명이라도 도움

받을 수 있다고 합니다. 그래서 따라서 해봅니다.

나에게 소명이 있습니다. 한 사람이라도 내 모습 보고 변화된 인생을 살기를 바랍니다. 이 기술 인해 해외도 진출하고 대한민국에 기술 발전에도 도움 줄 수 있는 사업가 되고 싶습니다. 이 소명을 다하기 전에는 어떤 어려움이 닥쳐도 포기해서는 안 됩니다. 나는 아픔을 겪더라도 소명을 위해 다시금 최선을 다합니다. 오직 한 사람 위해서 살아봅니다.

내 목표는 명확하고 구체적입니다. 명확한 목표는 하나의 나침반과 같습니다. 분명한 목적이 있으면 방향을 헷갈리지 않습니다. 속도를 내서 갈 수 있습니다. 많이 사람이 방향을 잃고 헤매는 모습을, 혹은 그저 다른 사람이 가는 방향으로 따라가는 모습을 종종 보게 됩니다. 나만의 방향을 찾아야 합니다. 자신의 마음에서 들리는 소리를 들어야 합니다. 내면의 소리에 귀를 기울이고 자신이 진짜 원하는 것을 찾아보고 그곳을 향해서 한 걸음씩 나아가는 삶을 살아야 합니다.

나에게 명확한 목표가 있지만 포기하고 순간이 있었습니다. 더 변화하고 싶고 더 잘하고 싶은데 마음처럼 잘되지 않을 때 그렇습니다. 이때는 정말 이 일은 그만두고 싶다는 생각도 듭니다. 하지만 초심을 가지고 내 소명을 생각하고 마음을 다시 잡고 일을 합니다.

내가 이 일을 하는 이유는 자신이 성장하기 위해서입니다. 자기가 맡은 일을 달성하고 실적을 내는 것뿐만 아니라 개인의 내면을 완성하는 과정이라고 생각도 합니다. 즉 자신의 눈앞에 놓인 일에 온 힘을 다해 몰두한다면 우리는 내면을 갈고닦아 깊은 인격을 갖출 수 있습니다. 세상에 나와 있는 위인전을 펼쳐 들어도 보면 확인 할 수 있습니다. 목표 이루기 위해 엄청난 집중력과 온갖 고생을 겪으면서도 자신이 해야 할 일에 매진했습니다. 끝없는 인내와 노력으로 큰일을 해내고 훌륭한 인품을 갖추고 있습니다.

8.

자신이 하는 일을 믿고 행동하세요

오늘도 남들이 해보지 않는 일을 시도합니다. 경주 사우나 온수탱크입니다. 20년 된 것을 부분 용접합니다. 주변 업체 여러 군데 알아보다 용접은 자신이 없고 새것으로 교체하라고 합니다. 목욕탕 사장은 경기가 좋지 않아서, 교체 비용이 많이 들고 용접을 원하셨습니다. 며칠 전 목욕탕 사장과 통화 후 현장에 도착해 노후 된 온수탱크를 확인했습니다. 온수탱크 철판에 녹슨 부분이 많아 용접할 자신이 없었습니다. 고객에게 단번에 거절하기가 미안해서 사무실 가면 견적 내준다고 했습니다. 공장에 운영하면서 이런 작업은 처음이었습니다. 용접한다 해도 철판이 너무 노후가 되었습니다. 자칫 잘못하면 일이 더 커질 것 같은 느낌도 들었습니다. 사무실 도착해 심호흡 10분간 했습니다. 그리고 과거를 떠올렸습니다. 왜 나는 특수용접을 시작했지? 남들과 차별성 있게 일하기 위해 어떻게 하지? 등 스스로에게 물어봅니다. 용접 분야에서 만큼은 내 마음이 시키는 데로 하고 싶었습니다. 너무 생각이 많아지면 두려움 생기고 우유부단 해지고 결정을 못 내립니다. 그래서 하는 방향으로 선택했습니다.

처음 사업 시작할 때 일입니다. 하루 전 오후에 아내와 저녁 같이 먹기로 했습니다. 아내 회사 주변에 주차하고 밖에 나와 기다리는데, 옆 건물에 용역회사 보입니다. 문을 열고 명함을 주고 왔습니다. 얼마 뒤 아내와 밥을 먹고 있는데 전화가 옵니다. "강아지 집 제작할 수 있나요?" 전원주택에 필요한 자재는 모두 있습니다. 라고 말합니다. 통화 후 강아지집 제작한다고 하니 웃음이 나옵니다. 특수용접 사업한 이유가 남들이 못하는 것을 하려고 시작했는데, 할지 말지 고민이 됩니다. 이곳이 시골이고 사업 시작한 지 얼마 되지 않아서 그런 것 같습니다. 같이 식사하는 아내도 통화 내용을 듣고 웃습니다. 하지만 생활비도 필요하고 이번 작업 인해 배우고 거래처도 소개해 줄 수 있다는 희망을 가져봅니다. 아침에 차량에 타고 8시에 전원주택에 도착합니다. 주인과 인사 후 강아지 집을 짓기 시작합니다. 주인은 시작한 지 1시간 되지 않아서 마음에 들지 않는다고 집에 가라고 합니다. "왜 그래요?" 물어보니 본인이 원하는 사람이 아니라고 말합니다. 장갑을 벗고 차를 타고 집으로 돌아옵니다. 차량 운전하면서 생각이 많아집니다. '인력회사 사람이라 만만해서 그런 말 하는가? 아니면 내가 작업 못해서 돈이 주기 싫은가?' 오는 중간에 편의점이 보입니다. 커피 한 잔하면서 크게 심호흡합니다. 그래 다음에 더 잘하자. 스스로에게 격려도 해줍니다.

우리 친형이 생각납니다. 30대 후반 회사 퇴사하고 사업하기까지 많은 곳을 옮겨 다니면 일했습니다.

"해식아? 나 대신 돈 받아 줄 수 있어."

"형이 버섯농장에 일하고 나와서 돈 받지 못했는데, 전화해서 받아줄래?" 버섯 사장에게 말 못한 사정이 있다고 합니다. 그 말 듣고 동생이 내가 그 자리에서 바로 전화합니다. '버섯 농장 사장이지요? 누구 동생인데 일하고 돈 받지 못했다고 하는데, 입금 부탁드립니다.' 사장은 본인 직접 전화하라고 말한 후 끊습니다. 옆에 듣던 형은 아무 말도 못 하고 다른 곳으로 갑니다. 형의 뒷모습에 마음이 좋지 않습니다. 과거 우리 형은 대학교 졸업 후 삼사관학교 갔습니다. 8년 군 생활을 하면서 육군 대위 달고 왔습니다. 어머니 곧 있으면 소령 진급도 할 수 있다고 좋아했습니다. 하지만 군 생활이 일이 생겨 나왔습니다. 군 전역 후 직장 생활 하면서 형수님 만나 결혼했습니다. 며칠 뒤 형수와 함께 식사하면서 형님 이야기를 합니다. 아이 둘 키우는데, 회사 나와 생활비 주지 못하면 어쩌지? 걱정이 많았다고 합니다. 하지만 아버지 닮아서 이 일 저 일 가리지 않고 일한다고 합니다. 힘들다고 불평불만 하지 않고 책임감이 강하다고 합니다. 그 말을 듣고 부모님은 잠시 큰아들 칭찬에 기분 좋아합니다.

울산 자동차 공장 특수용접 생각이 많아서 포기한 적 있습니다. "견적이 얼마나 나오나요?" 담당자가 물어봅니다. "현장 작업 조건이 좋지 않아서 좀 나올 것 같습니다. 며칠 뒤 견적서 이메일로 보내 드리겠습니다." 말한 후 공장으로 돌아왔습니다. 하루가 지난 후 작업에 대한 생각이 많아지면서 걱정과 두려움이 밀려옵니다. 특수용접 경험이 없다 보니 생각이 많고 자신감과 용기도 없어집니다. 결국 담당자에게 이번 작업 못 한다고 말했습니다. 처음 군대 가서 천리 행군할 때 생각이 납니다. 400킬로 행군 다녀온 선배들은 부상 이야기와 저녁 잠자기 전 발바닥에 물 찜이 나서 바늘을 이용해 실을 넣어 걸었다고 합니다. 출발도 하기 전 무서운 이야기 합니다. 하지만 막상 하고 나니 생각처럼 어렵지 않았습니다. 대관령 겨울 동계 훈련도 영하 14에서 산속에 땅 파서 잠을 잔 적도 있습니다. 막상 하기 전 생각이 많지만, 하고 나면 아무것도 아니었습니다. 스스로 할 수 있다는 믿음보다는 생각이 많다 보니 두려움에 포기했습니다.

지금은 사업 8년 차 처음 하는 일, 일이 생각처럼 되지 않으면 웃어버립니다. 이미 성공한 사람들의 책을 보고 용기를 가져봅니다. 할 수 있다고 소리치면 자기 체면도 걸어봅니다. 그 결과 어렵게 생각한 일도 도전합니다. 실패도 하는 경우도 있습니다. 하지만 그 속에서 배우고 다른 방법도 시도합니다. 글쓰기가 그 예입니다. 매일 아침 글쓰기 블로그 올립니다. 처음 글쓰기 배울 때 작가가 되는 것에 상상도 못했습니다. 하지만 매일 글 쓰고 블로그에 공개하니 점점 작가처럼 느껴집니다. 지금은 계속 올리다 보니 습관이 생기고 자신감도 생깁니다. 제 이름도 된 책 두 권이 서점에 나왔습니다. 처음 하는 일 생각이 많으면 아무것도 못 합니다. 먼저 시작하는 게 맞다고 생각합니다. 지금 지나가 보니 그런 경험이 저에게 실수와 실패가 성장하는 데 도움이 된 것 같습니다.

경주 온수 탱크 자재 준비 후 첫째 날 사람 3명이 같이 작업했습니다. 오전에 지하 작업 주변 청소 정리하고, 오후 3시가 되니 작업자 3명이 못하겠다고 말합니다. 나는 왜 갑자기 못하냐고 물었습니다. 작업환경이 지저분하고 냄새가 난다고 합니다. 온수탱크 용접하더라도 시간이 걸리고 자신이 없다고 합니다. 나는 설득해봅니다. 지금 잘하고 있는데, 더 해보자고 말합니다. 내일은 더 좋아진다고 말했습니다. 그리고 어려운 부분은 내가 하고 책임진다고 말했습니다. 오후 5시가 되자 작업자 떠납니다.

그 모습에 집에 오면서 생각합니다. 주인에게 계약금 주고 못 한다고 말을 할까? 오늘 작업해보니 내가 생각했던 것 보다 시간이 더 걸립니다. 작업자도 모두 떠나서 왠지 마음이 불길한 기분이 듭니다. 지금까지 이런 일 없었습니다. 예상 날짜도 맞추지 못하며 어쩌지 등 부정적인 생각이 들었습니다. 다음 날 새벽에 책상에 앉아 좋아하는 책을 봤습니다. 조성희의 『뜨겁게 나를 사랑한다』입니다. 평소에 마음 근육을 키우기 위해 필사와 영상을 보고 공부했습니다. 책 내용 중 자아 이미지를 봅니다. 노트에 적으면서 상상하며 용기를 얻습니다. 과거에 공부하면서 적은 글씨가 보입니다. '나는 정주영처럼 일하다가 포기하지 않는다. 나는 정주영처럼 일 시작하면 끝까지 시작한다. 나는 정주영처럼 사업가에게 신용을 목숨처럼 생각한다.' 등 다시 해보자는 마음으로 경주 작업장으로 갔습니다. 시간이 해결해줍니다. 할 수 있다는 마음으로 작업장으로 이동합니다. 기분 좋게 일하면 잘 풀린다는 마음으로 주문을 외웠습니다. 그런 마음으로 일하다 보니 일에 진도가 조금씩 보였습니다. 중간 중간 막히는 일에도 아이디어가 떠올랐습니다. 하지만 마지막 3일 차 오후 6시에 용접기 고장 났습니다. 돌발 상황이 일어났습니다. 잘하다가 이런 일이 생기다니 잠시 웃어버립니다. 경주에 용접기 임대하려고 합니다. 하지만 모두 이 용접기 임대가 해주는 게 없고 새것이 있다고 합니다. 그럼, 새것을 사려고 했습니다. 그 기계가 얼마 하든지 사려고 했습니다. 고객과의 약속이 중요하고 신용이 중요하다고 생각했습니다. 마지막 포항에 전화해 지금 작업하다 용접기 고장 나서 사려고 한다고 하니, 빌려주는 데 있다고 합니다. 고맙다고 말하고 용접기 빌려 와서 밤새워서 작업하고 작업합니다. 다음날 8시까지 마무리 짓고 업체 사장님이 아침 식사 같이 하고 잔금 받고 공장으로 돌아왔습니다.

이번 작업하면서 깨달았습니다. 아무리 큰 시련이 닥쳐와도 할 수 있다는 마음가짐이 있으면 일하면 좋은 결과 나온다는 진리를 깨달았습니다. 가장 힘들었던 시기가 가장 중요함 가르침을 얻습니다. 꿈꾸는 것도 중요하지만 꿈을 실행에 옮기는 것은 더 훌륭합니다. 신념도 중요하지만, 신념에 실행이 더하면 더 강해집니다.

돌탑을 혼자서 20년간 작업합니다. 70대 초반 남성은 〈세상에 이런 일이〉 TV 속 주인공입니다.

과거 사업 실패 후 우울증, 대인기피증, 자기연민 등 잠을 자지 못했습니다. 어느 날 우연히 TV 속 돌탑을 쌓은 모습을 보고 감동하였습니다. 본인도 다음날부터 혼자서 돌탑을 쌓은 연습을 합니다. 아침부터 저녁까지 매일 반복적으로 탑을 쌓습니다. 처음에는 생각처럼 재미도 없고 지겨운 것도 있었습니다. 하지만 마음 다잡고 계속 반복 하다 보니 극복하게 되었습니다. 어느 순간 재미가 찾아오고 20년이 지난 지금은 관광객들이 돌탑을 인해 기쁨을 전해 주고 있습니다.

"소원이 무엇이십니까?"

담당 pd가 물어봅니다. 주인공은 죽을 때까지 돌탑을 쌓고 싶다고 합니다. 우연히 만났지만. 그 덕분에 모든 병이 이겨냈습니다. 자신감과 자존감도 생겼다고 합니다. 돌아가신 우리 아버지도 농사 70년을 하셨습니다. 평소에 조용한 성격인데, 농사일할 때면 눈빛과 몸짓이 전문가 포스가 느껴집니다. 그 예로 고추, 포도 등 이파리 보고 아픈지 건강한지 압니다. 수확시기 1등 상품을 만드셨습니다. 그 일로 하는 동안만큼 열정을 가지고 하셨습니다.

1년간 매일 새벽에 일어나 블로그에 한편씩 글을 올립니다. 처음에 무엇을 올릴까? 고민했습니다. 과연 내가 규칙적으로 할 수 있을까? 걱정도 했습니다. 하지만 하기로 선택하고 지금도 매일 꾸준히 글을 올립니다. 글쓰기는 나에게 특별한 의미가 있습니다. 매일 글처럼 이렇게 오늘 하루도 살아야겠다고 다짐을 합니다. 새벽 독서 통해 좋은 글을 보면 느낀 점이나 제 상황과 비슷한 부분을 찾아 적습니다. 어제 있었던 일들도 찾아봅니다. 배울점을 찾고 일상생활에도 적용해 봅니다. 그 예로 감사일기도 적습니다. 특히 기분이 안 좋고, 상황이 이상하게 흘러갈 때 감사한 부분을 찾아서 관점을 바꾸어 봅니다.

과거에는 일기 쓰는 것도 오래 하지 못했습니다. 몇 번 하다 싫증 나면 포기했습니다. 그때 기억을 떠올라봅니다. 몇 번 하다 싫증 나면 포기했습니다. 남과 비교하고 빨리 이루고 싶은 마음이 강했습니다. 그럴 때일수록 참을성을 가지고 하기보다는 욱하는 감정에 포기했습니다. 그리고 다른 무언가 하면 좋은 게 있겠다는 생각에 쫓아갑니다. 그 예로 직업이 그런 것 같습니다. 군인, 정비공장, 협력업체 등 모두 시작은 재미와 열정으로 시작합니다. 하지만 좀 하다 남들보다 못 하고 재미가 없으면 빨리 포기했습니다. 내 안에 문제 찾기보다는 다른 곳에서 찾으려고 했습니다. 매일 꾸준히 글을 적으니 좋은 점도 있습니다. 6개월 이상 하니 블로그에 글이 쌓이는 게 기분 좋습니다. 주변 이웃도 글에 공감과 칭찬에 기분이 좋습니다. 방문자 수도 과거에 비해 늘어납니다. 가끔 제 글을 볼 때도 있습니다. 내가 이런 글도 적었나? 참한 글도 발견하기도 합니다. 글쓰기 단점도 있습니다. 가끔씩 쉬고 싶은 생각도 합니다. 꼭 이렇게 해야 하나? 생각도 합니다. 하지만 과거에 고통과 아픔 속에서 책 덕분에 용기 냈습니다. 내 글은 누군가에게 힘이 되지 않을까? 싶은 마음에 글을 올립니다. 한 명이라도 이 글을 보고 공감이 가고 힘이 났다면 저는 그걸로 만족합니다. 지금은 글을 올리지 않으면 저녁에 기분이 우울하고 잠도 자지 못합니다.

성공한 위인들은 처음부터 일에 몰입했던 것은 아닙니다. 1년 혹은 5년 이상 혹독한 자기 수련 과정을 통해서 후천적으로 습득한 경우가 대부분입니다. 과거 하루에도 수십 번씩 다른 생각이 저도 포기했습니다. 대신 눈앞에 놓인 일에 집중하려고 선택했습니다. 나머지 생각은 그 일을 마치고 한 뒤에도 해도 늦지 않다고 다짐했습니다. 그리고 자신의 모든 생각을 일에 집중하려고 노력하고 참을성을 가졌습니다.

매일 새벽에 일어나 글을 씁니다. 잘 쓰든 못 쓰든 생각하지 않고 매일 한편 글을 씁니다. 조급한 가지기보다 편안한 마음으로 적어봅니다. 새벽 기상 동시에 거울 보고 10초 이상 웃습니다. 들숨 날숨도 호흡도 합니다. 3회 이상 웃음 운동을 합니다. 그럼 내 감정도 좋아집니다. 출근하기 전에 쓰레기봉투 버리려고 합니다. 아파트 분리수거에 버립니다. 70대 할머니가 주변에 청소하고 있습니다. 웃으면서 인사 먼저 합니다.

"좋은 아침입니다."라고 합니다. 그럼 할머니는 고맙다고 웃음으로 말합니다. 걱정을 하면 할수록 걱정이 늘어나고, 웃으면 웃을수록 좋은 일이 온다고 말합니다. 웃는 모습이 보기 좋다고 합니다.

낮 시간 일하다 공구가 필요해 근처 철물점에 갑니다. 웃으면서 먼저 인사합니다. 물건을 보고 구입합니다. 가게 주인이 돈을 깎아 줍니다. 그리고 한 마디합니다. 웃는 모습에 자기도 기분 좋다면 합니다. 그래서 저렴하게 판다고 합니다. 다음날 경주 건설 현장에 용접하러 갔습니다. 먼저 담당 부장에게 웃으면서 인사 드렸습니다. 작업 내용을 들었습니다. 같이 일할 반장과도 인사도 했습니다. 차량에 필요한 장비를 꺼내고, 작업을 합니다. 하지만 전기가 잘 나오지 않습니다. 용접이 원활하게 되지 않습니다. 혼자서 크게 웃어봅니다. 그리고 한 마디 합니다. 첫날이어서 되지 않구나. 하고 다시 천천히 마음을 가다듬고 시작합니다. 옆에서 도와주던 반장도 내 모습에 웃습니다. 현재 추운 겨울 1월입니다. 바람도 불고 눈과 비도 옵니다. 발가락에 물기가 들어오고, 손도 시립니다. 점심시간 12시가 되자. 반장이 밥 먹으러 가자고 합니다. 함께 식당에서 밥을 먹습니다. 밖에 날씨가 추워서 식당에 있으니 밥맛도 좋습니다. 잠시 뒤 일하는 일행이 나에게 말을 합니다. 오늘 다 할 수 있냐고 합니다. 급하다고 합니다. 갑자기 주변 분위기 좋지 않습니다. 날씨가 추워 공사가 지연되어서 손해 보고 있다고 말을 합니다. 첫날에 그 이야기를 들으니, 기분이 좋지 않습니다. 그래도 웃었습니다. 점심시간 끝나고도 오후에도 즐거운 마음에 일을 시작했습니다. 이번 현장에 작업 조건이 좋지 않았지만 점점 일에 잘 진행되었습니다. 마무리 작업을 하게 되었습니다.

10년 전 과거 직장에서 웃고 다니면서 인사하라고 담당 부장이 말합니다. 회사 다니면서 자주 들었습니다. 그 말에 상처받았습니다. 집에 와서도 그 이야기가 계속 생각이 납니다. 꼬리에 꼬리 물고 나쁜 생각이 납니다. 밤에 잠도 깊게 자지 못합니다. 아침에 억지로 일어나, 인상 쓰면서 하루를 시작했습니다. 얼굴에 근심 많은 모습에 어머니가 한마디합니다. 인상 쓰지 말고 웃고 다니라고 합니다. 그 말에 나는 아침밥을 먹지 않고 출근합니다. 하루가 재미없습니다. 일주일 뒤 병원에 가서 링거 주사를 맞았습니다. 그 말에 혼자서 삼키다 보니 몸만 아프고 알아주는 사람도 없었습니다. 주변 사람도 오지 않습니다. 점점 외톨이가 되어갑니다. 매사에 근심 걱정이 많고, 사는 게 재미가 없었습니다.

지금은 아침에 일어나면 웃음을 선택합니다. 웃을수록 행복하고 감정도 좋아집니다. 웃으면 복이 온다는 말이 그 뜻입니다. 나는 오늘도 주변 사람 신경 쓰지 않고, 자주 웃어봅니다. 그리고 하루 즐겁게 시작합니다.